追忆集

上官缨随笔·评论选

上官缨 ◎ 著

长春出版社

全国百佳图书出版单位

图书在版编目（CIP）数据

追忆集：上官缨随笔·评论选 / 上官缨著.
长春：长春出版社，2025.1. -- ISBN 978-7-5445
-7594-2

Ⅰ. I267.1；I206.7-53

中国国家版本馆CIP数据核字第20246UF467号

追忆集——上官缨随笔·评论选

著　　者　上官缨
责任编辑　程秀梅
封面设计　宁荣刚

出版发行　长春出版社
总 编 室　0431-88563443
市场营销　0431-88561180
网络营销　0431-88587345
地　　址　吉林省长春市南关区长春大街309号
邮　　编　130041
网　　址　www.cccbs.net

制　　版　长春出版社美术设计制作中心
印　　刷　长春天行健印刷有限公司

开　　本　880mm×1230mm　1/32
字　　数　220千字
印　　张　10.5
版　　次　2025年1月第1版
印　　次　2025年1月第1次印刷
定　　价　59.80元

目　录

第一辑　人生何处不相逢

想起我的爷爷 / 2

父容犹在 / 5

儿子就要远行 / 7

爷爷和孙子 / 10

闹书斋 / 12

课孙闲记 / 15

悠悠祖孙情 / 17

孙儿去开运动会 / 20

我同孙儿坐对桌 / 23

人生何处不相逢 / 25

风雪弥漫人生路 / 28

"龙套"春秋 / 31

七家子纪事 / 33

乾安三记 / 39

小村寻梦 / 50

难忘的麻花香 / 53

古稀的心愿 / 55

老年的记忆 / 58

闲居琐事 / 60

稿费记趣 / 62

闲情随笔 / 64

"找乐"及其他 / 66

读书·写作·哄孙儿 / 68

拾取童心乐消闲 / 70

夕照无须怨黄昏 / 72

消闲琐话 / 74

每日午后三点钟 / 77

青鸟频传云外信 / 79

"封刀"与"封笔" / 82

新年新岁新春 / 84

寻春小记 / 87

漫说书春 / 89

生命的春天 / 91

春天的思绪 / 93

红五月咏叹调 / 95

几竿竹影梦苏州 / 97

竹影横窗夜三更 / 100

生命的绿意 / 102

闲情又记 / 104

第二辑 好书留待细细读

闲话读书 / 108

书 缘 / 110

灯下说书 / 113

书边心态录 / 116

书卷有情伴生涯 / 121

京津买书流水账 / 125

千难万险都为书 / 127

"淘书"记乐 / 130

书缘旧梦 / 132

书梦依稀到白头 / 134

追寻书梦惜华年 / 137

好书伴我度天年 / 140

好书留待细细读 / 143

书斋的变迁 / 145

我的枕边书 / 148

亡书逸事 / 152

成都买书记 / 155

书情如幻 / 158

痴书心曲 / 161

藏书诗话 / 164

关于读书方法 / 167

旧书摊刍议 / 169

永恒诱惑话读书 / 171

第三辑 论书岂可不看人

东北沦陷时期文学侧影 / 176

东北现代散文史的浓缩 / 190

漫漫长夜的萤火 / 193

梁山丁及其作品 / 195

梁山丁的诗 / 201

"生命的记录" / 203

城春草木深 / 207

李克异的《网和地和鱼》/ 209

风风雨雨话梅娘 / 211

千呼万唤:《梅娘小说散文集》
始见 / 216

云天万里寄遥思 / 220

戈禾与《大凌河》/ 223

哀田琳 / 226

成弦:被遗忘的诗人 / 228

春秋笔写张作霖 / 234

歌坛文苑说杨絮 / 236

韦长明与朱媞 / 240

东北沦陷区夫妇作家 / 244

东北沦陷区"日系"作家 / 248

"白俄"作家拜阔夫 / 251

不应被忘记的王则 / 255

李季风和《杂感之感》 / 259

一言难尽说古丁 / 262

拨开迷雾看古丁 / 266

闲话爵青 / 269

且说小松 / 272

疑迟的乡土小说 / 275

刘迟与《新民胡同》 / 279

冷歌和《船厂》 / 282

沦陷时期的吉林文坛 / 284

东北沦陷区长春作家群 / 288

续说长春作家群 / 293

沦陷区文学钩沉 / 298

暗夜弥天的异彩 / 301

伪满时的长春书房 / 304

夜读随记 / 308

论书岂可不看人 / 311

民国关东"鸳派"文学 / 315

张春园和《花中恨》 / 319

救救文学财富 / 322

第 一 辑

人生何处不相逢

想起我的爷爷

当自己有了孙儿，我常常想起我的爷爷。

当我已过古稀之年，就更加想念我的爷爷。

我的祖籍是山东青州府安邱县，小地名潘家庄。从太爷那一辈，带着幼小的爷爷，挑"八股绳"来闯关东，一代又一代，我们成了地地道道的东北人。

在我稍谙世事的童年，爷爷已经60多岁，当时家道尚称小康，爷爷正在颐养天年，每天手拎蝇甩子（拂尘）到北市场去听评书，过着舒心有闲的日月。可是不久家庭突遭变故，经济上也一贫如洗。我的父母先后亡故，当时弟弟10岁，我刚刚12岁，年迈的爷爷毅然挑起生活的重担，千辛万苦抚养我们哥俩长大成人。我们先是住佳木斯市里，生活了一个时期，爷爷不得不领我们搬到黑龙江省的一个小城镇。爷爷虽然不识字，却非常支持我们读书，包括我看闲书。那时爷爷靠"跑车板"卖菜养活我们，每天从小城背几十公斤菜，坐火车贩运到佳木斯，赚一点儿可怜的差价。就这样还给我买过不少的书。

我从小养成读闲杂书的习惯，读的主要是武侠小说，还有张恨水、刘云若的社会言情小说。可爷爷从未加阻止，在他的认识中孩子知道看书就好。后来我的读书兴趣转到新文学，读进步作家的作品，从报刊上看到新书介绍，就开列些书名，希望爷爷借卖菜的机会能给买回来。那时是"少年不识愁滋味"，更不懂生活的艰辛。卖一趟菜才能挣多少钱啊！现在还记得爷爷替我买回的书，有小松的《野葡萄》、爵青的《欧阳家的人们》、儒丐的《如梦令》、荣孟枚的《延春室诗话》，还有鲁迅的《一代名作全集》、老舍的长篇小说《赵子曰》，等等。虽为闲书，也是开卷有益的，而且成为一种特殊知识，尤其是在我晚年涉猎通俗小说，以及东北沦陷区文学研究时，它们竟成为难得的感性知识、留存心中的珍贵资料。多亏了爷爷给我买的这些书。

爷爷是位典型的山东汉子，似乎缺乏时下当爷爷的那种含饴弄孙的关爱；实际上爷爷对我们的爱更深沉，深埋在心中。关心我们的成长，希望我们正正派派地做人，更希望我们都能有出息，并为此付出了无限辛劳。东北光复后，爷爷日渐衰老，还日日奔波我和弟弟的衣食。后来生活实在难以维持，爷爷只好领我们返回故乡，70多岁还得下地卖力气，我和弟弟就都当了小猪倌，如此苦度时光。熬到1946年的春天，土改工作队来到我们村，我借当儿童团长的机缘参加了革命，临走的那日是个风搅雪的"烟炮天"，爷爷到村头去送我，爬犁走出很远了爷爷还站在那里，手搭凉棚地望着，距离渐渐拉远，直到变成茫茫大雪中的小黑点，还痴痴地站在那里。这是我和爷爷的最后一面……爷爷死于1952年，那时80多岁了，生前还能到井台挑水。我未能亲自为爷爷送终，当时正在朝鲜战地体验生活，单位无从同我联系。承已故老友孙芋的帮助，预支我4个月工资，寄回家权作丧葬之费。今天想起来，心中仍有难以弥补的歉疚，留下永远的遗憾。想起我的爷爷，眼前总闪动着当年离家时他那风雪中的身影，大雪飘飘里的小黑点。这应该说集中体现出，他对孙儿的舐犊之情吧！

父容犹在

想起了父亲，总感觉遥远而依稀，心中又充满着凄楚。说有些遥远，确实，父亲亡故已经 60 年；说有些依稀，确实，父亲辞世时我尚不满 13 岁。虽然是这样，我仍旧保留了比较清晰的记忆，因为我常常想到父亲，特别是当我在人生的进程里遭遇困境的时候。

父亲出身农民，但是早已不在乡下种地，而是搬到当年新兴的城市佳木斯，拴了四挂大车，每天在市里拉脚，用现在的话说就是跑运输生意。父亲没有念过书，后来能够看唱本，可以读懂《三侠剑》，完全靠自己习字。别看他没有上过学，却很拿读书为重。父亲不抽烟、不喝酒，唯一的嗜好是看闲书。有些"藏书"，像唱本《丁香打柴》《五元哭坟》，通俗演义小说《秦英征西》《呼延庆打擂》等，一律用牛皮纸包皮。

对于这些书，他虽然非常珍惜，但是能够做到"互通有无"，愿意出借。不过，在书皮上，他用那初通文墨的笔写着：有书不借非君子，借书不还是小人。父亲不限制我阅读，他认为无论看什么书，都是"开卷有益"，都可以从中体会出做人的道理。他常说："……人生在世要对己严、对人宽，花钱上也是这样，自己要倍加节俭，对朋友则要大度，不能抠抠搜搜的……"我这大半生深受其影响，特别是读书、惜书的习惯。

父亲曾对我讲过他小时候的事，他也是很小失去母亲，是爷爷一手把他拉扯大的，艰辛的生活历程可想而知。父亲也讲过他白手起家的艰难，完全是靠着个人奋斗才立下小康的家业。他对我说："人不要怕困难，人活一辈子就要经历三灾八难，碰到什么难处都不可'倒槽'（决不后退之意）。"父亲虽然没有讲过什么人生大道理，但他给了我潜移默化的教益。那时正是东北沦陷时期，日伪统治异常严酷，我刚上小学时学的语文是"日语"。他对我说："什么'日语'？我们是中国人哪！"他给我讲过岳飞的故事，还不知从什么鼓词上为我抄来两句话：

精忠报国今何在，

湖边冷月孤诗魂。

这自然是含有深意的，他之所以没有明说，是怕我年岁小嘴不严，惹出什么是非。

父亲逝世已有半个多世纪，留给我的记忆，只是童年时代的片段印象。如今想来父亲虽然比较严肃，对儿女不苟言笑，但他能言传身教，为儿辈留下精神遗产。要不畏困难，做一个坚强的人——半世生涯我牢记这一点，并力求不负父亲生前的期望。

儿子就要远行

　　早春时节，天气还是这样乍暖还寒。我躺在书斋的睡榻上，感到一阵阵凉意。屋子里没有开灯，月光从窗外照射进来，有些朦朦胧胧。

　　今夜大儿就要远行，只身去深圳谋生。儿媳和小儿子前往机场送行，老伴哄孙儿在卧室睡觉。一切都是如此平和、静谧，不平静的仅是我这起伏舒卷的心涛。

　　大儿快30岁了，从小就没离开过父母身边，如今就要离家远行，此时才深切地感到父子间那种难以割舍的情缘。

　　我起身打开灯，翻开一本书，试图平复一下自己的心情，可是字里行间闪现的，依然是儿子的身影。我再踱进卧室，孙儿早就安静地睡着了，但是小脸儿尚有残存的泪痕。大儿临出家门时，孙儿哭闹着非要送爸爸上飞机，虽然年纪幼小，也是一番父子真情的流露吧！

　　我俯身凝视孙儿，那弯眉笑眼，那鼻子、那小嘴儿，多么酷肖大儿小时候的面容！看着看着恍惚进入往昔的情景，勾出心头多少难以忘掉的记忆……

大儿1964年出生，那正是我最艰难的岁月，生活上极度贫困，政治上重重压力，几乎没有希望可言。儿子对于我来说，虽然是"贫家弄璋喜自知"，总算是苦中之乐，也就无限怜爱地瞅着孩子一天天长大。大儿自幼聪明，5岁时就很懂事，只是不爱说话，瞪着一双大眼睛似乎在思索，思索着人间的苦辣酸辛。1966年的风暴早已席卷一切，我也重遭几度轮回之苦，每天上下班都在胸前挂着一块小纸牌，写着自报家门的"罪名"。对此我并不觉得有什么难堪，担心的是怕儿子看见。所以一回家我就眼观六路，观察儿子是否在街上玩耍；掩藏着小牌走进家门，就快速地放入炕席底下，暗自庆幸没有被发现。忽然有一天，儿子眼神忧郁，怯生生地问我："我大表哥说他长大能参军，我长大能不能当兵呢？"这一问我多少有些心虚，为了儿子的尊严也只好打肿脸充胖子，说："怎么不能当兵呢？咱们家是贫农，你爸爸是曾经参加过革命的老干部啊……"话未说完就被儿子拦住，他的小脸儿一片凄惶，声音低微而缓慢地说："我知道啊，咱们家是坏人，我看见炕席底下的小牌子！"这番话叫我一时语塞，那些年的政治风云变幻迎头袭来的雪雨风霜，我都能够坚韧地承受；就是遭到批斗游街，我也可以勉力支撑。儿子的话，却是句句沉重、字字灼心，几乎摧毁我的精神支柱。唉！为什么小小的年纪，就懂得这么多人生的忧患呢？

儿子成长在这样的环境中，上小学后学习也非常努力，就是性格越来越内向。想到他的前途出路，我实在是愧对儿子。但在两个儿子的名字上我曾经寄予某种祈愿，大儿名字中有个

"羽"字，小儿名字中有个"翊"字，虽然他们的命运多舛，但是希望他们能够飞上天去，祈求老天给予格外保护。"十年动乱"中，造反派说我的一些文字是对现实的攻击和影射，这是天大的冤枉。而我在两个儿子的名字上，确实是有所寄托的，造反派却完全没有察觉，真是"坑灰未冷山东乱，刘项原来不读书"了。

由对孙儿睡态的凝视，联想到大儿幼时行为种种，思绪渐渐平复下来。孙儿睡梦未醒，忽然咯咯娇笑，是在睡梦中看到自己的爸爸了吗？同自己父亲比较而言，孙儿是幸福的。因为他的童年没有贫穷、屈辱，充满金灿灿的梦境，有着绮丽的明天。

此夜，大儿正在远行，夜难成寐。偶尔入睡又不时醒来，兀自惦念大儿乘坐的飞机，该已过广州了吧？……

爷爷和孙子

时光真快，转瞬之间就到"回家抱孙子"的年纪了。

说也真巧，就在前年我有了一个白白胖胖的孙儿。孩子生在龙年，我想给起个"龙庚""小龙"什么的乳名，可是这既不适合新潮，又有些陈俗。孩子的父母给起了个颇具现代意识的小名，究竟是"落落"还是"乐乐"，我始终没有弄清楚。不过这孩子爱笑是真的。从满月以后的弯眉笑眼，渐渐地咯咯连声，现在已经能朗声阔笑了。

我的孙儿是真淘气：在书桌上跺脚，歪着小脑瓜跳舞。我收藏的书籍，总欲使其纤尘不染，这已经是难以改变的癖好，知我惜书如命，连我的老伴儿都轻易不敢动我的书。有了孙儿之后，完全打乱了我的阵脚。孙儿不仅可以打开书橱门，还可以扯出书来，甚至往书上撒尿。家里人都很奇怪，为什么我不但不生气，不像过去那样因书被污损而暴怒，反倒笑呵呵地欣赏？

俗话说："老儿子、大孙子，老爷子的命根子。"鲁迅先生也说："无情未必真豪杰，怜子如何不丈夫。"这些都是入世的经验之谈。人对孙子的爱异于对儿子小时的爱，往往是因为这是又一代人，是家族生命的延续，或者是由于人到暮年，所以感情就大大不同。我自然也不能免俗。我现在哄孙儿，占去许多时光，书看得少了，也不能勤于动笔了，然而我心甘情愿。我抱、背，甚至让他骑脖颈儿，有时就睡在我怀里。看着孙儿玫瑰色的小脸儿，听着他均匀的呼吸，加上那小小的呼噜声，我感到无比幸福，似乎已和孙儿的小小生命融为一体，进入一种陶然的境界。同时我也在想，孙儿像一棵小树苗，阳光、雨露的滋润之外，也要不断地修枝打杈，让它长成挺拔的参天大树。这倒不是望孙成龙，而是当爷爷应尽的社会责任。

闹　书　斋

　　我的生活是平静的，平静得有如流水；我的书斋是平静的，平静得又似古潭。

　　其实也不然，五岁的孙儿如果周日来家，一切就全翻了个个儿，好像演出一场《牡丹亭》中的《春香闹学》，我就成为汤显祖老先生笔下的那个冬烘先生陈最良。

　　一个星期天，我照例坐在桌前，援笔沉思想写点什么。忽然笃笃几声门开了，随着一阵冷风孙儿野马似的闯进我的书斋。孙儿跑进来从我坐的藤椅攀上身来，又一屁股坐在书桌上，看见纸笔就让我画鱼、画兔子。凭借少年时代曾经喜欢美术的"童子功"，我一丝不苟地画出这两个小动物，孙儿又是一番嬉闹。接着便是一连串的提问，远比记者招待会还复杂，最后问爷爷为什么总坐在家里，为什么不像奶奶天天上班。怎么解答呢？只好说："爷爷已经离休了。"孙儿紧追不放地又问："爷爷，什么叫离休呀？"问得我一时语塞，想了半天才说："离休就是国家拿钱让我闲着。"孙儿圆溜溜的小眼睛转了一会儿，似乎觉得这是一个很得便宜的窍门儿，有些撒娇地说："爷爷，我也想离休。"此时此刻我还能再说什么呢？

孙儿难得安静一会儿，由书桌又爬上窗台，从楼窗向外望就是地质宫。今天是个云淡风轻的好天儿，正有几只色彩绚丽的风筝，在空中飘飘荡荡地摇曳。孙儿灵机一动，非要去放风筝，于是我决定今天的"格子"暂时不爬，领着孙儿直奔地质宫广场。从小贩那里买了一只很小的风筝，放线直飘已经飞上半空，渐渐高过树梢，孙儿高兴得嗷嗷直叫。我虽然是六十开外，可小时候并没有放过风筝，现在是"八十岁学吹鼓手"，为了孙儿勉为其难。很尽兴地放了一个多小时的风筝，看孩子有点乏累便领着回家，半路上又抱起来，孙儿竟睡在我的怀里。一边走一边端详他那凸凹分明的小脸儿，心中怡然自得快乐无比，不禁又来了打油诗兴，诌成三首：

（一）

孙儿一旦进书斋，
藤椅翻倒沙发歪；
笑看嬉闹浑不管，
反盼下周早些来。

（二）

孙儿五岁想离休，
憨态可掬解人忧；
正是党的政策好，
生活安然不用愁。

（三）

童心童趣老愈浓，

我领孙儿放风筝。

幼小应有凌云志，

心随直线上高空。

课孙闲记

我的孙儿落落，乳名是他父母给起的，所以很长时间弄不清楚，到底是落落还是乐乐？不过这孩子爱笑倒是千真万确的。

孙儿出生那年，我将要 60 岁，晚年抱孙其钟爱之情不言而喻。从此在我的生活中，除读书、写作之外，又平添一大乐趣——哄孙子。孙儿渐渐长大，连我"神圣不可侵犯"的藏书，他都可以随意地当玩具。一次我不在家，孙儿在我的书斋玩耍，用小手启开书橱门，拿出一本很厚的精装书，玩完又在上面撒了尿。儿媳发现后吓了一跳，我老伴却胸有成竹，安慰她说："不要紧，你放心吧，别看儿子看他书得包书皮又洗手，孙子就不一样了，弄坏了他也不会心疼。"说不心疼那是假话，我很痛惜这本再难觅求的《卢前对话录》，但还是表现出唯独对孙儿才有的宽容，只问了一句："怎么把爷爷书弄坏了？……"孙儿闪亮着两颗黑琉璃似的小眼睛，憨憨地一笑，就一切云开雾散了。之后的几年，孙儿开始上幼儿园，由小班、中班，现在已经进入大班。不仅要风雨无阻地早送、晚接，还需要教孩子学些基础文化知识，也就是课孙。

课孙虽说是幼儿教育，但对我来说有很大困难。从小我就父母双亡，家境非常穷苦，小学都未能念上三年，汉语拼音没学过，算术只会加减法，怎么教孙儿呢？孩子很喜欢画画，这我还算可以胜任。因为我小时候也非常爱好美术，信笔涂鸦过一些古典人物，不外是黄天霸、岳飞、胜英等等。可是孙儿偏偏要我画警察、解放军，我只得勉为其难。同时也教孙儿画房子、画树，他虽然画得歪歪扭扭，但是学习的进步还是很快的，力所能及范围内我又教他背诵《千家诗》中的五言、七绝。一首诗念上三遍，孙儿就能照样背诵出来，我想为孩子讲解诗意，反而有些弄巧成拙。比如我给他讲"两个黄鹂鸣翠柳，一行白鹭上青天"，他总要寻根问底，诘问黄鹂为啥是两个，弄得我张口结舌不知如何回答。虽然被孙子问短了，实在说不清唐诗那些深幽的意境，但我还是觉得高兴，这说明孩子早慧，他那小小的智商，完全超过我和儿子童年的知识限度。

悠悠祖孙情

人生漫漫，岁月悠悠，恍然之间孙儿宇哲已经整整 10 岁了。1988 年，孙儿降生人世，我已年近花甲。俗话说，"大孙子是爷爷的命根子"。一人在暮年抱孙，喜悦之情可想而知。从这个时候起，我的眼前便有了一幅人间最美的、永远欣赏不尽的画，这就是孙儿那张胖胖的小脸。两颗亮星似的黑眼睛，玫瑰花瓣一样的小嘴，别说是嘿嘿地娇笑，就连他那"咿呀"学语的声音，我听起来都仿佛是悦耳的乐章。此刻，我的晚境好像增添了新的意义，逐渐衰老的生命，也又有了新的活力。

孙儿一天天长大，一年年长高，我由怀抱、身背、手牵，从幼儿园每天的接送，到今日读小学的晨夕陪伴，前后 10 年的岁月，为我的人生历程注入情意融融的欢乐。孙儿从小就有些内向，但是掩饰不住顽皮的鬼精灵，经常眨巴着小眼睛，似乎心中储藏着许许多多对人生的疑问，时刻寻求索解回答。在他刚读小学不久，才认识几个字的时候，从别人口中知道我惯用的笔名。有一天，他忽然问我："爷爷，上官缨是你的代号吗？"

问得我由衷地笑了。我说："不叫代号，这是写文章用的笔名。做秘密工作联络用的别名，那才叫代号！"孙儿接着又问："为啥要用笔名？我姥爷就不用笔名，写什么书都是王士美。"问得我难以回答，一时也说不清楚。是啊，我为什么要用笔名呢？

孙儿的问题老是无穷无尽的。有一天，他又问我："爷爷你是作家吗？"我有些迟疑地回答，并且先问了孙儿："你听谁说的？""听老师说的。"这就令我不能不正面回答了。我说："其实爷爷还不能算是什么作家，不过常写点小文章罢了。"看孙儿脸上半信半疑的，我接着说："作家在社会上都有很大影响，像你姥爷写的《切·格瓦拉》，一部书就有六十多万字，连古巴人民都知道，这才是真正的作家呢……"我给孙儿的回答，绝不是自谦，我确实如此看待自己；同时想让孙儿懂得，不要妄自期许，不能自我膨胀，要严肃看待作家的称号。作家需要名副其实，需要付出艰苦的努力。一天，我正在书房"爬格子"，孙儿有些神秘地跑进来，环顾着我两个房间的藏书，充满希冀地提出了问题。他说："爷爷，你的书都给我吧？"我说："当然，不给你给谁呢？"可是孙儿小心眼似的有些担心："那我老叔再有孩子呢？"我说："那也全给你，因为你是我的大孙子，爷爷的遗产要传给长孙，希望你能完整地保存下来。"这是我真正的希望，在我百年之后深望儿孙辈认真读书，也可谬称"诗书传家"吧？更希望这两万多卷图书不致散失。因此，我在六十寿辰那年曾写有感怀诗，最后两句就是："嘱我儿孙多珍重，莫使九泉痛肝肠。"

我留下书籍给孙儿，实际是期望他学业有成，弥补我这半生最大的遗憾。我没有很好地接受过正规教育，只读了不足三年的小学。通过自学获得的文化知识，不免有些"半朝銮驾"，既不规范，也不系统，为我的"课孙"带来许多困难。我辅导孙儿的数学，只能是简单的加减法，除此之外我就无能为力了；语文尚好一些，但同我自学的知识，也是大不一样。比如，读音就不标准，四声更找不准，常常惹得孙儿说："爷爷，你这个字念得不对。老师教的念……"我顿时警觉起来，仔细斟酌，发现自己读了许多错别字。我写的字不仅结构欠佳，也常有多一笔少一笔的。偶尔要在大会上发言时，对于叫不准的字儿，我都要先查一遍字典，以免贻笑大方。这一方面是人之老始而知非，重要的还是孙儿给我的启发与教益。

漫漫人生路，悠悠祖孙情。每天清早，我都牵着孙儿的小手，送他上学；进入学校大门，我仍然伫立等待，直到他的身影隐没我才移动脚步；晚间还要提前到校门口守候。特别是冬天，天黑得早，放学时已是人影模糊，我用手电反照自身，让孙儿能够辨识。这时早已华灯初上，马路上流水似的车辆不断，车灯闪烁成一片灯海。我牵着孙儿小心地走过，心中感到无比的幸福和充实。就这样，日复一日年复一年，风中雨里日出黄昏，我接送着孙儿，孙儿曾经多次对我说："爷爷，我都这么大了，我自己能走啦。"可是面对经过的两条繁华马路，我又怎么放心得下……我决定在送孙儿的路上继续前行，这也许是伸展在我面前的人生之路，人在暮年时为社会、为家庭、为孙儿，尽责任与义务的最后奉献。

孙儿去开运动会

　　早晨还不到四点钟，就起床为孙儿忙碌着，孩子今天去开运动会。自打有了运动会的准确日期，孙儿两只眼睛就瞪得溜圆，精神异常亢奋。全家人都卷入采购活动，孩子的爸妈，还有他的叔叔，再加上爷爷奶奶，为实现孩子玩好、吃好的共同心愿，殊途同归地买了一大堆食品：面包、饼干、饮料、矿泉水、香肠、水果、果冻，还有各类小食品，五彩缤纷、琳琅满目，装满书包外还有一个大手提袋。

　　收拾完毕，孙儿背起装满食品的书包，我拎着手提袋，照例送孙儿上学，不过时间比往日要早得多。一路上真有些"出门俱是看花人"的感觉，大概是人同此心、心同此理，男男女女老老少少，都在送自己子女去参加学校运动会，实在是"可怜天下父母心"了。

　　我牵着孙儿温软的小手，看着孙儿心满意足的神态，顿然想起自己的童年，人间沧桑、辛酸往事，记忆长河中的时光，倒转到60年前。

那时我 10 岁，正读小学二年级，全家还未搬到农村，住在当年的佳木斯市。记得参加的不是运动会，是叫作"远足"的一次活动，"远足"系日伪统治时期的"协和话"，意思就是我们所说的野游。说是"远足"，其实并没有太远的路程，就在市区的一个公园。野游自然就需野餐，所以同学们都带了些食品。午饭时候就很有些"人以群分"的样子，那些带着馒头、鸡蛋、酱肉、汽水的同学们，簇拥着老师坐到凉亭里，只有我和另外两个小同学一起坐在枝叶参天的古槐下。我们远离人群完全是自惭形秽，而自动自觉地不去掺和。我们三人中一个带着大饼子和一条咸黄瓜，一个带着两个窝头和一个很大的咸鹅蛋，我则带着一碗高粱米饭，上边扣盘大酱，用条洗脸手巾兜着，装在书包里。从凉亭中传来同学们的欢歌笑语，我们三人却默默无言，在微风的吹拂中吞咽着苦涩。我们年纪都还太小，虽"少年不解愁滋味"，可是心里也涌出与年岁不相协调的苍凉之感。

回首往事，思绪翩然，由此我还想到孙儿的父亲——我大儿的童年。他 12 岁时是 1975 年，但因我的"政治问题"的影响，一家人的生活也非常清贫。一天，大儿去参加运动会，我给了孩子 5 角钱，当时可买两个夹肠面包和两根雪糕。儿子接钱时那份儿高兴劲儿现在想起来我还为之动容。我们父子两代的童年往事，让人感慨系之，包括孙儿在内的三次运动会的不同情况，是不同时代、社会、生活变迁的缩影。全家为孙儿购买食品的钱已逾百元，说明改革开放给群众经济生活带来的巨大变化。这让我想到毛主席的"萧瑟秋风今又是，换了人间"。

我把孙儿送到校门口，60 年前那碗高粱米饭仍然萦绕在心头，于是切切嘱咐孙儿说："如果哪位同学食品带少了，或者忘带了，你请同学一块儿吃。"孙儿爽快地答应了之后笑了，像一朵春花绽开在小脸上，笑得是那样灿烂。

我同孙儿坐对桌

两年前我乔迁之后，比在西中华路 5 号，住得更加拥挤。按说仍然是 5 口之家，仍然是三室一厅，也不至于太挤。问题还是书多为患，每月购书不止，有增无减，越买越多。除单辟一书房，9 个顶棚而立的书橱，外加 3 个书架，空隙之处堆的都是书，中间勉强挤下一张写字台。大儿夫妇住的房间又挤进 5 个书柜和 3 个书架，看来我对书的癖好，殃及妻儿老小了。由于家无长物，显出一副寒酸之相，因此常常谢绝朋友们来访。去年 10 月友人家宴，著名作家乔迈先生提出到我家看看书，我表示了歉意，但终因盛情难却，只好引路来到寒舍。乔迈原以为我的辞谢是谦辞，他一看果如所言后默然有顷，说了句："你可真需要房子啊！"

几句闲言带过，我同孙儿坐对桌才是正题儿。因为只有一张写字台，所以孙儿做作业，我偶尔写点小文章，便得对桌而坐各自操劳。孙儿已经 13 岁，下半年就要上初中，所以学习正是关键时刻。我铺纸握笔凝思，孙儿埋头书写，看着他那留着短发的圆头顶，滚圆的小小脸庞，我眼前常常浮现出 1988 年的情景，那年 10 月他刚刚从医院抱回家，我初见孙儿之面，一头浓黑的柔发，玫瑰花瓣似的小嘴，我轻轻抱在怀里。眼看快 60 岁的人了，才有了这么个大孙子，心情无比激动。从此以后我的心灵也像有了新的主宰，平素我爱书如命，如今孙儿替代了书在我心中的地位，我的生命有了崭新的意义。

孙儿小时就和爷爷奶奶共同生活，我是抱着、背着、领着，从幼儿园到小学，又是早晨送晚上接，风中雨里天寒地冻，看着他一天天长大成人，由幼儿成长为少年。孙儿的成长过程，变成我头脑中百看不厌的电影。我们如今有时对桌而坐，难以言喻的幸福感，充溢我的全身。每当此时，孙儿聚精会神地学习，我却时常走神儿，小文章也难于下笔。自忖我家已经三代，我这小学二年半的学历（评高级职称只能望洋兴叹），两个儿子没有读过大学，希望完全寄托在孙子身上，冀盼他能够考上大学，彻底改换我家的"门庭"，继承我这三万册藏书，俾能诗书传家，书香永继。

有道是"心宽不怕房屋窄"，如果不是书挤了人，显得房屋拥塞，又哪里来我同孙儿坐对桌的乐趣呢？因此我要好好地活着，但求寿秩八十，看着孙儿上大学呢！

人生何处不相逢

又是金风萧瑟的深秋季节，每年这个时候，特别是夜幕低垂之际，我总是怅然地想起五年前的北京，一个难忘的黄昏。

我那次北京之旅，照例是遨游书海。黄昏时分，北京街头拥塞着华灯、月色、车影、人流。我提着两捆很重的书，好不容易在地安门挤上开往皇城根的汽车，找好立足的空隙，才长舒了一口气。

忽然间，我发现站在车门旁的一位"半老徐娘"，不时地回头看我。这引起了我的疑惑，但是不看则已，一看之下，我的心立刻怦怦抖颤，苦辣酸甜涌聚胸间。唉！人生怎么这样充满戏剧性？她竟是与我离异三十多年的发妻（姑且用此称呼，结发之意）。三十多年，早已是"生死茫茫两不知"，而今邂逅于北京的公共汽车上，她频频回顾，一旦我回看，她又把头掉开。她虽然衣着不俗，还有当年演员的余韵，但岁月毕竟留下了痕迹，她明显地苍老了。我自己呢？更是"尘满面、发如霜"，彼此都逝去了青春，不复有旧日容颜。

我的位置距车门不远，理应前去打个招呼，可是这种复杂的关系，难免有复杂的心理。犹豫间，汽车行驶到六铺炕，谁知人间万事竟如此奇巧，我们居然在同一个站点下车。她先从车门走出，看到我也同时下车，便匆匆急走几步，在远处停步回望，似有等待之意。如果我能主动趋前致意，那么这次相逢结果自不一样。这时，我又上来曾铸成半生悲剧的倔脾气，心想：既有今日何必当初？你不愿理我就无须勉强，何况离异时早已恩断义绝。这样一想，便向相反方向走去，再回头看她仍在灯火阑珊处，轻缓地移动着脚步。

我住宿在石油招待所，由于心情沉重双腿愈加沉重，走得很慢很慢，月光的清辉洒落身上，更增添了心境的凄楚。回到住所一改平素的习惯，过去买回新书总要逐本欣赏一番，今日竟有些意兴索然。躺在床上，辗转反侧，难以入眠，突然想到南宋聂胜琼的几句词"寻好梦，梦难成，有谁知我此时情。枕上泪共阶前雨，隔个窗儿滴到明"，虽然窗外无雨我也欲哭无泪，不过词意与我的心境，颇有近似之处。此时此刻身在北京，心潮翻卷思绪绵长，前尘旧事如同一部悲欢离合的影片。回首我这半生，历经坎坷很少辉煌，饱受人间霜雨风霜。个人命运不幸且不说，所谓爱情生活也是"曾经沧海难为水"，苦了自己牵累了别人。我同发妻青梅竹马，虽然算不得两小无猜，但在青年时代相爱之情确很纯真。那时我们都在沈阳某艺术剧院工作，她是话剧团演员，后来改行，我在创作室做编剧。我长时间在鞍钢深入生活，很少有机会回沈阳，书信往还就成为渴念的情结，真是"海枯石烂情不改，沈阳鞍山两地书"。结婚后生下小女儿，一切都还非常圆满，始料不及的婚变离异，现在想来还是怪我的种种迂腐，书呆子行径。当时我沉迷故纸堆中，日思夜想成为名家，于是冷漠了家庭，也疏淡了爱情，这对一个需要情感温暖的女人，实在是难以忍受的，以致决定离异时她扔给我最后一句话，就是"你跟书过去吧"。我不是个玩弄情感的人，我也没有主动提出离婚，只是失去后才觉得应该珍惜。大概是人间没有后悔药，空自追悔当然无济于事。她很快地再度结婚，我则步入半生中最孤寂的岁月，开始了政治上的流浪生涯……这就是在那个北京黄昏的"奇遇"，以及不眠之夜时的愁思苦想，想得最多的还是离我而去的小女儿，在我心目中她仍是娇小的模样，想来她该三十几岁了。

又是五年光阴逝去，又是五年世事变迁，我已垂垂老矣。而每当一年一度又秋风，心头常常萦起对北京那个黄昏的思念，这恐怕是曾经离异的人，心灵上永远抹不掉的阴影吧！想到北京那个黄昏，想到有如风中飘萍的匆匆一面，我又深有悔意，怨自己为什么那样执拗，不是夫妻不还应该是朋友吗？真是人生何处不相逢呢？

风雪弥漫人生路

今年入冬以来天气奇寒，是个多雪的冬天。

雪一场连着一场，虽然不似古人吟咏的"燕山雪花大如席"，却也犹如扯絮飞棉。一天早晨又是大雪飘飘，我凝目窗外，上班的人们顶风冒雪，显得步履艰难。神驰良久，忽然有悟，回想自己60年的人生历程，每到命运转折的重要时刻，无论是幸与不幸，总是和风雪有关。

1942年，我刚好12岁，正在佳木斯一个小学读书。家庭突然遭遇不幸，父母双亡，经济彻底破产，爷爷领着我和弟弟，离开城市回乡下去务农。爷爷已近70岁，弟弟才10岁，我们各自背着破旧的衣物上路，需要徒步45公里。头一天刚刚下完雪，我们大清早起身，在乡间土道上踩着积雪，深一脚浅一脚地前行，一直走到掌灯以后。从早至晚的雪路跋涉，似乎是一种预兆，预示我将尽尝生活的辛酸、磨难，如同这一天的雪地行程，充满了艰难、惶惑。而这一切先由雪开始，构成我人生中第一个转折点。

在穷困、饥寒中熬过了 3 年，我已经辍学务农，给地主榜青窝棚当半拉子，又兼放猪、放牛。那时候就酷爱文学，并且读过《红楼梦》，虽然读不懂但是记住了贾雨村的两句诗："玉在椟中求善价，钗于奁内待时飞。"我所谓的"求善价"不过是只求一碗饱饭，而"待时飞"倒是常常萦绕在心头。人生本来具有偶然的戏剧性，盼望的机会终于来了。1946 年冬底，东北文工二团一些剧作家、演员，到我所住的孙才屯来体验生活，其中有李之华、颜一烟、朱漪等人。他们即兴创作了歌曲，现在依稀记得那歌词："有个孙才屯儿，挖掉那穷根儿，老乡们分到地，人人翻了身儿。……"每天晚间，朱漪在小学教室里教歌，我是儿童团长，领着一帮孩子，学唱《东方红》和《解放区的天是明朗的天》，渐渐地与这些同志都混熟了。看我喜欢文学还想当"作家"，就动员我参加革命，跟他们一块儿走。迫于生计，我当然是求之不得。临行头一天，农会见我身上穿的棉衣实在太破烂单薄，就从斗争果实中拿出两件衣服，一件是关东军黄呢上装，一件是绿哔叽马裤，套在身上倒是很暖和，只是活像山林讨伐队的日本兵。走的那一天，偏又赶上下着棉花套子大雪，天气是零下 40 摄氏度严寒。拉爬犁的三匹马，冻得直打响鼻儿，蹬开四蹄在雪地上狂奔。西北风卷着雪花，变成一阵阵"烟炮儿"。李之华同志发现我冻得一个劲儿发抖，打开行李把被子披在我身上，就这样我到了革命队伍——东北文艺工作第二团。这是我个人生活发生重大转折的一天，也是我生命中第二次遭遇大风雪，它使我的人生历史掀开崭新的一页。

两年多艰苦的日日夜夜，我时而在战争前线，时而到农村土改，南征北走行踪不定。1948 年冬我随军进驻沈阳，生活逐渐安稳下来。此后数年是我的黄金时代，曾经初涉文坛并且一度"得意"，少年时代的作家梦，已经有可能变为现实。正在这个时刻，又一场生活转折的风雪扑来，比大自然的袭击更加猛烈，这场空前的政治风雪，使我的一切又一落千丈。接踵而来的是前郭草原"劳改"，省直农场"锻炼"，我像在狂风中飘摇的一粒尘沙，被抛到白城西部一座小小的方城。初进方城又是一个落雪的日子，时间已是黄昏之后；幽淡的月色，徐徐飘洒的雪花；一排排低矮的碱土房，断续的几声犬吠；小城一片凄清寂寥。就是在这小小的方城，我苦度 18 年光阴，虽然有过难言的贫困、屈辱，但也感受到了人间最真挚的友谊，小城人对我的支撑，像一池不沉的湖水，浮起我登向命运的新岸，永远结束了人生路上的风弥雪漫。如果从 12 岁那年算起的话，我半生的天路历程正好是：

风凄凄，雪漫漫，跋涉人生五十年；

幸喜晚景堪自慰，春光明丽别有天。

"龙套"春秋

传统戏曲演员的专业类别，通称"行当"。以京剧来说，基本分为"十行"，即"生""旦""净""末""丑""副""外""杂""武""流"。这里说的"流"，专指扮演"龙套"的，在话剧、歌剧中又叫群众演员，也泛称跑龙套。

在我的少年和青年时代，从15岁到18岁，曾度过一段"龙套"春秋。

刚刚放下小猪倌的鞭子，从极北边陲荒野走进革命队伍——东北文艺工作第二团，我才满14岁。虽然念过两年多的小学，已经完全被每日的"嘞嘞……"叫猪声所淡化。我年纪小、文化低，又生得矮小瘦弱，再加上一在人前说话就脸红，心里头还锣鼓齐鸣；已经注定我不适合在戏剧表演上发展。但总得干点什么，我开始搞舞台装置和道具。还真别说，我这农村孩子还露过一手呢！话剧《反"翻把"斗争》的布景，有一道秫秸障子，那些念过"国高""联中"的伙伴就不会编制，但我会编。每个戏中都需要一些"活动布景"，我就开始凑数扮演群众。这一类角色都不用说话，只要站在那里即可，或是愣呵呵的也无妨；有时候需要交头接耳表示议论纷纷，干张嘴也不必出声。我也扮演过类似旧戏里"车、旗、伞、报"式的角色，而且还是个"旗头"。秧歌剧《光荣灯》随着农会主任慰问王二嫂，我是四名群众的领衔者。还演过虽然不用说话，但是动作不少的人物。《抓壮丁》里的烟灰，顾名思义是个大烟鬼了。化装上要显得烟容满面，站在那里还要东倒西歪，哈欠连打。唯一一次有台词的戏，是一出反映土改的大型歌剧《从冬天到春天》，我的台词也只有三个字。在分斗争果实的场面，有人拿一件衣服问："这是什么？"我接口说："小棉袄！"表示翻身胜利后的喜悦。可是这三个字成了我很大的精神负担，从出场到站在台上，就在嘴里不停地默念："小棉袄，小棉袄……"等到别人一问，尽管我尚能脱口而出这句话，可是声音颤抖，不但未能反映出翻身后的激情，简直是一种哭腔了，惹得导演拿眼睛瞪我，大伙儿在台上也忍俊不禁。后来看我实在是不堪造就，就免去我在舞台上说话的机会，"龙套"还是常跑的，我自恨无能。

我那时虽然情绪懊丧，也不乏精神上的自我安慰，就是对文学的追求。即使在风餐露宿的行军途中，照样是捧书而读。终于在1949年春天正式学习创作，不再跑舞台上的"龙套"。可是回首40多年的文苑浮沉，我在文学上的"行当"，也还是"杂""流"的角色。杂文小品到底难成大器，所以我这半生蹉跎岁月，可以称之为"龙套"春秋了！

七家子纪事

　　七家子距离前郭县城9公里。七家子火车站是一个很小的火车站，虽然快车经过时飞驰而去，倘遇我坐在列车上，一定要匆匆看上几眼，就是这么一个普通的小站，不时地萦起我的神思遐想，让我留下了终生难忘的印象。

　　1958年春天，吉林省文艺界的"反右"正接近尾声，我虽然自忖难免要下去劳动，但是毫不悲观颓丧，还有一点浪漫主义色彩的幻想。所以行前做了些精神和物质的准备，如剃了光头，新制一套便装对襟的裤褂，积习难改，诗爱打油，又即兴写了一首：

> 烦恼青丝恨未除，
>
> 削去乌发意何如；
>
> 粟园篱下怡情趣，
>
> 窗前明月枕边书。

　　想得有些过于天真，好像下去劳动能够步陶渊明的后尘，能够"采菊东篱下，悠然见南山"那样闲适，那样流连田园风光呢。

这种梦幻，很快就清醒了。

我的难兄难弟们，包括丁耶、胡昭等随同单位的下放干部，到敦化农村参加劳动。由于我不承认"反党"，被看作认罪态度恶劣，则像是从大帮猪群里轰出来的，被单独送到七家子农场，并且有"解差"押送，从长春坐长途汽车，还是站笼式的敞车，一路风尘到七家子，已经是夕阳欲尽、暮色四围的时候，押送我的"解差"是原单位的总务，虽然不免有些盛气凌人，总算没有董超、薛霸那样的棒打水烫。大约是向七家子农场人事科递完我的"反党、反社会主义综合材料"，第二天就和我分手返回长春。我起早坐上一辆大车，拉着我的简单行李（一条被子、一床毯子、一个小皮箱里装着《老残游记》《戴望舒诗选》等几本杂书）奔向最偏僻的第七队。

那阵儿我才 26 岁，人生阅历很浅，可说是少不更事，也还没有深尝生活中的苦味，又不解世情的诡诈，人群中尚有狐鬼，以堂·吉诃德大战风车的态度对人处世，悲剧自是不可避免。我当时心头固然有些迷离、惘然，却又不乏自得其乐的闲情。坐在大车上，我还观赏沿路风景，真是放眼无边的大草原，沃野平铺，苍茫辽阔，显得异常寂静。我暗自猜想：清代金圣叹因文字罹祸，获罪流放的辽东是不是也如同此地呢？……

七家子农场第七队是个水田队，这个时候正在开始整田耙地。队里除原有的农业工人，像我这样有"脱胎换骨"重任的，早已先来 20 多人了。我神色惶惑，第二天便投入劳动，起床哨一响我的心便凉了半截。这还"三星未落鸡未叫"，天还黑着呢，怎么起这么大早啊？吞咽下很有硬度的高粱米饭，又喝下没有油水的土豆稀汤，便立即下地接受劳动的考验。水平地需要光着脚下去，时值早春，水凉浸骨，那股寒凉真是刺骨扎心。滋味最不好受的，还是插秧。每天起早贪黑，伏身在水田里一直倒退，把手中稻秧成行地插在田里，累得头晕腰酸腿软，大腿根部生疼，晚间收工就应了那句俗话：非得"拽着猫尾巴上炕"了。每日几乎 16 个小时的劳动，疲劳过度还没有什么，正当血气方刚的年岁，还不怕"劳其筋骨"。但越来越感到沮丧，也越来越明显意识到，"右派"的前景将要充满屈辱，是"只准老老实实，不准乱说乱动"的新社会"贱民"，今后的岁月更要艰难，而不会轻松。人身自由完全失去，创作自由当然就更谈不到了。

我内心痛苦，表面上倒还镇静，一切都淡然处之。在困苦的逆境中要苦苦支撑，要坚毅地活下去，我所依凭的精神支柱是对生活的信念和对文学的酷爱。生活信念是自小形成的一种人格力量，而酷爱文学织成的作家迷梦，还在鼓舞着自己，必须奋斗下去。这样，我拼命地劳动，也拼命地读书。每晚收工回来，吃完那碗吃了反而更饿的高粱米粥，把疲惫的身躯放在炕上，便急不可待地读起书来。我自带的几本书早已经读完，又借读了罗曼·罗兰的《约翰·克利斯朵夫》、托尔斯泰的《战争与和平》等大部头的经典名著。虽然我的经济状况十分困窘，工资从当时的 98 元已降到只有 18 元的生活费，但除付每月的饭伙钱，还能余下七八元，攒在一起积少成多，数目也尚可观。所以从北京新华书店邮购过精装本《契诃夫小说选》（上、下册），袖珍本半精装的肖洛霍夫《一个人的遭遇》、梅里美《查理第九时代轶事》等一些书。托人从前郭县里寄出书款，便每日怀着希望和等待，默念着、切盼着，无疑是一种苦中乐趣。

我在昏黄昏暗的灯光下，有时常读书至午夜，此时草原上的夜风扑打着门窗，远处传来凄厉的狼嚎，此情此景，心绪惨然，不免涌起对亲人的思念，所想念的也唯有被离异妻子带到沈阳去的小女儿盈莺。刻骨铭心的思念，常常变成心灵的诗行，笔写、默诵，旧体、散文化的等等不一，依稀记得写过这样一首：

> 荒漠大野草惊风，
>
> 疏星淡月夜三更。
>
> 梦中拭去思儿泪，
>
> 醒来犹怀小盈莺。

还写过一首很长的诗，是为我小女儿三周岁生日写的：

> 三年前你降生在沈阳南湖之滨，
>
> 今天是你彩凤展翼的生辰。
>
> 你虽然不解人世的忧患，
>
> 却也逃不脱悲剧的艰辛。
>
> 说你失怙，尚未失去母爱，
>
> 身边却失去了落魄天涯的父亲。
>
> 我们何时能相见，何地再重逢，
>
> 无尽情丝将织成我——
>
> 西风落照的黄昏。
>
> ……

诗写得很长，是我当时心泉的流泻，故名《寄情草》。这是开头的几句，其余已全忘记了。

　　劳动日加艰苦，生活也日渐严峻。1958 年夏天，全国人民都在"大跃进"，我们更"跃进"得出奇。割完的稻子不用车拉，全要我们背回来，日夜不停，必须背完高额数量。因为各有任务，彼此谁也帮不上谁的忙，连捆一捆也很难援手。于是只好"各自为战"，先捆紧再仰躺着背好，趴伏地上手拄着硬撑起来。从这一点上说，我可是"五体投地"地"服罪"了。我因为力气不足，每次背的捆数渐少，而背的趟数加多，直背到金鸡三唱天破晓。草草吃过早饭又接着出工，来了个日夜不眠连轴转。收割完稻子有一段空闲，又要到以种大田为主的第一队去支援，割谷子、高粱、黄豆、玉米，庄稼活差不多干全了。天冷起来坐在地上修理甜菜，真是"下雨扒麻秆儿，刮风抬石头"，活计安排得日夜不闲。住的虽然不是牛棚，却是货真价实的猪舍。一口熬猪食的大锅也派上用场，晚上用它烀甜菜，至于是否卫生已无人注意，以此填满未饱的饥肠，倒很有益于身心健康呢。

　　开始打稻子了，我们又回到第七队。白天起早干一天，晚上还挑灯夜战，声称是对我们的考验。在这种"考验"中，我不但没有时间读书，连脸都半月不洗，只想睡觉，又感到胃肠空虚，正在这个时候，那位送过我的"解差"，又把丁耶送到这里。是什么原因呢？我没有细问这位难兄，只觉得意外地高兴。有个互相了解的人在身边，当然有他乡遇故知之感。这位全国有影响的著名诗人，嘴碎的老毛病依旧，仍然心直口快地爱说，但是已不复有当年诗人的风度。我自己呢？形象可能更加狼狈。

　　不久，省委统战部集中省直机关"右派"办农场，我和丁耶又回到一别经年的长春。

　　七家子农场第七队，1958 年从春种到秋收，我曾待过近一年的时光。日子过得虽然苦涩难言，但是在这片土地上，留下了我青春的足迹、劳动的汗水，也留下了我当年的梦幻、期冀、追求，想起来，尤其是时至今日的暮年想起来，又不禁有几许辛酸、几丝沁甜、几多眷恋。往事已经成为过眼烟云，今天追怀起来也能感到，严峻岁月可以培养人的坚毅性格。艰难时世自会强筋壮骨，增强体魄，延年益寿。人的一生犹如天有不测风云，人有旦夕祸福，不过是"都付笑谈中"而已。所谓的"少年苦不算苦，老来闲适才是福"。目前老境已至，虽未盖棺尚可定论，看来我的老来福，是能够安享晚年了。

　　正是这种原因，我忘不了七家子，也正是这种原因，我同前郭尔罗斯草原结下了不解的情缘。

乾安三记

故　乡

月是故乡明，人对故乡总是一往情深。说起我的故乡，那可有点"多元化"，此话讲来还确实透着复杂。

1931年，我出生于黑龙江省宾县近郊的庙岭，那里现在已是一个繁华的城镇。1988年8月松江地区文联邀集本籍的作家回乡探访，我有幸忝列其中。谁知道事有不巧，时间上正和李默然（影片《甲午海战》中饰演邓世昌）倡议的"原东北文协文工团建团四十周年联谊会"赶到一块儿，无奈只好舍弃还乡的机会。虽然那阵子也活动在哈尔滨，可黄昏时伫立江畔观赏"月涌大江流"的景色时，思乡之情萌动于怀，曾写下这样的八行：

> 我本宾县庙岭人，
> 少小背井五卅春，

　　　　　岁月蹉跎皆如梦，

　　　　　经历坎坷亦成尘，

　　　　　腮边常滴思乡泪，

　　　　　心头永系恋土魂，

　　　　　华发盈头归家晚，

　　　　　依然一颗赤子心。

　　诗虽然记录了我的思想感情，实在不尽如人意，倒很像京剧《空城计》中的唱词："我本是卧龙冈散淡的人……"

　　说我的故乡"多元化"，那是因为我在出生地宾县只住了五年，5 岁时便搬到依兰县土龙山下的孙才屯，现归属桦南县，所待的时间不足十年。命运又驱使我在 14 岁时，离开故乡桦南。以后到佳木斯、哈尔滨、沈阳、长春，虽然栖身常驻，却匆匆有如过客。1961 年岁尾，我一头扎进白城地区西部草原上的一个小城，度过了漫长的 20 年岁月。

　　人生能有几个 20 年？何况这 20 年又是人一生中最好的那段年华。所以对于这个小城我有着"不是故乡胜似故乡"的感情。

　　我孤身一人，背负沉重的"十字架"，形影萧索地来到这个小城，是在一个残冬的黄昏。天灰蒙蒙，落着凄清徐缓的雪花，放眼四望，房子都没有起脊的房盖，好像一方方的火柴盒，在淡淡的月光的映照下，更添内心的痛楚。这里就是我安身立命之处，往昔"少年得志"徜徉文坛的岁月，永远、永远地过去了，曾经有过的瞬息"荣华"也永远、永远地过去了。开始，我痛苦不已，留恋逝去的过眼烟云。终于，我习惯、安适和喜欢这个小城了，它成为我真正的故乡，我也努力地干好降为行政 24 级的工作。

尽管我走在大街上，背后不免一阵喊喊喳喳的议论：

"瞧！省里来的右派！"

"听说还是个小作家呢！"

我只得"笑骂由人"，埋头于拓荒这个小城的群众业余文艺创作：举办文学基础知识讲座，编发《街头文艺》，又辑印《群众作品选》，为县剧团赶写小戏。可悲的是它们后来均成为我"企图复辟"的大罪。在那个年月，我虽然也被游斗、示众，跪过长街，受过非人的凌辱，但难以忘却的还是那些数不清的群众——善良的人们，他们或明或暗地帮助我，甚至给予我无私的经济救援，使我坚毅地活了下来。

我怎么能够忘掉 20 年的岁月！

我怎么能够忘掉这个小城！

我"多元化"的故乡，实际上是：

生我者——宾县；

养我者——桦南。

我真正的故乡，要算这个度过 20 个春秋的小城了。

呵，我永怀不忘的故乡！

邻　里

我在小城居住的大杂院，算上经常走过的前院，共有五户人家。

人都说"远亲不如近邻，近邻不如对门"，麻烦就偏偏出在这对门上。要说这事儿，还得由前院开头，不然的话醋打哪儿酸、盐打哪儿咸呢？

我们前院的一家，男的叫徐志良，在副食品公司当主任，人很老实，可当不了老婆的家。他老婆虽然是个家庭妇女，可在前街后巷邻里之间，那是窗户眼儿吹喇叭——名声在外。她本来有名有姓——章岫云，邻居却都叫她徐大辫儿，因为她年近50岁，还梳着两条油亮的大辫子；半老徐娘了，照样每天描眉打鬓，尤其是说话声，脆生生的真有股冰椰萝卜味儿。至于她的人品如何？这么说吧，她在伪满时给一个警尉当小老婆，光复后，被群众斗争，她比那个警尉还多挨了两顿鞭子。因为徐大辫儿是后来邻里风波的主角，先略叙数语。

后院，也就是我们的大杂院，一排连脊的六间碱土房，分为三间一个单元，也就是三间房子两家住的对面屋。所说的对面屋，各家有一间住屋，中间（称外屋地）是水缸挨水缸，锅台对锅台。真是关门如同一家人。紧靠西头第一家叫臧贵，是日杂门市部的营业员，一家九口七个孩子，虽各有小名，胖子、二小、三斜楞、老丫，一水儿肩挨肩。前后院孩子在一块玩儿，难免斗口甚至动手，一闹翻了孩子们就有辙有韵地喊着：

车轱辘菜马驾辕，

臧贵媳妇好要钱。

说臧贵媳妇要钱，实在是冤枉了，她是农村搬来的本分人，每天养鸡喂猪操持家务，忙得连话都很少说一句。倒是她丈夫臧贵，是个要钱鬼，外加上吃喝嫖，后又成了"文化大革命"中的武斗干将。挨着臧贵家住的是双职工，起早贪黑地上班，很少同邻居来往，这就无可赘述了。

我们靠东头的三间，我的对面屋刘小春是个生猪收购员，常年跑屯串乡收购生猪。此人好吃、好喝、好说大话，故得"小吹儿"的诨名。女的也是家庭妇女，同徐大辫儿一样，伶牙俐齿，没理辩三分，也有个外号叫"小辣椒"。我的生活相当困窘，全家四口就凭着四百一十大毛的工资来维持，过的是难以言喻的穷日子。对面屋呢？刘家人口众多，除工资之外可能有些"外进项"，虽非大鱼大肉，也是猪肠子、猪肺子、猪血什么的，经常红鲜鲜、香滋辣味地煮满一锅。刘小春吃饱喝足，常往院当心一站，腆着肚子拿腔作势地剔牙，还扬扬自得地说："咱就是粗粮不进肚……"刘家孩子也对我大儿子夸耀："我爸又冒沫了（喝啤酒）……"刘小春的贤内助表现得更为实惠，叼着自制卷烟"报纸王"，纡尊降贵地说："……你们也真够说的，天天三顿不换样儿，大饼子、高粱米、苞米糙子，熬的土豆白菜也少油寡水的，啧，啧！你们咋能咽下去呢？……"这份儿关怀，让我那病弱的妻子，只能哑然苦笑。我终究改不掉执拗的性情，春节时在屋门贴出一副自编的对联：

食无粗粝君真富

家有藏书我不贫

横批是：乐在其中。

不知是什么原因，刘小春竟忽略过去，没有在后来揭发我这是"利用小说反党"的影射行为。

我们大杂院的生活，像无声的流水，平静无波地流着，邻里之间也都相安无事。1966年秋天开始，随着社会上的动乱，我们和谐的日子开始搅成一锅粥。一天我下班挺晚，无月的黄昏，天黑擦擦的，徐大辫儿和小辣椒正在一起嘀咕，看我进院又故意提高声调：

"你听说了么，全县的地、富、反、坏、右五类分子，都要戴黑胳膊箍。……"

"坏人要一个不留地揪出来！……"

"等着看热闹吧！"

我自然是在劫难逃，果然没几天就被揪出来示众，脖子上挂块方砖大小的牌子，上写"没有改造好的右派分子，××县反动学术权威"。

我每天挂着牌子上下班，迎着投向我的各色目光。鄙夷、惶惑、悲悯、同情，我都能处之泰然。

忧虑的是我那刚满 5 岁的儿子，孩子已经懂事，我真担心伤害这颗幼小的心灵。所以每当将近家门的时候，我就把牌子掩藏起来，进屋急忙放到炕席底下。有一天孩子忽然问我："爸爸，咱们家是坏人吧？"我只好打肿脸充胖子："怎么会呢？爸爸是从小参加革命的老干部呐！"孩子又说："我大表哥长大能当兵，我长大能当兵吗？"我答："怎么不能呢？咱们家成分是贫农啊！"孩子笑了，小小的脸上的笑是那样的凄然、苦痛，这无言的衷诉，真似一把钝刀子锯割我的心。……孩子又说："我都知道啊，我看见你藏炕席底下的小牌啦！"

我还能说什么呢？我的儿子啊，你为什么过早地懂得人生的酸楚，世事的艰辛呢？

风声鹤唳，日夜惊魂，无情的岁月一天天地熬下去。这阵儿已经开始跳忠字舞。佩戴的像章、红心也一天比一天见大。徐大辫儿每天搽脂抹粉，上穿红毛衣、下套蓝裤子，挥舞语录、花束，跟着街委会献忠心的队伍，到县革委会门前大跳忠字舞。在动乱的十年，这也是一种难以得到的殊荣。徐大辫儿一回大杂院，就摆出一副得胜还朝的架势，几乎是扯着脖子地喊叫："哎呀，参加献忠队的个顶个都是根红苗壮，有丁点儿黑秧儿都不行呀！……"她已经完全忘了当警尉小老婆那段历史。小辣椒闻声出来帮腔捧场，这下子徐大辫儿更来了劲儿，更加猖狂地说："……不是说了嘛，处处存在左、中、右，哪疙瘩都有阶级斗争，咱们院里就有坏人。"矛头所指当然就是我家，日子也更不好混了。屋里说话，窗外有人听声；偶然来客，院中有人监视。特别操心的是，徐大辫儿挑拨小辣椒同我家对立，从天天骂杂儿，在外屋地养猪，又念秧给我家听："就是斗倒斗臭他，活该！"气得我几次想冲出屋去说理，可是妻幽幽的哭泣，儿子那双如小鹿惊惶的眼睛，都迫使我强压怒火，不能铤而走险。妻又苦苦地劝说："忍着吧，咱们惹不起人家，将来下乡种地不是也一样活着吗？"自然，我们大杂院里并非没有好人，臧贵的媳妇就是一位，她实在看不下眼，温和地说："人都落到这份堆上，可不能再往泥里踹啦！……"气得徐大辫儿一蹦八个高，斥责臧贵媳妇"阶级立场到哪儿去了"，吓得她再不敢吱声。

寒来暑往，时光似箭，我噤若寒蝉的日月，终于完全、彻底地结束了。我于1978年离开这个大杂院，又迁回春城。

某年初冬，我又回到阔别许久的小城。昨夜刚刚下过一场微雪，在阳光的辉映下格外晶莹灿丽。我信步来到市场，忽然一个卖冰棍的老妇，热情地奔过来，还未等辨认出是谁，话就如连珠炮似的喷发："这不是他二姑夫吗？你多咱回来的？你高升了！你发福啦！都说你高官得做，骏马得骑，成了省里的大干部啦！我早说过你人好心好，好心必有好报；蛟龙困水能几日，总有出头得第时……"这一番既像二人转说口，又像"豆腐西施"口吻的恭维，使我有些哭笑不得。随着声音细加辨识，竟是徐大辫儿。不过10年的光景，全变得不似当年。当年的风韵全失，那时虽非亭亭，尚称玉立的身躯，变得粗蠢低矮，一副龙钟老态。就连从前那种冰椰萝卜味儿的脆生生的话语，也变得像卖野药老头子嘶哑的干号。正当我困惑迷离，徐大辫儿又接着说："他二姑夫，你得好我可遭罪了，只剩下我这个孤魂野鬼……"原来她的丈夫已病故，领养的两个孩子，女儿结婚后与她脱离关系，儿子已认祖归宗，只剩孤零零一人，靠卖冰棍维持生活。虽然往事一幕幕浮现心头，我还是热诚地劝慰一番，因为邻里的恩恩怨怨，不应该过分责怪一个愚昧无知的妇女，她也是政治灾难中的受害者。我发出几声悠长的叹息，徐大辫儿的凄凉晚景，令人感到此境堪哀了。

岳　父

我到小城的时候，已经过了而立之年，还是子身一人。也并不是没有年轻姑娘前来问津，一听说我这种"坠入深渊，万劫不复"的政治身份，便都迅速"兵退四十里"。

是啊，那个年头儿，谁敢沾惹"右派"，即或是摘了帽子，也不能褪了"贼皮",谁甘愿去抹这层不祥的黑色呢?

就在这个节骨眼儿,我的岳父不嫌弃我那卑微的身份,妻我以女,又在各方面照顾我的生活。就是从那时候起吧,我才穿上里面三新的棉袄,不再盖那床母鸡可以抱窝的被子。

在我结婚的时候,岳父虽已60多岁,但身体强健,颇具关东汉子的犷豪之气。他一生律己甚严,不吸烟、不喝酒,为人仗义,疾恶如仇。青年时代和一个土豪争讼,在势力对比悬殊的情况下,竟能大获全胜。所以晚年时孙子、外孙绕膝承欢,他常讲述当年刘文宝(民国年间小城的县长)坐大堂的情景,他在堂上对答如流,话中绵里藏针,大有京剧《四进士》中宋士杰的气概。他常遥想当年,闭目追怀地念念有词:"回禀张承审,草民有下情奉告。……"这样的语言,大约是从鼓词唱本上学来的。

岳父没念过书,但能看懂《三侠五义》《三遂平妖传》之类的旧小说,全凭着年轻时的习字。他心灵手巧,会剪裁衣服,能做便式的成衣。他还会做面食和各种煎、炒、烹、炸的菜肴。岳父做过买卖,种过地,靠个人奋斗,白手起家,终能薄有产业,家道小康。岳父为人重信义,待人处事有古君子之风,尤其是善待门婿。我结婚后,小城里每年秋天必有的工序——脱坯、扒炕、抹墙,都是老人家代劳。他常说:"他二姑夫是文化人,让他多看点书吧!……"

1966年秋天,对我来说是灾难重重的时期,"破四旧"时烧了我一批藏书。老人家深知我爱书如命,怕此事导致我精神分裂,就想方设法代我掩藏了一部分。想的办法是把书用毯子包起来,外边再包一层塑料布,放在挖的坑里,上下垫好柴灰埋起来。几年后"出土",居然完好如新。是岳父无微不至的关心,使一些比较珍贵的书籍,能够伴随我到今天。

小城岁月变得严峻凌厉,风声也越来越紧,十字街头贴出来声讨我"复辟罪行"的大字报,不久我就进了"黑帮队"。每天站在单位门前早请示、晚汇报,实际上就是挂牌示众。岳父很为我担心,老人家仿佛立时衰老了十岁,还强自镇定地安慰我:"把心放宽,千万别往窄处想,人一辈子免不了三灾八难,咱们正派做人心里无愧就行……"我自然要忍受一切活下去,为了妻的病弱、儿的幼小,我都要不顾一切地苦苦支撑。

秋凉之后,忽然街面上风传:全县要召开针对阶级敌人的专政大会,而且说农村的造反派也要进城,每人手持二龙吐须的鞭子,要像土改时"扫堂子"那时候,狠打"五类分子"。听到这消息,徐大辫儿和小辣椒好像城里要唱野台子戏,叽叽嘎嘎地商量如何梳妆打扮,去赶这场热闹。我们家呢?连5岁的儿子都比往常发蔫,妻虽然勉强安慰,连只剩下的一小碗面粉,也给我做了面汤,可还是难以驱散我心中的愁云,我强打精神等待。就在传闻要开会的头天晚上,我家原来昏暗的灯光显得更加暗淡,儿子盖着旧棉大衣睡着了(这就是他儿时的棉被)。我沉默、妻无言,可是院子里的欢歌笑语,更烘托我屋子里的一片死寂。这时岳父手托一件很厚的羊皮坎肩进来,对我说:"……明天你套里边穿吧,如果真挨鞭子,也能搪一阵子,总比穿单衣挨打强些。……"老人家的脸上更加瘦削,仿佛一场大病刚愈,说话声音也很微弱。我默默地接过羊皮坎肩,立即穿在身上,准备去迎接明日那无可逃避的厄运。人生中也有不幸中的万幸，由于造反派组织之间争当会议执行主席，大会意外地没有开成，我也幸免于难。

1978 年之后，我落实政策离开小城，每年都要回去一次，在经济上也力尽人子之道。这时候岳父已经 80 多岁，身体也还硬朗。每次回去，老人家一见面，浑浊的老眼似乎放出异彩，身体变得很有活力，轻灵得多了。老人家立即挎着菜筐拄棍上街买菜，无论冬夏都要买回我最爱吃的黄瓜、粉皮、猪蹄、瘦肉，又乐颠颠地为我下厨，真是可怜天下父母心啊！最后一次分别，也是岳父逝世之前的会面，我离开小城之时，老人家扶墙殷殷送我。我拐过房山头回望，岳父仍然痴立在那里，寒风扫鬓，频频招手，双眼流下两行清泪。我不敢再看，急步向前，谁知竟成永诀，我永远失去义重情深的岳父。我深深地追悔，为什么当时不再多看上几眼呢？一切都无可挽回了。

我怀念自己的岳父。

人人都有双重父母。

小村寻梦

我不完全赞同"浮生若梦"这句话，只是转瞬消逝的岁月，有时真像一场梦，情思神依地让你眷恋。单说这么一个不到百户人家的小小村落，就时常在我梦境中萦回。

二十几年时光过去，难忘这座小村。

二十几年时光过去，我又归乡寻梦。

阔别二十几年后的一个初春，我乘车飞奔小村而来。记得有句"近乡情更怯"的诗句，如果"怯"字易为紧迫的"迫"，那就更加贴近我此时此地的心情了。车进小村，凭窗外望，虽然风物依稀似旧，却又改变了当年的模样，村中那一排排低矮的碱土房不见了，代之而起的是一座座红砖瓦房，有的还是水磨石墙面儿。房前屋后树木成林，家家院内几乎都停放着小四轮拖拉机，肥猪圈养，鸡叫鹅喧，一派富庶兴旺的气象。目睹此景，百感涌怀，思绪陡增，想起我当年乍进小村的情景……

1969年冬天，大批干部插队落户，我以"戴罪之身"，一人"单插"到这个小村。从县城坐汽车，下车后还要走三里路，我身后用"背夹子"背着许多东西,简单的行李上边放着锅碗瓢盆,右手拿着脸盆牙具,左手拎着一兜旧书。虽然是全身用力均衡,走起路来也不免叮当、哗啦乱响,一进村就惹得一群小孩子跟在后面,以为是走屯串乡变戏法的来了。大队把我安置在一家老农的对面屋,由于多年没人住,四面墙挂满了冰霜,窗户是用毛头纸糊的,只有中间一块玻璃,风一吹就呜呜直叫。夜里躺下,炕是滚热的,但还得戴棉帽子御寒。睡不着借着微弱的灯光读书,许多笔记小说——《子不语》《夜谭随录》《夜雨秋灯录》《萤窗异草》——都是这时期读完的。正朦胧已是鸡啼三遍,更倌满屯吆喝"烧火",我也跟着各家妇女起来做饭。说来好笑,做饭又应了那句"凉锅贴饼子——溜了",所以常常是贴大饼子,吃的却是糊糊粥。匆匆用饭后天尚未亮,随着生产队的钟声,去等待"派工"。差不多的农活我都干过,值得记下的就有两项:一是"抬重",即村中丧事去抬棺材,这个活儿是四人两杠、八人轮换。我个子不高,其余三人都身躯不低,抬起来时我只得用手举杠,跟着脚不沾地地飞跑。抬起来就不能放下,换杠时也不能停步,其中的一位好心者,看我实在步履维艰,换杠后就一直替我抬到数里之遥的墓地;第二项是"跑车搂草",也就是搂烧柴,四人一车,顶星星走踏月色归。俗话说"关东城好下,独杆套难拉",这个活儿劳动强度相当大,套着大爬在草甸子上游走,一转一身汗,等歇气时后脊梁冰凉,真是"风吹背后寒",带的大饼子揣在怀里,午休时临风咽下,渴了就吃几口地上的积雪。为了不殃及妻儿,我独自在小村顶门立户,劳动和做饭颇难兼顾,经常受到乡亲照顾,那时农村并不富裕,左邻右舍偶尔吃点像样的饭食,也就是荞面饺子、黏豆包什么的,都要给我送上热气腾腾的一碗。这善良暖人的生活关怀,蕴含一片无言的同情,支持我在绝境中尚能坚强自砺,终至迎来明媚的春光。

二十几年前小村的这段生活经历,虽然犹如一场不愉快的梦,但是迄今难忘的是乡土乡情、乡亲们温馨的厚谊。我归乡寻梦是想看望乡亲畅叙别情,看看开放改革的富民政策在农村引起的新变化。

车已驶入小村,久盼的一切即将展现在眼前……

难忘的麻花香

我非常喜欢吃麻花，这种饮食的偏好，一直保持到今天。咬一口酥软甜美的麻花，细细品味着，常常唤起我童年的记忆。

往事多情，时光倒流，1945年秋天我已满13周岁，正在北疆一个小村苦度春秋。虽然读过两年小学，但为生计不得不辍学放猪当半拉子，可是内心深处向往着文学之路。我痴迷于读书，放猪时把猪圈到一块儿我读书，铲半截子地歇气时也读书，人长得呆头呆脑的，干活儿又不"顶个儿"，惹来村里人的嘲笑。

夏天放猪的间歇，我常挖一些药材，无非是防风、桔梗、串地龙，晒干后拿到集镇上去卖。这一年秋天，我挤上一辆花轱辘大车，拖着两麻袋药材，随着一群卖山货的妇女，到15公里外太平镇去赶集。秋阳高照，秋风醉人，一路穿屯越户，车到太平镇已近中午。

当时东北光复不久，小市场里热闹非凡。我去药铺卖完药材，又匆匆赶回市场，先到书局买了本老舍的长篇小说《文博士》，又给爷爷买了一瓶烧酒和二斤干豆腐，就蹲在墙根儿下等着大车返回。怎奈早晨下肚的苞米面饼子早已经消化完，不免有些饥肠辘辘，偏赶近旁正吆喝着："新炸的大麻花……"

麻花色香诱人，让我更觉着饿得厉害，买了两大根几乎是没嚼，就吞下肚去。酥脆、甜香，是怎样地舒畅我小小的肚肠啊！我虽然没有吃饱，一想到家里的爷爷和弟弟，只能咽下口水紧紧裤带，又买了几根带回去。归途中口有余香，竟成为我终生难忘的回忆。

也许是我同麻花有着特殊缘分，这一年冬天我到镇上麻花铺当学徒。每天的活计是，头天晚上在灯下搓麻花，第二天起早烧油锅，白天到市场卖麻花。一天到晚没有闲空，很少有时间看书，这对于我真是难以忍耐，唯一的好处是能够随便吃炸碎的麻花头，还可以下汤吃。但我总是见缝插针地挤时间读点书，又用秫秸扎了一个支架，把书放在架上，一边搓麻花一边看书。记得用这种方法，我读过刘鹗的《老残游记》、曾朴的《鲁男子》、日本菊池宽的《贞操问答》，固然不能全懂，也像我头一次吃麻花那样囫囵吞下，毕竟是如此接受了启蒙的文学教育。可是一心不能二用，掌柜的频加白眼，我还是不能醒悟，以致不久被辞退。

我又回到乡下务农，之后参加了革命工作，受命运驱使，在文海艺苑中饱经风霜。半世生涯坎坎坷坷也很像麻花的形状，一直拧着劲儿，弯弯曲曲伴我半生。

啊，麻花的情缘！

古稀的心愿

年轮频转、时序更迭，时间进入 2000 年，我也到了古稀之年。常言说"人生七十古来稀"，而在当今盛世人寿年丰，却又是"人活七十亦不奇"也！但是不管怎么说，能够活到这把子年纪，确实是非常不容易，尤其对我而言，人生路程充满风雪泥泞，所以面对古稀之年，不能不顿生感慨，陈年旧事涌怀而来！

我从小身体瘦弱，还得过一场几乎"喂狗"的大病，长辈们常常指着我的背影说："这小子看来不是个长把儿的瓢……"早已经认定我不是长寿之人。似乎命运早已经注定，倘若不死于非命，也要历经人间的三灾八难，后来的生活果真没有脱开艰难苦痛。十二三岁时父母相继亡故，不得不辍学从城市回到农村，当半拉子和猪倌；又在不足十四岁（1946 年）那年，在父母眼中还"是个宝"的年纪，就参加了工作，像风中转蓬，随革命队伍辗转在抗战前线，迎来五星红旗飘扬于山川大地。1949年后曾经有过一段幸福安定的日子，工资制度由供给制改为工资制，少年得意，徜徉文坛，不但有了稿费收入，而且又娶妻生子，可是谁能料到1957年政治风云突起，我又妻离子散，变成风中的飘蓬，凄苦无依地游荡着。

这样度过五年的"劳改"生活，虽然重新分配工作，在一个小县城当一名文化工作者，但依然是"政治贱民"的身份，过着"心头志，捧日擎天难实现，手中笔，晨夕频挥不解愁"的日月，我企盼人间奇迹。终于，历史恢复了本来面目。一切待遇均得到恢复，很想施展浑身解数，多做些贡献来弥补流失的岁月。我想不应该"恋栈"不退，应该把领导职务尽快让给年轻有为的人，为此我于1989年之前曾"明志"，在题为《夕照何须怨黄昏》一文中，写过这样的打油诗：

> 人生叹老却为何，
>
> 总因岁月太蹉跎。
>
> 红颜消尽青春梦，
>
> 名缰利锁自解脱。
>
> 俱成尘，休再说，
>
> 白发萧然唱晚歌。
>
> 换下蓝衫归去也，
>
> 寄情书海自吟哦。

因此本该1991年10月才正式离休的我，自动提前一年交卸职务，回到自己的惜书斋，领略书笔春秋的乐趣。

如今离休已将10年，我已活到"古稀"的寿数，回想少年时代我就有两个愿望：一是能够有一个书房；二是想努力成为作家。时至今日，距离愿望虽然遥远，又好像有点儿贴边、接近。第一个愿望基本上"凤愿克遂"，承蒙各方不弃，1995年给我戴上"藏书家榜首"的"高帽";第二个愿望颇使我汗颜,虽然 16 年前就忝列中国作家协会会员的行列,但深知作家有大小、成就有高低,别人创作上火箭轰鸣,我只是小打小闹而已!今届古稀之年,无论是天假以年多少时日,我都有些未了的心愿,准备一一加以实现。心愿之一,不管我生命余下的时间多少,都要抓紧一切时间读书,近年由于购书量大大超过读书速度,因此在读书方面不能"叶公好龙"。心愿之二,继续经营"豆腐块"文章,不怕文字篇幅小,要尽全力来写好,当然,如果写不好那是自己的水平问题了。总之,要潇潇洒洒地活着,品滋酌味地活着,不空过生命的余年,不愧对自己的人生。

老年的记忆

人的记忆如同一泓浅碧的湖水，伴随着年轮旋转，静静地在生命中流淌。这记忆的湖水也像人的儿时、青年、中年、老年一样，从了无尘芥到小有涟漪，再到微波荡漾，发展到最后略见浑浊，也就是说老年的记忆逐渐模糊起来。

相声艺术大师侯宝林先生，在他的晚年对于老年人的状态，说过几句极为诙谐又概括力很强的话：

> 新的记不住，
>
> 旧的忘不了。
>
> 坐着就入梦，
>
> 躺下睡不着。

这不只是相声中的几句笑料，它更描绘出老年人的生理特征，比较风趣而传神。唐代大诗人元稹也有一首诗：

> 寥落古行宫，
>
> 宫花寂寞红。
>
> 白头宫女在，
>
> 闲话说玄宗。

所以老年人易于怀旧、忆旧、谈旧，晚年和近期的经历在记忆中转瞬即逝，往昔的生活却是错节盘根，记得非常牢固。

人到老年记忆不清，那是自然的规律、生命的衰微，是无可奈何的事情。表现的症状常是嘴碎、爱唠叨，絮聒个没完，一些陈芝麻旧谷子都倾倒出来。这种怀旧情、忆往昔、追忆过去，实际上是对生活的依恋。但由于老年人记忆欠佳，一切都有些恍恍惚惚，一切都不免颠三倒四。当然也有例外，像刚刚逝世的 99 岁的冰心老人，还有在台湾的今年已满百岁的著名女作家苏雪林（绿漪），她们都脑聪目明、睿智非凡。这种情况还为数不少，且以文艺、科技界居多。

因此，对于老年人的记忆减退，应看作一种正常现象。如果完全丧失记忆，变成痴呆，那就是病态了。能不能加以预防呢？一般来说十分有效的办法很少，倘能清心寡欲、心境恬淡，与世无争，尤其是解脱忧思愁虑，不妨来点儿阿Q式的"精神胜利法"，也许会事半功倍。冰心先生之所以能够高寿且头脑清晰，是她世事洞明无欲则刚，已经进入哲人的精神境界，自然这是常人难以企及的。但又不是绝对办不到的，闲适、潇洒、安宁、祥和，以此心态颐养天年，不介入人世间俗事纷争，对一切都宽容理解，也许会有益于增强老年人的记忆。

闲居琐事

人临老境企盼安居，希望自己每天生活得平和、稳定、闲适，极力避免麻烦、折腾，所以最怕的是搬家。似乎我又有些"走星照命"，在不到十年间，竟接连搬过三次家。前两次住处，还说得上是宽敞，这回的新居不单是蓬门陋巷，显然更要拥挤不堪。固然说"心宽不怕房屋窄"，我又是"家中有书万事足"，此外一切都无可挑剔，不过问题偏偏就出在这书上了。

我半生嗜书如命，工资与稿费所得，除维持家人最低生活需用，节衣缩食全力购书。尽管是家徒四壁、颇显清寒，但书是越买越多，现在藏书已经接近三万册。过去三居室，专用两间屋子装书，筑成我的"惜书斋"。这次搬来与大儿同住，老少三代的人口，自然就减少了我装书的空间。难怪小孙儿宇哲说："爷爷的书搬来，咱们家就要挤豆包了！"

本来我自忖，多年来为书殃及全家生活，这次不专设书房，把那间光线不好的房间做书库，把书柜一排排摆成三排，一个屋子就全挤下了。可是大儿夫妻体贴老人，还是把最大最亮的房间让给我，竟仍然有了独立的"惜书斋"。大儿说："爸爸习惯了书斋的生活，每日面对四壁书山读书写作，准能多活几年！"话是说得不错，就是书把各个房间挤得"沟满壕平"，应验了小孙儿那句笑谈，简直挤得不能再挤了。我的"惜书斋"除一桌横陈之外，还挤进直达棚顶的 9 个 8 层大书柜。大儿夫妻卧室，也挤入 5 个书柜和 3 个书架。此外又见缝插针、有空就放地把书摞起来，还在各屋散放一些成箱买来的套书。

这仅是搬家之后的情况，在搬家过程中更是甘苦备尝。我除了藏书家无长物，搬家实际上就是搬书。1993 年搬家，我写过一篇《搬书记》的小文，发表在报上。不过这次搬家比前两次时间更长，几乎用了半月多的时光。因为怕损及每册书籍，所以把它们都分别用纸箱装好，使用"倒骑驴"运输，每个书柜同书为一车。虽然往返搬运有青年人服其劳，但是上架排放还须我亲自动手。因为我已按不成文的分类法，把全部藏书分类。按古今中外和各种文学样式区分，外国文学则以国家为单元。这样每一本书的位置，均已烂熟于心，其他人是很难代劳的。我不得不起早贪黑、登爬上高地忙碌，累得筋疲力尽，家人也是爱莫能助。

当累极生烦的时候，也不禁涌出一种自我怨艾的情绪，责怪自己既有今日何必当初，买这么多的书干什么？还影响到全家的经济生活。可是当藏书整理完毕之时，书城环绕，闪出瑰丽与光辉时，心中一切便释然了，并且觉得这种劳累还是值得的，同时又感到这也是爱书人的一种由衷的乐趣！

稿费记趣

　　中国有句俗话是"君子不言利"，稿费自然也是利，但很少有人涉及这一类问题。我不避非"君子"之嫌，偏要敷衍成文，只是想谈 50 年来稿费的变迁，略叙关于稿费的某些逸闻趣事。

　　我的写作与中华人民共和国同步，于 1949 年 4 月开始，陆续有了稿费的收入。当时位于沈阳太原街的《东北日报》，稿费发放得异常迅速，上午作品见报，午后即可持名章去报社领取。还有《生活知识报》《沈阳日报》，都有专人将稿费送往作者单位，时间均不超过发稿后的 3 天。不过标准比较低微，千余字文章所得，只能请同志们吃一顿煎饼卷果子、豆腐脑。后来稿费逐渐提高，请客层次也提高到肉丝汤面，直到吃饺子、炒菜。稿费请客主要原因是供给制，每天吃的是高粱米、干菜；最重要的还是那时革命气息浓郁，稿费不被看作正常收入，如果不拿出来花光，会被讥笑为抠门儿的小气鬼。

　　随着经济发展，稿费也大幅度提高，以 20 世纪 50 年代中期《长春》文学月刊（《作家》前身）为例，曾经付给老舍先生的稿费是每千字 20 元，一般作者 12 元。再用当年书价比较，四百余页的书 12 元可买 10 册，按今天的标准也算是高稿酬了。看待稿费的观念也有改变，对稿费除了要交党、团费之外，再没人喊着请客了。到了"动乱"的十年，稿费又被斥为资产阶级法权，被一律取消，倡导要为革命写作，一直到"四人帮"垮台时为止。现在稿费收入已经是天经地义，看法再无歧义。可是近年又有新的情况出现，就是稿费拖延时间过长，半年之久早已司空见惯，干脆不付稿酬也不是什么新鲜事了。还以本地为例，最准时的是省、市的大报、晚报，稿子发出一个月后即可收到稿酬。好在现在作家们都有准时的工资，没有旧社会住亭子间的作家，等着稿费来买大饼充饥，否则不是要难以想象吗？

由此想到，作家们对待稿费的态度也各有不同，有人笔笔入账，有人漫不经心。一位我们尊崇的作家，就很注意稿费收入，甚至记入每天的日记。而我国现当代最负盛名的已故诗人艾青，对稿费收入就很无所谓，甚至收到都不去领取，特别是在 20 世纪 50 年代他写作的高峰时期。还有我省一位作家，虽然不是专业，却也稿费收入颇丰，他同时有种癖好，就是把稿费汇单复印装订成册，出于什么目的不便猜测，可能是一种收藏爱好吧？因此，稿费也是多彩多姿，点缀着作家们的生活。

闲情随笔

离休已经快 3 年,乍开始很有些不习惯,就像农村"大帮轰"时生产队社员们,一敲钟就跟着下地干活;忽然变成个人承包种田,却一时无所适从,不知道应该干什么。好在我已养成了习惯,读书与写东西,过去写作是公余之暇,纯属业余,现在那可真是名副其实的专业"坐家"了。

无论是星晨月夕,还是窗外辉照灿烂的骄阳,我坐在书案旁,凝神静思默想,然后铺纸握笔。举凡读书偶有的一得,对世事沧桑的感喟,对某些社会现状的议论,零言碎语一一流泻到纸上。我不知这些小豆腐块是否能愉悦读者,却是极大地愉悦了我自己,消遣了休闲的岁月。

我不敢说有什么敬业精神,写小文章也许谈不到什么创作态度,不过努力想把文字写好,这倒是真心话。常言说"文章是自己的好",我是从来没有这种非分的优越感的,特别是进入暮年的时候。也许是青年时代的浮躁之气,随着生活的坎坷,早就消磨殆尽;再加上笔力也有些力不从心,所以每写完一篇不免有"画眉深浅入时无"的担心。读名家的文章，自然有高山仰止之感，前些天同一位文友通电话，谈到余秋雨的散文集《文化苦旅》，我曾说过："一位研究戏曲美学的中年学者，竟能写出如此精美绝伦的散文，这真是'人比人得死，货比货得扔'啊！"不仅对名家有自卑感，一些青年人的文章我也自愧不如，他们写得是那样潇洒、清新，我曾多次向人述说读《长春晚报》副刊一篇《电话利弊》的感受，大约是想得巧才能写得好吧？这篇小小的千字文，非常讲究艺术构思的完整，文字也流金洒玉，俏皮的文采力透纸背，丝毫没有文章如我者的陈腐之气。"文章千古事，得失寸心知"，可是数十年来生成的胳膊长就的腿，80岁再学吹鼓手，又谈何容易呢？

"学，然后知不足"，觉得愧不如人，未尝不是好事情，起码说明老而尚知长进，不是瞎子放风筝——自觉着高。在有生之年，努力学习别人之长，不只是叹为观止，也要努力使自己的文字有些起色，增加些时代气息。既然写文章又是一种消闲，借此打发漫长而无奈的时日，我决心继续写下去，生命无限，其乐融融！

"找乐"及其他

　　旧时一年一度送旧迎新之际，人们不免有所感叹，不外乎感岁月之匆匆，叹人生之沧桑，也有的是"又是一年春草绿，依然十里杏花红"。似乎时间更移，并没有什么新的变化。而在今天，改革开放，龙腾虎跃，祖国愈加繁荣富强，一年更比一年好。对于我个人来说，旧岁已过，万象更新，自然要有所感悟，集中起来是这样四句话：

　　　　几番走笔充杂家，

　　　　屡有小作岂敢夸；

　　　　文章自是千古事，

　　　　还须认真捡芝麻。

　　应该说这是我个人的感怀，很有加以说明的必要。

　　我是一个写惯小文章的人，在离休前每年发表20余篇；1991年离休后，每年则发表60篇，显得是数量猛增。之所以如此笔耕，我常常说是弄点散碎银两以助买书，其实这是句自我解嘲的玩笑话。主要原因有三：一是多年养成的职业习惯，如果一天不爬爬格子，就觉着心里闹得慌；二是离休后无所事事，写文章也算是对社会生活的一种参与；三是以写作消遣岁月，为离休后的生活增添些乐趣，也就是"找乐"吧。说到"找乐"，写作还真为我平添许多乐趣。

我自1949年发表小作，秃笔伴随年轮旋转，已经是四十多个春秋，发表些"豆腐块"早就"司空见惯"。可是我对小作新发，仍然保持着新鲜感。就说1992年12月17日那天，《长春日报》《城市晚报》分别发出我的小文，我兴奋得口占四句：

> 年过花甲梦迷离，
>
> 消遣岁月笔不移；
>
> 幸得浮生一日喜，
>
> 两报同时发头题。

这一天过得非常高兴和充实。

我觉得"找乐"并非荒唐，写小文章也不能马虎从事，同样需要严肃对待。这就发现近日写的文章错别字增多，有赖责编斧正。

虽然出于老年通病——精神恍惚所致，但是不能原谅自己，此乃那句"还须认真捡芝麻"的缘由。我想在1993年，还要努力笔耕，让自己的小文章有些起色，也就是老而还应知上进吧！

读书·写作·哄孙儿

年届花甲之后，从工作岗位上离休，回到自己的书斋。虽然曾担任过职务，但那不过是个打头的编辑，不算什么官，自然就没有放下"印把子"的失落感。可是这一年 365 天，总是闲着没事儿，又确实是有点儿迷茫。

俗话说"忙碌时匆匆，闲暇日偏长"。很需要找些乐趣来打发时光、消遣岁月。

办法终于有了，读书（包括买书）、写作、哄孙子。

读书、买书，一直是我乐此不疲的爱好，现在更具备条件跑书店，还可以每天"手不释卷"。但是书价越来越昂贵，几乎不敢问津；又加上年事渐高，已有万卷藏书，就少买或者不买吧！所以，在我的一首打油诗中有这么两句："只求身强笔也健，少买书来多吃饭。"想是这样想，可看到一部好书，非买到手而后快。我在长春古籍书店看好一套精装本《1937—1949 中国新文学大系》，共 19 卷。踌躇再三，还是用 220 元买下。这套书捆在一起不下 20 公斤，取书的时候漫天飞雪，天寒路滑。书店的李戈娟同志热心肠，一定要骑自行车为我送到家里。可是怎么好占用人家工作时间，我只有婉言谢绝。一出书店门口，才真正感到为难，这套书扛起来走几步就得换肩，抱在怀里过一阵儿也气喘吁吁，好容易挪到汽车站，挤上去到站下车，还有好长的一段路。风雪扑面，脚下一跐一滑，等到家已经是满头热汗。先把书放到桌上，灯下从头翻阅一遍，花费的金钱、取书的劳累，都像缕缕轻烟一样散去，化成内心不可言喻的欣悦。

写小文章一向是我的业余爱好，虽然多属"豆腐块"，却能一抒心曲。离休后消遣余暇，我差不多成了"专业作家"。每天都铺纸握笔，把对往事的随想、眼前事的感喟，一一诉诸文字，从中体尝到无比的欢乐。不过也有难题，写作和哄孙子就常发生矛盾。孙儿落落年已4岁，不上幼儿园时就来我家，常在我正想写作时"破门而入"，寻根究底的问题一个接一个，问得你无言以对才罢休。无奈，只好对他说，先出去玩，爷爷要写稿。孙子倒是很听话，悄悄地出去了。可是不一会儿，又推门伸着小脑袋，问我写没写完。我只好放下笔，把孙儿抱进来，哄他玩一阵。有时他就睡在我怀里，我轻轻把他放在桌旁睡榻上，听着孙儿均匀的小呼噜声，我又开始动笔。有许多小文章就是这样写成的。

离休已然一年，本来成为"闲人"，又闲而不闲。在读书、写作、哄孙儿之间，欢度我的余生岁月，同时感到人生最大乐趣——安享晚年的幸福。

拾取童心乐消闲

在我的藏书中，有一个与众不同的种类，就是备受孩子们青睐的连环画册。数量不算太多，800多本；出版年代也不是太久远，够不上"连迷"们追逐的"老"字，不过可以说都是经过一番挑选的精品。我的标准是，内容必须是古今中外文学名著，画家要求是国内画坛名家。所以我的藏品里就有许多名冠当代的画家们的珍品，像王叔晖的《西厢记》《杨门女将》，贺友直的《山乡巨变》《连升三级》《十五贯》《六千里寻母》等，还有华三川、程十发、颜梅华、刘国辉、雷德祖、戴敦邦多位大家的名作。

我对这些画册非常珍爱，保存也就特别精心，经过三十多年岁月风尘，它们至今仍然完好如初。这种喜爱连环画的惜书之情，也许有人会说我是"偷闲学少年"吧？实际上还真是由童年时代开始的。小时候习惯把连环画称作"小人书"，街头巷尾有很多摆摊出租者，手中有5分钱就能蹲在那里看上两个钟头。这种街头文化景观，使我从中确实得到一些历史与文学的形象教育。比如我当时看到的"封神""列国""三国""说岳"以及《三侠剑》之类，对我长大后走上文学道路，也均有裨益。那时候连环画大多数画得水平不高，人物造型粗疏，背景衬托简单。因为看多了也记住了一些画家的名字，如沈漫云、严绍唐、赵宏本、钱笑呆（作品有《三打白骨精》），其中大多数人 1949 年后仍从事此业，并且画技精进，成为一代名家，像画《桃花扇》的赵宏本。

童年读过的书，如同吃过的美食，终生难忘，我对连环画也是如此。我在常年收藏书籍的同时，始终未能忘情于连环画，总是随手买上几本，但是选书异常严格，日积月累，攒下了现在的 800 多册精品。人老了，童心渐浓，诚可谓"老小孩"是也！现在我是与孙儿一起来看连环画了。大概是人生的周而复始吧，孙儿像我小时那样入迷，我是老而消闲欣赏，临睡前老少各捧一册，正是：

祖孙灯前乐融融，

迷醉"连环"各有情；

寸幅之间无限意，

如此消闲度人生。

夕照无须怨黄昏

　　从1991年10月算起，我离休已经10年了。漫长的10个年轮，回想起来好像又很短暂，仿佛就在转瞬之间。之所以有如此感觉，是由于这10年离休岁月，自我感受是非常平和、安宁、潇洒、清闲的。当然并不是说一点儿都没有心境的苍凉，一点儿都没有不适的烦恼，一点儿都没有人情冷暖的慨叹。老实说都难免有过。对于这些无谓的想法，我是以一种平和的心态，逐一加以化解，消除世俗杂念，使之趋于平衡。

　　为此我甚至借鉴了阿Q的"精神胜利法"，不过不是"老子从前比你阔多了"，而是深感晚年景况的幸福与满足，暮年晚境的一切是得天独厚的享受。进而想到自己幼年参加革命，文化程度还不到小学三年，党组织把我培养成粗通文学略可命笔；离休之后尚能享受较高的级别待遇，每月按时拿到比上不足比下有余的工资，还有什么可以怨艾的？同时又想衰老是生命的自然规律，"少年莫笑白头翁"，人人都会有这一天，又何须幽怨愁烦？每念及此就块垒顿消，怡然面对自己的夕照时光，乐天知命了。

离休岁月日老天长，如果无所寄托也许百无聊赖，很需要用闲情来消闲，才能活得滋润、充实。我寄寓闲情的方法是读书和写作，平素就有书癖且热衷购书，日积月累，年年如是，终于把书斋筑成藏书3万册的"书城"。琳琅满目、四壁辉煌，把卷凝眸、无比欣慰。余兴不减又三天两头地跑各个书店，虽然无力把每本喜欢的书全买下来，经过一番浏览却能赏心悦目，这叫"喝口凉水也上膘"，又得"浮生半日闲"吧？这样从书店捧书而归，心头漾满欢愉，坐到桌前一杯浓茶半卷新书，令我进入缥缈境界飘飘欲仙，真正是读书之乐乐无穷矣！

说到写作，似乎是我养成的职业习惯，50年的写作生涯，笔不离手早已顺理成章。早年曾经从事专业写作，后来又当过几年编辑，都是经历的文字春秋。如今坐下来抒写心曲，更别有一番滋味，不再是创作任务压身，倒是消闲之作了。我用读书、写作来消遣闲情，日日品尝融融乐趣，加上偶尔逛书店、漫步闲游，心无间隙，乐此不疲，显得比每天上班还要忙碌。小文全篇即将结束，颇感意犹未尽，不禁打油诗兴又发，随便诌上几句：

> 夕照无须怨黄昏，
>
> 身沐福泽度余阴。
>
> 欣逢盛世人长寿，
>
> 离休岁月处处春。

消闲琐话

　　离休已经三年多的时间了，我的生命进入黄昏岁月，虽然尚没有世俗的失落之感，但是一时似也无所适从。往日按部就班上班下班，有工作牵肠挂肚，如今完全是个颐养天年的闲人，可怎么打发这沉沉天光和漫漫长夜呢？开始还有点故作豪言壮语，前两年为某晚报写一小文，曾有这样两句诗：

　　　　离休岁月意自昂，

　　　　且将夕阳当朝阳。

　　其实这是不妥的，应该承认"人已老，鬓如霜"的客观现实。衰老的自然法则是无法抗拒的，问题在于如何调剂老年的心态，使每一天都过得富有意义！

　　离休就是休闲，就是要想方设法消闲。我工作四十几年，度过的是文字生涯，还有个唯一的嗜好——购藏书籍。我想还是"涛声依旧"，就以此作为消遣吧！所以我继续跑书店，坚持不懈地写文章，为省、市各报副刊制造些"豆腐块"，从中就能寻求到许多快乐。我平均每月发出 6 篇文章，从 1949 年发表作品至今，虽然可说是"司空见惯"，但文章发表对我仍然具有极大的诱惑力。预知见报的当天，总是乐颠颠地去买报，捧着刊载拙文的报纸，心满意足而归。敝帚自珍之乐，局外人是很难理解的。这又是对生活的一种希冀，心有希望人生难老，就像匈牙利大诗人裴多菲在《希望》中说的那样：希望是什么？……是可怕的妓女，／无论是谁，她都一样拥抱。／等到你牺牲了无价之宝——／你的青春，她就将你丢掉！

这种心存希望，也表现在购藏书籍上，对于一本欲购未得的书籍，总是充满美味先尝的期待。朝思暮想地企盼，一旦到手入藏，其乐可知。这种乐趣贯穿我的生活之中，每日为书奔忙，就是偶尔外出也不例外。近日我曾去哈尔滨春游，可是我既没去红杏开遍的兆麟公园，也没到柳丝垂金的松花江畔，匆匆三天跑的还是道里道外的几家书店。等到要返长时听说还有个学府路，那里是图书一条街，只好留待下次再去了。买到一部好书，总是心情豁朗、无比畅快，翻阅展读愉悦光阴，岂不是消闲一乐！读书的同时还有一个观赏之乐，回眸一望两个房间四壁书橱，两万册藏书流光溢彩，闪耀的又是何等辉煌啊！

如此休闲，乐在其中，潇潇洒洒，消遣余生。这样一来，每日空闲时间反倒显得极少了，而且形成一个规律：在书房里读书赏书，伏在书案上写些小小文章，换取些零星的稿费；再拿到书店买书，循环往复，乐此不疲，其乐无穷。我的书房壁上挂有朋友写的条幅"绝交流俗因耽懒，出卖文章为买书"，这是郁达夫先生自况的题句，我怎敢托大攀附？不过出于朋友的美意，对我也是一种鼓舞，能够敬效先贤借以消闲，又未尝不是好事？正是：

> 家有藏书不羡仙，
>
> 日夜展卷乐余年；
>
> 只求心头春光闪，
>
> 永远安乐最消闲。

每日午后三点钟

每日午后三点钟，这是我的快乐时光，甚至可以说是"雷打不动"。一到午后三点钟，如果正在读书，立即掩卷；正在写文章呢？也要马上停笔。因为这个时间是中央三台播放京剧的时间，我自然不会放过这个极尽享乐的最好机会。

我生平有两大爱好：读书藏书和听歌唱曲，后一种爱好就是听唱国粹京剧，令我如痴如醉，一直贯彻到暮年。由于近六十年的接触，对于京剧的声腔、板眼，都略懂一些，可是我不能唱。说不能唱实际上也唱过，那是小学二年级的"同乐会"，我和另一位同学对唱《珠帘寨》，同学唱程敬思，我唱李克用，一句西皮倒板"太保儿推杯换大斗……"居然受到同学们的欢迎。那时主要是学唱老生唱段，《坐宫》《武家坡》《捉放曹》等我都会唱。后来年岁渐长有了羞怯，我就绝不再唱，不过痴迷之情不减，儿时晚间常到戏院看"溜戏"，参加工作后但有欣赏京剧的机会从不放弃。

我这大半生引为幸事的是，20世纪50年代在沈阳时，几乎听遍了菊坛诸多京剧表演艺术大师的好戏。四大名旦梅兰芳、程砚秋、尚小云、荀慧生；五大须生马连良、谭富英、周信芳、奚啸伯、杨宝森（惜已早逝）；还有名小生姜妙香、叶盛兰；名丑萧长华、马富禄、叶盛章以及文武兼擅的李万春、李少春、厉慧良；名净裘盛戎、袁世海，说得上是极盛一时，堪称听戏者的耳目双福。为了看一场好戏，如同买书一样我是从不计较钱的，记得1951年千方百计弄一张京戏票，花了许多钱请人吃一顿饭，所费相当不菲。那是当年中国人民赴朝慰问团京剧团路过沈阳时的招待演出，开锣戏是程砚秋、马盛龙的《贺后骂殿》，最后是全本《群英会》及《华容道》一折。再看演员阵容，马连良饰的诸葛亮、谭富英饰的鲁肃、裘盛戎饰的黄盖、马富禄饰的蒋干、叶盛兰饰的周瑜、周信芳饰的关公，真是名角云集、盛况空前。

痴迷听戏近六十载，阅尽梨园盛与衰。如今虽然垂老境，豪兴依然不减当年。1991年我满60岁，上海京剧院著名青衣李慧芳、江南名丑艾世菊、著名青衣花旦陆正红，联袂来长演出，我像"追星族"一样，从大众剧场跟到汽车厂，看全了《双姣奇缘》《大法门寺》《金玉奴》等所演出的剧目。那时在汽车厂散戏后赶末班公共电车，还能够百米冲刺，跑个气不喘心不跳。现在虽然是心有余而力不足了，却还是想方设法照听不误。更多的是从电视上寻觅，1997年、1998年，中央电视台播映《中国京剧音配相精粹》，我是场场必看。同时还分别写了两篇文章，发表在《吉林日报》和《长春日报》上，予以评价。

从童年到晚年，京剧让我愉悦半生，现在每日午后三点钟《戏苑百家》的京剧，倘若天假以年，我将不断地看下去，有道是"情痴不知夕阳晚，迷醉京剧乐余年"哪！

青鸟频传云外信

闲居翻书读《南唐二主词》，这本书是国学大师王国维先生哲嗣王仲闻校订的，王仲闻在 20 世纪 50 年代中期曾在北京的邮局卖邮票，后被人民文学出版社礼聘为古典文学编辑。这自然是人尽其才，使文学知识渊博的王仲闻先生能够很好地才尽其用。

《南唐二主词》的编订，果然不负众望，中主李璟、后主李煜的词收录既全，又考证、校释得恰到好处。李璟词作数量比起李煜要少得多，但是其中不乏流传后世的一代绝唱。如同王国维先生的《人间词话》所言："词以境界为最上，有境界则自成高格，自有名句。"李璟的词作虽然很少，但当得起王国维的评语，像《浣溪沙》二首，其中的"青鸟不传云外信，丁香空结雨中愁"就不愧为千古名句。这首词乃至其中名句，对后世影响深远，"丁香空结雨中愁"就启示了现代派诗人戴望舒先生，使他写出名作《雨巷》，读者不信可去细细参看。

说了半天，以上所言都是闲话，就像相声的垫话、二人转的小帽儿一样，真正的话题是词里的"青鸟"二字，为古代对捎书带信者的称呼。因为那时没有如今先进的邮寄网络，只能凭借驿站传书递简，青鸟也算是深含敬意的美称了。同我渊源较深的是我们现代生活中的青鸟，也就是绿衣使者、人民邮递员，在职工作时还没有太深的感触，离休后家居就觉出来与我生活关联十分密切，有须臾不可分之感。

离休之后一切工作都转到家中，包括私人信件、书刊杂志，还有每月所得散碎银两的稿酬。何况我的此类信函还比较多，几乎是三天两头一"挂号"，平信邮件天天收。这样就和邮递员有了密切的关系。我在西中华路的原址是三楼，邮递员小伙子们总是不辞劳苦地送至楼上，我都是心怀歉疚又充满感激地道一声辛苦！想到邻居们一年没有几封信，我却是如此之多，实在是麻烦邮电部门。而这些飞鸿片羽，又给我离休后的日月，带来了难以言表的欢喜。从送来的书信、函件中，我及时了解到老朋友们的近况，又从报刊中得知我的一些"豆腐块"又在一些报刊上刊登了。正是这些信件，给我的离休晚景平添了无限情趣，增加了岁月的辉煌。

月复一月，年复一年，青鸟频传云外信，令我欣慰又安然。我搬到安达小区新居，风狂雪骤的一天，绿衣使者又来敲门送信，因为是一楼，我看到了门外的风雪，也看到了送信小伙子的眼眉上挂着银霜。我不无歉意地说："这么大的风雪，我又没有什么急事，何必这么急着送来！"他笑着回答："信到就刻不容缓，这是应尽的责任。"说完又转身奔向风雪中。望着为我送信的小伙子背影，想到"我为人人，人人为我"这句话，顿然悟彻我们的现实生活，就是一泓不沉的湖水。人们互相尽力扶持，形成温馨的社会环境，共同掀起时代大潮；而我钦敬的绿衣使者——当今的"青鸟"，就是时代弄潮儿的一个群体；让我再说声谢谢。

"封刀"与"封笔"

　　闲来遐想，偶然想起胡适的两句诗："作了过河卒子，敢不拼命向前？"这是胡先生自况的心声。大千世界中有些事情，确也真是如此，"抽刀断水水更流"，欲罢而不能。沿着这样思绪想下去，忽又想到文人的"封笔"和侠客的"封刀"，或文或武，都是想从此"金盆洗手""跳出三界外，不在五行中"，彻底与过去告别罢。文、武固然各异，但求殊途同归一致，想的是急流勇退，事实上不一定能够达到目的。

　　先说"侠客封刀"，话题好像遥远了，因为时光必须推到晚清以前，现在只好从"成人童话"的武侠小说中寻觅了。封刀之举在武侠小说里俯拾即是，无论新、旧两派武侠小说，常是以此为契机展开故事情节，可是，又往往是封刀之日正是重闯江湖之时。多年宿仇突然寻衅上门，掀起一场血雨腥风，甚至是灭绝满门。于是武林纷争、刀光剑影，夜黑风高、密林残月，龙争虎斗、你死我活。虽然这都是武侠小说的艺术描写，却揭示出生活的规律，说明了欲罢不能的哲理。

再说文人封笔，此处所称之文人，系指有较长写作历史，无论是专业或业余，情寄笔墨而无怨悔；由于年事已高有心无力，或因心境落寞而想不再写作的人。实际还是文缘难断，因为大凡徜徉文海半生者，均对此道有着深挚之爱，藕断丝连，割舍不易。除非是已到生命大限之际，如果一息尚存都难以释怀。另外也有客观上的原因，如声名昭著像已故的公木先生，逝世前早有封笔之意，特别是决心不再写序跋之类的应酬文字，实际是根本不可能的。老先生为此把书斋名为"不作序斋"，但情面难却仍旧为别人写了许多序评。这自然是公木先生不愿负众望之故，先生自己也不忘提掖后进的责任。当然情况也有例外，像天津的孙犁先生，其所著小说、散文深为广大读者激赏，本人又爱书如命。据说，山东画报出版社曾出版了袖珍版《曲终集》等 10 本小书，都是他晚暮之作，样书送到孙犁病榻，先生连看都没看，真是无力稍顾了。像这样的重疾不起，才是真正意义的封笔，否则就都有些欲罢不能。

说来说去，"侠客封刀"是欲罢不能，"文人封笔"是情犹苦恋，都是终难实现的事情。侠客封刀带有小说的艺术虚拟，且不去说它；那么文人封笔呢？借用一下胡适那句诗，不过应该变通为我们的常言俗语"小车不倒一劲推"，也就是"敢不拼命向前"的意思。所以对于文人来说，不必声言什么封笔，根据各方面情况顺其自然，能写则写，努力向前，写到真正无能为力之时，封笔才是势所必然了。

新年新岁新春

年轮飞旋，时光似箭，恍然之间已是 1997 年的残冬岁暮了，1998 年就要迎风踏雪、笑意含春地向我们扑来。新的一年即将开始，心中油然生出许多感喟。

我情不自禁地想起已故现代诗人戴望舒先生的两句诗："新的年岁带给我们新的希望，新的年岁带给我们新的力量。"同时，我也想到曾经喜欢的三副春联，一副是：

又是一年春草绿，依然十里杏花红。

再一副是：

天增岁月人增寿，春满乾坤福满门。

又一副是：

年年岁岁花相似，岁岁年年人不同。

这三副春联的文字自然浑成，对仗非常工整，出自谁人手笔已经无从考证，在民间流传已有近百年的岁月。不过就我们今天的感觉来说，联幅之间也各有短长。比如说第一联的景物描绘有些静止，不如第二联的"增""满"，显得生机勃勃；更

新年新岁又新春，

一九九八万象新。

欣逢盛世春常在，

争做时代报春人。

寻春小记

农历除夕前两天，《长春日报》副刊编辑通知，我有一篇小稿将在 2 月 10 日于"君子兰"副刊见报。心中一想：正是大年初一那天，多年的文字生涯也算是一年之计的"开门红"吧，未免有些牵挂、等待、企盼。从 1949 年踏上文学之路，发表小文章已经有四十几年的历史。可是虽然白发盈头，却有一点童心未泯、半腔痴情常存，就仍然保留着新鲜感，总想先睹为快。我有个习惯，就是及时买几张刊登小文的报纸，珍重地收藏起来。

正月初一这一天，不顾昨夜守岁的疲倦，我早早地起来到街上"寻春"。说是寻春，并非附会之词，一是节气立春早过，二是小文发表在《长春日报》，三是文题为《漫说书春》，已得三春之属。我由报摊比较集中的人民广场，到长春饭店门前，转到中兴大厦附近，连个卖报的人影儿都不见，心里不禁有些困惑：这岂不是"遍处寻春不见春"么？再一看这人迹稀少的街头，家家门前的鞭炮碎纸屑，说明人人都有一个欢乐的除夕，享尽天伦之乐，谁还肯一清早出来受这风寒之苦！如此一想，心内也就释然，准备着返程归家。

但是未买到报纸还是心有不甘。迟疑之间忽然想到一位卖报人，前几年在《长春晚报》创刊一周年的座谈会上，我曾经见到过。记者刘占武写过《报童原来是教授》的报道，说他叫魏中，退休前是某学院的副教授，这些年就以继续服务社会的精神，在街上卖报，很受读者的赞佩。这样一想就觉得何不踅回看看，也许能有奇遇呢？

我转身奔回三马路，远远地就看见有一个孤零零的报摊，有一位老人在冷风中守着。走到近前，果然如愿以偿地买到报纸，卖报人果然是他。我颇有感慨地说："我已经转了许多街路，这大正月初一的早晨，你是唯一的一家报摊啊！"听完这话他笑了，淡然地说："今天卖报主要不是为了挣钱，不能为过春节，就让天天买零报的读者断档。"几句话语短情长，道尽他的一片初衷。

终于买到报纸，我感到喜悦与满足，兴冲冲地走出几步再掉头回望，那位卖报人——可敬的魏中先生，仍然在寒风中伫立……

漫说书春

"书春"是写对子。关于这种习俗,王安石有《元日》诗为记:"爆竹声中一岁除,春风送暖入屠苏。千门万户瞳瞳日,总把新桃换旧符。"究其起源恐怕还要早于宋代,据说五代后蜀主孟昶在新春时,亲自动笔写下门联"新春纳余庆,佳节号长春",相沿成习,至今已有千余年历史。

一元复始,万象更新,新春之际贴春联表示吉庆,也表示对新岁月的祝愿。所以旧时一过腊月二十三,人们便张罗书写春联,多数是请人代笔。每到这时,便有一些穷困的读书人,携带笔墨上市书春。有写现成的可供挑选,也能按用者所需现编现写。

张恨水先生的章回小说《金粉世家》,开宗明义的"楔子"就有"燕市书春奇才惊客过,朱门忆旧热泪向人弹",叙述破败的金总理府七少奶奶冷清秋,迫于生计不得不抛头露面,到街上书春鬻字。由此可见那时的书春,当是残年迎春的盛事。近年来此种风俗已很少见,春联早就变为机制的印刷品。

春联文字很讲究对偶，流传下来的许多春联，都有对仗工稳的特色，诸如"天增岁月人增寿，春满乾坤福满门""又是一年春草绿，依然十里杏花红"，深受人们喜爱。还有比较浅显通俗的"一夜连双岁，五更分二年"，竟变成传统评剧《王定保借当》的上场诗，足证其流传之广。

书春、贴对子的风俗时尚自古相传，就是"文革"时也未间断。不过是那种"革命"的春联，满街上贴的是"抓革命来促生产，革命大旗扛在肩"，已经是徒有其表的顺口溜，不再是文字两两相对的对子。当然，处于变革时期的新春联，也需要表现新思想、新风貌，最近看到一副对联，尽管文字上尚有推敲的余地，但我觉得很好：

> 辞旧岁满怀豪情辞去旧岁月，
>
> 迎新春厉兵秣马迎来新纪元。

同时又看过一家酒馆的门对：

> 七不管八不管酒馆，
>
> 赔也罢挣也罢喝吧。

却表现的是一种"人生几何"的陈腐思想，实在是不足取。

书春除为春节应时的点缀，也是寄寓情怀的表达方式，让人看后感到春光烂漫，产生昂扬之情，激励人们为新时期改革开放献身，这应当是春联新的功用吧！

生命的春天

春节过后，虽然还是乍暖犹寒，又确是有些春意盎然，连风拂脸上都感到是"吹面不寒杨柳风"。春天就要来了，处处充盈的是春之气息，对于老年人来说，又是一个生命的春天。如何潇潇洒洒地度过余年，使生命更有意义，这既要正确看待老境已至，又不伤春、叹老，至关重要的是保持心态的平衡。诗人笔下的"只要心蓄一池春水，革命路上哪有老少班"这种说法固然是对的，却不能不说颇具浪漫的色彩。因为人老毕竟是生命的规律，任何人都不能超越，重要的是要有一个面对客观实际的态度。

我本人既老又生活于老年人之中，常常去老干部活动中心洗澡，就深切感到这真是在沐浴人生。这里每个人都是赤条条的，没有一点伪饰，洗涤的是人生的风尘、蹉跎、磨砺。这里的谈话，也是各种心态的不同反映，对暮年生活感到惬意者有之，对离位后"人走茶凉"的慨叹者有之，更多的则是"叹老"，认为老而无用空度岁月。对此种种老年人的心态，最适中者应该是，承认老的客观事实，雍容大度地生活，不去计较人际关系中的"世态炎凉"，把生命的余年看作永远的春天。

沐浴人生也就是蓦然回首，认真回顾一下自己的生活足迹，那已经流逝的韶华岁月，青春时代、哀乐中年，总会有几多的悲怆、几多的甘甜、几多的艰辛，品味起来也是五味俱全，总会感悟往昔之不易，晚境更须倍加珍重。所以少自嗟叹，多寻乐趣，想方设法娱乐晚年。体育健身、琴棋书画、写作自遣、读书消闲，诸多形式都能够使老年人赏心悦目，诸多乐趣又何乐而不为呢？

而春天对于我们老年人：

又是一年的春天，

明丽春光将闪耀我们眼前；

岁月与春光复始，

为我们生命增添福寿绵绵。

老年人只要心头春光永驻，

就要潇潇洒洒、情真意挚活过每一天，

更要珍惜老年的春天——生命的春天！

春天的思绪

　　春天来了，喜迎春天的心情老少皆然。而这个 1999 年的春天，对我的生命进程，具有双重不平凡的意义。一是今年已届 69 岁，可谓"望七"之年，明年就是"人生七十古来稀"的年纪，回眸往昔岁月，半个多世纪的时光，多在坎坷中度过。二是从 1949 年春天我在报刊上发表第一篇习作算起，到今年恰好是 50 个年头了。1949 年的春天，对我来说是不能忘怀的，《东北日报》几乎用整版发表了我的处女作《唱劳保》。此后 8 年间（1949 年至 1957 年）我发表的作品数量与日俱增，不仅在国内报刊崭露头角，还由北京音乐出版社、上海新知识出版社、沈阳东北人民出版社，出版了大大小小 7 个单行本。可是文坛好运并未持久。1957 年政治风浪席卷全国，我很快就成为"政治贱民"，有二十多年不能发表作品。在这二十多年时间里，我虽滞留在白城一个小县城，却没有放下手中的笔，写了多种形式的文艺作品，如给乾安《街头文艺》（板报）写过不少政治抒情诗、散文、评论，还有一篇数百行的鼓词《老农旧传》，都是配合当时形势宣传之作。我还为县评剧团改编传统剧目以及创作反映农村生活的小戏。不过这一切均不署名，或者临时写上个笔名，我现在偶尔用的"林白鸢"，就是那时遗留的产物。直到 1978 年我回到省里，才重新发表作品。《吉林日报》刊登了我隔绝文坛 20 多年的第一篇文章，当夜我兴奋得一宿没有合眼。那每一个铅字，好像都跳动着闪过我的心头，仿佛穿成我半生的经历。那常人难以承受的磨难，童年时父母双亡饥寒交迫，刚交 15 岁放猪的穷孩子，1946 年就走进革命大家庭，几番沉浮荣辱与共，苦辣酸甜五味备尝，尤其是那雨雪风霜的 20 多年……此时此刻我顿然想起唐诗"故国三千里，深宫二十年。一声何满子，双泪落君前"，泪水浸湿了我手捧的报纸……

1999 年春天来临，对我既是"望七之年"，又是写作生涯 50 年纪念，虽然近 20 年来写的多是"豆腐块"，难登大雅之堂，可是半个世纪的流光，文字因缘甘苦自知，多少记录下自己的足迹，不能不有"敝帚自珍"的眷恋之情。1991 年我离休了，仍然是笔不停挥自得其乐地写作，发表量远远超过在职的时候。曾有人劝我，已衰颓之年不多享清福尚孜孜于笔耕，到底是为了什么？其实道理非常简单，读书、写作与我的生命早就密不可分，是 50 年来养成的职业习惯，也是一种自娱的需要，舍此而无他求。

1999 年的春天来了，人心宛如涌动的春潮，人人都要有个自砺的规划，我想倘若身体状况允许，依旧要书笔春秋，读书、写作仍然要继续下去，不使自己虚掷年华，珍重生命，更珍重春天，生命的春天！

红五月咏叹调

年年岁岁，岁岁年年，每临"五一"佳节，此时此际心中总是思绪奔涌，耳边仿佛又响起阵阵歌声。这歌声显示出工人阶级的力量，这歌声表现着五一节的来历，这是著名作曲家吕骥早年谱写的一首歌："五一是国际劳动节。芝加哥工人流血来斗争……"这歌声曾经像暗夜中的火炬，鼓舞着中国工人阶级奋勇前进。1948年在哈尔滨，著名作曲家马可（歌剧《白毛女》的曲作者）写作歌曲《咱们工人有力量》："咱们工人有力量，每天每日工作忙，嗨嗨，盖起了高楼大厦，修起了铁路煤矿，改造得世界变呀变了样。造成犁铧好生产，造成枪炮送前方，嗨嗨嗨嗨嗨……为了咱全中国彻底解放。"曲调感情激越，声腔优美高亢，不久就唱遍大江南北。这首歌写于战争时期，强烈地表现了那个年代的主旋律，对于振奋人心、鼓舞斗志，起到很好的战斗作用。这首歌后来成为工人阶级豪迈的强音，成为革命历史名曲，至今仍然流传不衰。

东北全境解放的时候，工人自己当家做主，工厂劳动竞赛热火朝天，五月已是红色的五月。时在沈阳的作曲家沙青又写出歌曲《红五月》："红呀红五月，生呀生产忙，工人哥儿们齐欢唱哪齐欢唱……"唱出工人阶级欢乐之情，实际是对红五月的礼赞和咏叹。那阵儿逢到五一节就集会游行，从北京到各大城市，都有很壮观的庆祝大会，真是盛况空前。此后年复一年，五一劳动节光彩不减，愈加辉煌，成为盛大的节日，从而在工人阶级心灵深处，树立起自己的庄重与尊严。

年轮旋转，岁月匆匆，每年五一节的庆祝活动，虽然已经从简，不再举行大规模的游行，但是节日气氛依旧非常浓郁，"五一"这一天，人们还是为自己的节日而兴高采烈。那曾经动人心魄的歌曲，《咱们工人有力量》的歌声，以及一曲曲红五月的咏叹调，还在深情激励着中国工人阶级，继续不停地向前，为改革开放、建设社会主义竭尽自己的力量。

红五月的咏叹调，将永远在人心头萦回……

几竿竹影梦苏州

我非常喜欢竹子，喜欢它的青翠欲滴，喜欢它的高洁挺拔，更喜欢它的俊逸隽秀。据说南方竹林，长势郁郁葱葱，一派莽莽苍苍。这种壮观的景色，在北方难得一见。我第一次有幸观赏竹子，是 1982 年在苏州，每日清晨外出散步，走进乌衣巷，看到一排排粉墙遮掩的房屋，院内或墙外常是栽着一竿竿、一丛丛的秀竹。尽管比较柔弱，依然枝叶纷披、亭亭玉立，看得我痴迷有加，留下了极深的印象。

1982 年之后，我曾经有五六次苏州之游，行程目的虽主要是访书，但也未尝不是为了赏竹。

已经多年没去苏州了，可是竹影清幽，令我魂牵梦绕。去岁搬至大儿处合住，他那里有一盆青竹，有四五竿。天暖时分移至房后小庭院，我长时间驻足观望，青竹迎风摇曳，清影多姿，使我有"几竿竹影忆旧游，仿佛身又到苏州"之感，特别是想到苏州的园林、苏州的书店、苏州的朋友。

我在苏州的朋友，认真地说只有三位，都是苏州大学的教授和研究生。两位教授是范伯群与徐斯年先生，研究生是当时苏州大学中文系的张缮。先是我为两部重版的旧派武侠小说《鹤惊昆仑》（王度庐著）、《鹰爪王》（郑证因著）写了新序，因为武侠小说是张缮研究的专业，他便写信同我建立联系。范、徐两位教授，均为国内研究"鸳鸯蝴蝶派"的专家，后来我又专程去苏州大学向两位问学，但范伯群先生去香港未遇，徐斯年先生就中国武侠小说发展衍化的源流，讲了有一上午的时间。后来范教授寄赠一部人民文学出版社出版并由他编选的《鸳鸯蝴蝶——礼拜六派作品选》，徐教授也寄赠他的新著《侠的遗迹——中国武侠小说史论》（人民文学出版社出版），我和他们之间的学术交流一直不断。同我往来最多的还是张缮，每次我到苏州，他都陪我游览园林，陪我买书，迎来送往情意殷殷。最值得称道的是，许多年来他一直代我在苏州、上海两地买书，既为我选购又垫付书款，每当收到他寄来的捆成"井"字形的新书，总为他做人的朴实诚笃所感动。

苏州的书店更是我流连忘返之处。1982 年年初去苏州，看见观前街后小胡同有几家小书店，晚间开业到 9 时。夜色朦胧，华灯初上，一家家书店虽然铺面不大，却都是灯光明亮，书籍满架，应有尽有，我就从这里买到当时还很少见的周作人的几本书，还有一本民国时期用小说形式写的《西厢记》。苏州古籍书店规模仅次于观前街的新华书店。那时候尚无"图书超市"之说，可是古籍书店已经颇具这方面的特色了。不仅开架售书，而且摆放得适于读者阅览，除了架上满布图书，店堂中间还摆放几个台子，放置新书和畅销书。读者尽可以细细地阅读，选购自己中意的典籍，从不会听到"选好快开票"的催促声。

我在古籍书店买好书，走进不远处的怡园，又是新的一番景观了。园林建筑古意盎然，小桥流水，亭榭长廊，雕梁画栋，别有洞天。面对如此风光，难免引发思古之幽情，享受一种特有的温馨。

我携书到茶室坐下，一壶香茶，一碟瓜子，再把新买的书逐页观赏，消磨了大半天的时光。此情此景，已经是六七年前的事了。如今我已是古稀之年，想重游苏州又有些力不从心，如果身体康健，明年一定再度去苏州寻梦。我想念苏州，园林还是风景依旧吗？我想念苏州，古籍书店继往开来更受读者欢迎吧？我想念苏州，三位朋友年事不同近况如何呢？几竿翠竹勾起的思绪，使我深切感到，苏州的风光好，苏州的书店好，苏州的人更好啊！

竹影横窗夜三更

　　2000 年秋季，曾为《长春日报》作品版写过一篇《几竿竹影梦苏州》的散文，叙述我对苏州文友们的怀念，更主要的是表达我对竹子的深爱。我非常喜欢竹子，喜欢它的苍翠挺拔，喜欢它的轻灵逸秀，更喜欢它那种"咬定青山不放松"的韧性精神。因此家里也养了一盆竹子，天暖时放在房后小庭院里，葱茏郁茂，慰我相思；天冷以后移到卧室窗台上，仿佛江南景色近在身边了。

　　老年人有早睡的习惯，由于睡得早，就常常在午夜时分醒来。睁开眼看外面月色溶溶，竹子的清姿疏影已经透过窗帷，给人一种"和月到帘栊"的美感。此刻万籁无声，心境怡然宁静，最宜读书消闲，我全神贯注地投入书中，久而久之养成习惯，每夜此时都要醒来，读一两个小时的书，然后一觉睡到大天亮。说起来如此午夜读书的习惯，并非始自已是暮年的今日。青年时代因为自知文化粗浅，没有经过正式学门，不得不多读书，补充自己知识的不足。那时虽然还没有"头悬梁，锥刺股"，却也是"三更灯火五更鸡"地发奋苦读。青年时代的习惯沿袭下来，应该说这大半生读的书不少，而且内容庞杂，可是又有五柳先生之癖"好读书不求甚解"，以致收效甚微。意外得益倒是同书结下难断的情缘，成为不折不扣的一个书痴。

从 10 岁至今，60 年来不废于读书，如今年过古稀依然是醉梦不醒，只是颇有些紧迫之感了。大约 10 年前，也是在《长春晚报》的副刊，责编是早已成为专业作家的金丽华（金叶）女士，编发了我的一篇《好书留待细细读》小文，位置在头题，版式也很大方，同时刊出我在书斋的一帧照片。当时我的意思是说，既然是半生沉迷于读书，就不能"叶公好龙"，就要改掉囫囵吞枣的毛病，要认认真真地读书，而且对于古今中外文学经典名著，都要重新进行研读。像中国古典小说中我最喜欢的三部——蒲松龄的《聊斋志异》、吴敬梓的《儒林外史》、曹雪芹的《红楼梦》，每间隔一段时间都要重读一次，成为我的案头、枕边之书。但现在情况有所不同，年龄逐渐变老，身体日渐衰颓，生命不会给我太多的时间，当前的"危机"是"遗憾好书读不完"，不得不争分夺秒了。

人生一世，情有独钟，我之热衷读书，乃至近年的午夜读书，都是这种情缘的延续。不过在读书的方方面面，略有一些变化，主要是怀旧式地读书，少年、青年两个时代读过的书，并且是异常喜欢的，都想再重读一遍。重读那些"尘旧"的书籍，有如重温自己的人生旧梦，寄寓着老来深切的怀恋之情。

生命的绿意

　　生命的绿意，我是由现实生活中的景物感悟到的。我家两年前乔迁后，住的是一楼，这既方便老年人行动，又不必担心日渐增多的藏书重量会压塌楼板；加上儿孙体贴敬老，在房后的方寸之地，为我构筑了一个小圃。经过两年的刻意营造，现已雀鸣花笑葡萄满架，给人一种绿向天涯的美感。

　　我每日闲居颇感百无聊赖，就用读书写作来消遣长天的清寂。每当在书斋读书困乏、写作劳累的时候，我就站在窗前外望，小圃里葡萄翠绿欲滴，花草怒绿娇红，犹如置身绿杨芳草之中，心里充满莹莹绿意，从而顿感绿意可以消弭烦忧，绿意可以增添快慰，绿意可以延年益寿。当然，生命的绿意，还应该多方寻求。首先是不断调整心态，把一切看得宽松超脱，一切均与世无争。也许还要具备点儿阿 Q 精神，或者纯真无邪的童心。凡事都要退一步来想，退一步则天宽地阔，多攀比就后患无穷。比如说已由工作岗位上离退，就不要去计较什么人情冷暖、世态炎凉，要自己少索取多奉献，尤其是对生活待遇需要感恩社会主义的福祉。不妨说几句顺口溜的笑谈：

多洗澡来勤剪头，

远虑近忧无须愁；

恩恩怨怨不计较，

长命百岁第一畤。

多方寻求生命的绿意，还要心态升华到忘我无私的境界，扩大自己的生活情趣，让精神有所寄托、有所冀求。我消遣岁月的两种方式，写作自不必赘言，读书则常让我乐不思蜀，主要是近年热衷于搜求旧版书，当买到自认为是珍籍之时，我就会高兴得如同小孩子放鞭炮一样。前些日子接连买到几本旧书，如买到人民文学出版社1951年25开本的《聂鲁达诗文集》时，我就异常兴奋。当年读长诗《伐木者，醒来吧！》时，曾经激动得长夜不眠。而且25开的开本很奇特，现在市面上也很罕见。买书归来的夜里，我无限珍爱地抚摸翻读，好像回到了50年前的岁月。又一次，在旧书摊买到西班牙伊巴涅兹的长篇小说《启示录的四骑士》，上海书局于1929年出版，由专译莫泊桑作品的李青崖翻译的。出版时间距今已73个春秋了，比我年龄还大两岁。书是鲁迅先生喜欢的毛边本，除封面残缺，内容尚完好。为了保持此书的原汁原味，我没有去重装，只加上白纸的环衬，用绛红色厚纸做封面，让它长存于我的"惜书斋"。

我就是如此不厌其烦地寻求生命的绿意。也许读者看完本文，会认为这个老头儿真是个不折不扣的老来狂，不是没有正事吗？亲爱的读者，您算是说对了。如果我朝思暮想，争名于朝、逐利于市，就会忧心忡忡、患得患失，自然缺乏生命的绿意，只有从生活中寻求生命的绿意，才能活得潇潇洒洒，才能心清无尘，才能百年长寿！

闲情又记

我今年已经虚岁 60 了，孩子们一定要为我祝寿，于是在 5 月 6 日那天，家人团聚庆祝我的寿辰。

虽然说没有对外声张，但是大儿天羽的几个朋友都来了，并有馈赠，让我感到十分不安！特别是在园林处工作的丁庆林，他用鲜艳的红绸裹着一件长方形的礼品，笑呵呵地用手托着走进门来，在桌上神情郑重地打开，原来是一块书斋的牌额。黑底金字写着"惜书斋"，字迹挺秀瘦硬，熠熠生辉。书体近似黄山谷，是著名书法家吴自然先生所题。

真是出乎我意料又令我喜出望外了！

六十虚寿，恰逢书斋挂匾，按世俗的说法，岂不是双喜临门吗？这群青年人，很快把匾挂在书斋外门的上方，还饰以红绸表示吉庆。

因为高兴，席间多喝了几杯，不免有些醉意朦胧。

我痴立书斋门外，呆望新悬挂的匾额，"惜书斋"三个闪光的金字，似乎在我眼前旋转，又好像在幻化我多半生的书癖之梦。

如果说人生本来就是一场情肠百结的春梦，那么我流逝的岁月，就算是漫长而缠绵的书梦、执着而深沉的书梦。

我从 10 岁耽读杂书，19 岁以后才有经济能力购书，45 年乐此而不疲，今天依然书梦未醒。此中的甘苦，固然蕴含着难言的欢乐，却又有多少说不尽的艰辛苦涩。

45 年来文海泛波，虽然晨曦残夜孜孜于笔耕，所得蝇头小利也难掩羞涩的阮囊，只落得乐道安贫。唯有万卷书籍，栖息在 10 个书橱中，诉说着我半生的追求与情趣。

收藏的每一本书，都记录着访求的不易，都经过我的一番奔波劳碌。

现存 96 册上海书店影印本《中国现代文学史参考资料》就全是邮购而来的，也是按原版影印的《创造社作品专辑》《海派小说专辑》《现代都市小说专辑》，每辑均 10 册，搜为全璧是相当困难的，终于无一遗漏。为了购藏古今中外的文学名著，我付出了财力和精力，为了购求书价较昂贵的典籍，像《二十五史》《十三经注疏》等，我曾经节衣缩食。每每外出，我都把饮食费用压到最低。在一些城市的粥棚、饭摊，都留下过我捧箪而食的身影，虽然难免"衣带渐宽"，却至今尚毫无悔意。好心的友人鉴于我的藏书含辛茹苦得来，又已经略见系统，愿意资助我刊印《惜书斋藏书目》。我当然不敢妄自比拟前贤，但是能够有机会铅印书目，也诚然是件大好事。继而想到在革命工作的途程上，我即将"船到码头车到站"，45 年的光阴，俱成既往，我很惭愧没有为后人留下一笔丰厚的存款，权以这些藏书谬称"诗书传家"吧。可是再想想清代江浙一带的大藏书家，大多是身后清寒，先人藏书儿孙卖，我的这点藏书命运又将如何呢？想到这儿，不禁有些黯然神伤，姑且留诗为诫，正是：

　　　　痴迷沉醉书梦长，

　　　　四十年来勤收藏。

　　　　嘱我儿孙多珍重，

　　　　莫使九泉痛肝肠。

第　二　辑

好书留待细细读

闲话读书

读书要根据兴趣和需要，而且又须因人而异。

每个人都有自己的读书习惯，甚或是独特的读书方式，绝不能强求一律。单说省内一些著名作家，有的广览群书兼收并蓄，古今中外无所不读，像小说家鄂华；有的选准主要攻读方向，集中精力深入求索，博大精深，自成一家，如同剧作家王肯那样孜孜不倦于戏曲，读书是"学以致用"；还有的作家读书非常多，涉猎的方面极其广泛，据我所知，胡昭、中申、王汪、韩汝诚，都是读得庞杂又有自己的侧重。在我省作家群中，也有偶然的例外，不把主要精力用于读书，或者说是近年来很少读书，老诗人丁耶和已故的丁仁堂，就属于这种文坛怪才的类型。怨我唐突亡灵说句不敬的话，丁仁堂生时喝酒比读书要多，丁耶眉飞色舞地摆龙门阵，也许超过他的读书吧？但是这又不妨碍他们的文学创作，两位的小说、诗歌都写得那样好，使人有叹为观止之感。我猜想他们都是经过青年时代的苦读研磨，蕴成深厚的功底，才气超过书卷气的功用，表现出作家不同的禀赋。

总而言之，抑或殊途同归，抑或不同的习惯和方式，书还是必须认真读的。以我 50 年的读书经验，同上述诸名家相比，是不足为训的。青年时代，书籍对我来说，犹如饥饿者眼中的食物，读得又杂又乱，实在是"无为而读"，实在是缺乏目的性。但是我读书养成的习惯应是开卷有益。

我读书讲开卷有益，又只限于文学艺术方面。开始的阅读兴趣是看热闹。从武侠、言情、侦探、历史演义说部，渐渐转入正统纯文学，即五四以后的现代文学。继而是中国古典文学，小说、诗词、戏曲、杂著，又转向外国文学，主要是西欧 19 世纪的名著。当然，我读得有些漫无边际，确也下过一点专工。比如说，仅就一位外国作家，尽量找齐他的作品的译本，进行细致的精读。用这种方式，我读过法国巴尔扎克、雨果、罗曼·罗兰，俄国的列夫·托尔斯泰、屠格涅夫、契诃夫，还有英国、美国、德国、日本等国家的一些作家的作品。但人到中年之后，兴趣又转向我国历代笔记、典籍、史料，以及古今中外的名人传记。我这样盲目的读法，应该有些无补于实际吧？从 1984 年后，我的读书范围终于集中了一些，主要是我国各个时期的武侠小说。细论也很有意思，幼时先由武侠小说读起，人老了又走上回头路，算是周而复始吧！不过现在绝不是"偷闲学少年"，而是想进入这个"成人的童话世界"，写一部中国武侠小说史。我将为这个"宏愿"努力地读下去，以娱晚年。

书　缘

儿时吃过的食品，虽非珍馐佳馔，总觉得无限甘甜。成年之后再重新品尝，就不似当初那样能够回甘，很有些兴味索然。读书也常是这样，儿时读过的书，长久不忘。可是经过一番人生阅历之后再读，又往往失去昔日的情趣。但是在我的读书生活中，有一种例外，就是儿时阅读的一些作家的作品，使我始终深爱不渝，半生中结成书的因缘，这就是我最仰慕的两位作家——老舍、张恨水先生。

我开始接触老舍的小说，大约是在1942年，当时正值东北沦陷时期，仅能读到长篇小说《老张的哲学》《赵子曰》《二马》《猫城记》，以及一些短篇《老牛破车》和《幽默集》之类的杂俎。那阵儿自然领悟不出老舍独特的风格和那笑中有泪，甚至是伤口中滴血的幽默，但是我非常喜欢那种当时还说不清楚的艺术韵味。沙子龙手握的那条五虎断魂枪，黑李眉心跳动的黑痣，歪毛儿的红兜肚与歪桃，柳屯的所梳的发式，马裤先生的喊声，这些短篇小说里的人物，似乎从老舍先生笔下蹦出来和我梦中厮见……1950 年秋天我从开明书店版的新文学选集中，第一次读到《骆驼祥子》，才逐渐理解老舍作品具有的深远社会意义和巨大的艺术成就。此后我入迷地耽读老舍的小说，着手搜集他的全部作品，他成了我最热爱的作家。1956 年 3 月，我终于有了拜识老舍先生的机缘。那时我正在北京参加全国青年文学创作者会议，一天晚间在北京饭店和北大中文系的同学联欢，老舍先生和许多文学先辈，都参加了这次晚会。当舞会开始时，我和几个青年作者依然闷坐着，忽然老舍先生慢步踱到我们身边，大家都神情惶悚地起来让座，聆听先生谈话。这时我注意看了看老舍先生，一副慈和的面容，说话是北京标准语音，句句语重心长。这位我少年时代尊崇的作家，现在就站在我面前，真觉得一切恍如梦幻，心中涌动着千言万语，又终于讷讷地词未尽意。10 年后的 1966 年，老舍先生殒身于北京太平湖，我永远失去了与他再相逢的机会。后来，老舍先生的作品被人们重新评价，特别是电视连续剧《四世同堂》的上演，更引起倾国轰动。人民文学出版社 16 卷本的《老舍文集》即将出齐，《骆驼祥子》《月牙儿》均经改编被拍成电影，亚洲和西欧的几个国家都成立了老舍作品研究会。这种身后哀荣，恐怕老舍生前料所未及吧。

至于我对张恨水先生作品的深爱，则是另一份因缘了。1944 年，偶然读到长篇小说《夜深沉》，关于丁二和与杨月蓉的爱情悲剧，虽然不能全懂，但是记忆犹新，一直萦结于怀。1955 年从老友王璟石处得到新版本《啼笑因缘》，快读之下总算对这位通俗社会小说大家略有所知，深感对一位作家的评量，不能道听途说地人云亦云，需要真正研读他的作品。我开始大量阅读张恨水的作品，而且逐渐对他产生了浓厚的兴趣，并知道流传的"恨水不成冰""黄色言情小说"纯系无稽之谈。张恨水小说的言情，反映的是社会问题。从1981年以来，潜心进行了一点研究，陆续发表过几篇文章，如《张恨水小说新考》（收入天津人民出版社《张恨水研究资料》）、《张恨水和他的小说》（收入上海人民出版社《现代作家四十人》），还同张恨水的两位哲嗣张二水、张伍有过书信往来。近年来在读者中间，已消除对张恨水小说的歧义与误解，认识了它的价值，张恨水的许多作品都在重版，国内各出版社已先后印行17种。

　　对于老舍、张恨水的作品，我童年时爱不释手，而今垂垂将老，仍然爱之弥深。还有幸在老舍生前拜谒一面，对张恨水的小说也谬托文章知己，执笔为文稍有愉扬，诚然是值得纪念的一种书缘呢！

灯下说书

黄昏过后，暮色渐渐浓重，从楼窗外望已经是万家灯火。回看自己的居室，两间相连的屋子，虽然家徒四壁，但也可说是四壁闪烁辉煌，因为屋内摆满高可及棚的 12 个书橱。灯光映照，满目琳琅，起码在我自己的心头，是一种极大的满足、永恒的欢乐。

《城市晚报》记者梁二平，前不久在报上发表关于我谈书——买书难与卖书难——的访谈录，称我为"省内著名藏书家"，实有些愧不敢当。我的藏书，充其量不过一万多册，这么点儿书怎能妄称"著名"？这方面的学识菲薄，也谈不到什么"家"。值得说及的，倒是满怀痴情、一腔迷醉，40 年来贯彻始终，就是在花甲之年早过的今日，仍然是书梦不残，迷津尚未悟彻。尽管时下有人大言不惭地在"玩文学"，"玩书"者也不乏其人，我却一直是恭谨从事，不敢有所不敬。

朋友们说书一到我手里，便立即身价十倍，这确是事实。所以我买书挑选得极其苛刻，一本书先要看好内文，切忌每页的字迹漫漶；封面、书脊、边角都要整齐对线。对于精装本或者影印本，挑选得更加仔细严格。我看书的时候，一般都要净手，不卷边、不折页，尽量是坐着读书。所以我收藏的书，即使是经过 30 年以上的，也不走形、变样，依旧完整如新。近几年经济稍见宽裕，便开始注重书的观赏性，讲究一点版本。买大 32 开本、精装书、豪华本，书橱一排排玻璃门，书脊五光十色，在阳光或灯光的映照下，使我解颐、忘忧，又是一种美好的艺术享受。我也很追求书的配套，版本的统一，书的精、平装，绝不混同。在我的藏书中，凡属全集、文集、选集的，都是一本不缺，显得洋洋大观。

当然，藏书需要有雄厚的经济基础，而我又很缺乏这种实力。只好年复一年地开源节流，开源是拼命地笔耕，换些微不足道的稿费；节流是省吃俭用，撙节生活开支。如此一来，甘苦自尝，一言难尽。1993 年据我日记记载，全年购书费用 5600 元，而一年写小文章稿费不过 3000 元，那 2600 元大约就是挪用了生活费用。这是由于书价高涨，我又买了许多大部头的书，如《香艳丛书》《四库笔记小说》《说郛三种》《中国笔记小说文库》《张恨水小说全集》，等等，每部都是数百元之巨，加起来数字就相当可观了。家人、朋友们常常规劝我，年岁已高，就不要买那么多书了（暗含还能活几年之意），我自己也像嗜烟者戒烟一样，不断暗下决心，绝不再买了。可是一进书店便尽弃前言，正是："下定决心不买书，走进书店犯糊涂；这一本爱不释手，那一册难得一读；都说是人生不留遗憾，小小的愿望何不满足。……"这一不留遗憾，书买得反倒越来越多了。

书买得多，相形之下就读得少。过去买到书先不放进书橱，待读完后再一一上架。现在一买就是一堆，怎么能看得完呢？尤其是人到暮年，没看过的书想看，看过并曾经喜欢的书还想重读。我就很想从头至尾地再读老舍，读张恨水和白羽，读罗曼·罗兰和屠格涅夫。还有青年时代读过的一些苏联小说，以及我作为研究课题的鸳鸯蝴蝶派——民国言情、武侠小说。我还能有多少时间于人世呢？虽然是"好书留待细细读"，只怕有些时不我待吧？思至此不禁有些惆怅、苍凉。但也许老天厚待，假我以年使生命延续绵长，因为我是个梦幻型的人，总是生活在对书的渴望、希冀之中。听说将有好书出版，我会充满激情地等待；一批新书到手，我又能兴奋、愉悦很长时间。我这样的人明显有点儿"没心没肺"，怎么能不长寿呢？再者说，就是到了弥留之际，拿来一本我最喜欢的书，也许还能多活几天。爱书如命的我，生命与书是紧密相连的！

书边心态录

买书，千万不要犹豫

要说追悔莫及的遗憾，或者是痛心疾首的教训，那就是看到好书失之交臂，因而万万不可犹犹豫豫而错过了机缘。

本来我是个一进书店便如喝下醇酒，一见好书两眼就会发出异样光彩的人，很少有这方面的失误。但是随着年岁的增长，精神不免有时恍惚，再加上一些特殊的情况，这种事也偶尔有之。就说去岁在长春举办的全国书市，我早就是"储款以待"，迫不及待地等着买书，而且是第一天就被潮水般的人群拥进展厅。随看随买已经拎了两大包了，再也无力承受的时候，忽然看到几种书：《上海竹枝词》《雷马克文集》，精装本的《第二十二条军规》，特别是一部价昂的《京剧史图集》，心里合计今天实在拿不动了，明日再来买吧。这样一犹豫就未能及时购下，第二天早早地赶到书市，匆匆挤进展厅，在售书的摊位寻觅，这几本书都不见了，急忙询问得到的回答却是：均已售缺。此时此刻的心情，真是苦涩难言，痛悔自己的一念之差，犹犹豫豫以致误事，拿不动不是可以打车吗？省这点小钱干什么呢？

自此以后，我对买书十分注意，最近在古籍书店看到 20 卷本锦盒装的《沈从文别集》，因为当时带的款不够，于是约好第二天取书。翌日买回这套书，与我原有的花城版 12 卷《沈从文文集》相比较翻读，所收书目略有不同。仅仅是当前稀见的《记丁玲》一书，就令我书乐融融，暗自庆幸这次没有犹豫。因为我牢记"该出手时就出手"，买书，千万不要犹豫！

借书，自有苦衷难言

我小时候就喜欢读书，当然书都是借来的，所以那时就记住一句流行的话："有书不借非君子，借书不还是小人。"这就形成我的观念，有书应当往出借，不能奇货可居。1955 年年初从沈阳调到吉林省文联创作组，家未迁来，身边只带了两大木箱的书。创作组就在现在西中华路 3 号的小楼，有许多同志常借我的书看，诗人胡昭的亡妻陶怡读书速度很快，借得也较多。胡昭兄于 1997 年在《长春日报》发表一篇《爱书者的欣慰》，谈到我 40 年前惜书之情："……他住单身宿舍，床底下的书箱仍旧是他的宝藏，闲来打开书箱，一本本翻看，用嘴吹，用衣袖擦拭，其爱怜之状令人心动……我爱看杂书，明知潘兄书多，又是多年老友，却不忍心借他的书。年轻时见过他收回旧书，每每前后翻检，把封面擦净、卷页抚平、痛惜之至……在潘兄那里我倒未遭过冷遇，近几年有几次我打电话问候，潘兄竟主动问我："需要什么书参考到我这儿来找，我大约能有。"对此我深为感动。"

　　尽管我近些年书越买越多，惜书之情也越来越深重，这大概就像一个积财者，钱越多就越看重，甚至变得吝啬了；可是始终奉行有书外借的宗旨，只需因人而异。从事文学创作、研究、出版的朋友，资料遍寻不到，又唯我独有者，求上门来我责无旁贷。所以这些年，有些写作的朋友都来借用过书，我从来没有令其失望过。还有省图书馆、社科院文研所、出版社，也借过我一些书籍。诚如胡昭兄所言，越是深知我的朋友，理解我的惜书之情，都"不忍心"来借，倒教我很不好意思，似乎我已经是个守书奴了。

　　当然问题还有另外的一面，我虽然是毕生志愿又尽其所有，力求建立个人的"图书馆"，这只是为方便自己的写作与研究，并无意向社会开放，也不是为"看闲书"者服务；而听说我书多，要借书者又不乏其人；我实在羞于拒绝，只有以书相送谢绝下次再借。但还是难断其脚踵。有的自行打开我的书橱任意挑选，我只得低眉敛目代其包上书皮。说句小气话，这样让借书者把书携走，我就有些神魂失措，盼望书能早日"回归"。经过长长的时日，经过朝思暮想的牵念，书固然送回来了，却又面目全非，让我哭笑不得，正应了那句"多情反被无情恼"的话，真是苦衷难言了。

书梦重温

书山跋涉，书海徜徉，书伴人生，匆匆已将 60 载。回首前尘，如梦似烟，仿佛是一个亦幻亦真的梦。再想想所读过的书，实在是一场长长的书梦。

此生不息，书梦犹酣，特别是少年与青年时代读过的书，更是经久不忘、记忆犹新。在进入暮岁之后，更产生出很强烈的愿望，想把早年读过的，非常喜欢又影响自己半生的书，再重新读一遍。这主要是出自老年人怀旧的心理，同时也是对自己人生道路的回想和眷恋。少年时读的书，自然是美味初尝过目难忘，也借此走上历经风雨的文学道路。少年时读的书，基本上是东北沦陷区的文学作品。再因近年偶尔涉猎东北沦陷时期文学研究，我尽量寻觅这方面的旧年书刊，找到时都予以复印，重新装订成册。可惜的是有些书很难寻求，就像当年艺文书房版《天云集》（疑迟著），至今仍然是"踏破铁鞋无觅处"，1996年我曾在《书友周报》刊登"求书广告"（还有其他几本书），愿以重金洽购或用精品书交换，也依然是"泥牛入海"。为此我虽然每周都跑旧书摊，可是收效甚微。

青年时代读得最多的，还是那阵儿极为盛行的苏联小说，书都印得大方考究，版式显得眉疏目朗，都有原版插图，大多出自名画家之手。从《钢铁是怎样炼成的》《海鸥》《勇敢》《青年近卫军》，到《收获》《远离莫斯科的地方》《磨刀石农庄》，不仅读得如痴如醉，也影响到我的人生志趣和追求。这些书原本一应俱全，而且很多全是绢面精装本，但都毁于"文化大革命"的焚书之火，于今想来尚有余痛。1996年开始再度收集50年代我国出版的苏联小说，不分寒暑地跑旧书摊，再加上朋友们慨然相赠，一年多的时间应该说是所获颇丰。其中老友籍华、冷岩夫妇的赐予，令我感激莫名。夫妇二人系我省著名剧作家，同我有近50年的交谊，50年代初我们就一道工作，先后在沈阳东北作家协会和吉林省文联创作组，虽然各有难言的坎坷艰困，却始终未断交往。那时籍、冷二人就热衷读书、购书，如果不是中途而止，肯定会大大超越我这个所谓的"藏书家"。他俩的藏书，版本都是择善而收，且一律牛皮纸包皮，所以时至今日依然完好如新，是旧书摊上"淘书"难逢的佳品。面对这些再次觅到的苏联小说，想到我们四十几年前在沈阳大帅府（东北作协旧址）朝夕相处的岁月，而今皆已白头，不禁涌起"夕阳无限好，只是近黄昏"之感。

书梦重温，因书感旧，往事历历，再萦心头，这是许多老年人共有的心理。借以重新领略岁月风尘，品味年复一年的苦辣酸甜，就自有人生路再走一番的唱叹。书与生命浑然一体，往昔今日相辅契合，对爱书者来说，正是可以无愧此生了！

书卷有情伴生涯

人到迟暮之年，精神不免有些恍惚，被评选为"吉林省十大藏书家"，宛如身入迷离的梦境。这是一场漫长、沉醇、沁甜的书梦，萦绕我大半生艰难岁月，伴随我几十年坎坷春秋，书梦难圆依然未醒。

说是漫长，我同书结缘是从 10 岁时开始，至今已经有 55 个春秋。说是沉醇，因为我对书痴迷如醉，半世生涯手未释卷。说是沁甜，半生尽享书中乐趣，使我获得知识与力量，慰我人生寂寥。

我因读书、爱书，才买书，积少成多才注重版本的考究，循序渐进才成为"藏书"，一切都是小打小闹。从未想当什么藏书家，而今蒙社会各方错爱，竟名列"榜首"，惭愧之余回想书伴始终的人生路程，如是一场春梦。

忆昔少小闲读杂书，是从通俗小说"开蒙"，武侠、言情、侦探，读得我想入非非。接触"五四"新文学作品，有了新的感悟，受到新的熏陶，完全摈弃了以前读的那些书。继后虽然家庭生活发生变故，父母双亡，小学三年辍学，流离农村放猪乡野，我还是以书为慰藉，度过我苦难的童年。1946 年加入革命队伍，我行走坐卧，都没有离开过书，同志们戏称我"小书呆子"，因为读书痴迷忘情，闹出的笑话也不少。

当年是供给制，想买书手中无钱，只能把每月 8 角津贴费攒在一起，买过为数不多的几本书。1950 年年初挣工资，也略有稿费收入，便开始为读而买。书渐渐增多，"爱屋及乌"就倍加珍惜起来，看书先包皮、洗手的习惯，就是这时养成的。书越买越多，开始注重版本的优劣，考虑装帧的精美，尽可能买大开本、精装本，不过还不算收藏，只是"好书留待细细读"而已。

历经 1957 年"脱胎换骨"，"文化大革命"十年"洗心革面"，不幸的焚书劫难，令我的书已经荡然无存。现有的 22000 册书，都是 1978 年后购置的，每一本皆是节衣缩食所得，来得不易，更是格外珍惜，朦朦胧胧地有了藏书的意念。为了买书，我把生活费用压到最低，但求食果腹衣遮体，而买书却不怕价格昂贵，选择最精美的版本。为了买书，我在外出时常驻足街头粥棚饭摊，临风下咽，高尔基"夜店"式小旅社，常有我寒酸的身影。还是为了买书，一次赶赴火车站，仅想节省大客与小客的差价——那点点可怜的小钱儿，不但几乎误车，路上奔跑时差一点心脏衰竭。为了寻觅购求新书，我不惧千危万险，也不畏万苦千难；尽管曾付出过沉重的代价，到头来却毫无悔意。每当新书到手，急不可待地阅读一遍，心里洋溢的那份儿欣悦、那份儿艺术享受的满足，曾经遭受的艰难困苦，霎时都烟消云散。

我一看见好书，总是忘乎所以，买起书来又不顾一切。

1991 年去北京带了两千多元，当时可称"穷家富路"。起早贪黑地跑书店，王府井、琉璃厂、海淀图书城，徜徉书海尽情遨游，看到奇书珍籍闪耀诱人的辉煌，买书时就忘记量入为出，等发现余款不够归程路费，已经是为时过晚。北京虽有许多朋友，怎么好意思开口借钱，真有些"异乡路上叹途穷"，要"抱蹲"在首都北京了。正犯难间，真是天无绝人之路，幸遇老乡借 200 元解困，钱到手一算开销，还剩下四十几元。心里一琢磨，还是再买点书吧，于是又去了劳动人民文化宫书市。令我最满意的是买到《吴晗文集》，这部书我寻求已久，不但四卷俱全，还仅仅花了半价钱。心中愁云早散，得书又添新喜，乐颠颠地捧着书，沿着天安门绿瓦红墙，一路走得兴奋异常，还唱起几句自编的单弦牌子曲：

匆匆数日，故都京华；曾经几次决心下，一见新书两眼花；倘若不能买到手，心就抖颤腿也麻；总还是为书所累，囊空如洗难回家；如果不是异地遇老乡，您说我抓瞎不抓瞎？谁是书痴痴似我呢，就此可见一斑吧？

几十年光阴驰逝，购藏书籍不遗余力，书伴人生，其乐无穷。我虽然早已离休赋闲，身体力行"有书真富贵，无欲赛神仙"的信条，既无任何失落之感，又活得充实、自如。每天忙着买书、读书，读后写点"豆腐块"小文，潇潇洒洒自娱天年。回想前尘岁月，一直与书相惜相守，可以说是书卷有情伴生涯。且抄旧作打油，概括近年生活：

惯于书斋度生涯，

一卷古籍半杯茶，

读至兴浓情好处，

明月早已窥窗纱。

京津买书流水账

冒严寒，顶风雪，拖着老迈的身躯，我踏上了京津之旅。

到达天津时正值晨曦微露。安置好宿处，便随同津门上班的人流，奔向我熟悉的几个书店。小营门、劝业场附近的新华书店，烟台道的古籍书店，搜求一番之后不免有些失望：新出版的书籍太少。三个书店只选购了3部书：加拿大华人女学者叶嘉莹教授的《唐宋诗词十七讲》，用非常优美的文笔，阐述唐宋诗词的艺术精粹，给人以清新之感，是岳麓书社的精装本；人文版的《高野圣僧——泉镜花小说选》，作者是一位我国很少译介的日本近代作家；上海社会科学出版社的《三十年代在上海的左联作家》，书分上、下册，是一部内容很翔实的资料书。在天津市政协文史书刊门市部，还算买到几本满意的书——北京出版社的《京剧谈往录三编》，中国戏剧出版社的《中国京剧史》（上、中卷）、叶盛长的回忆录《梨园一叶》，以及《马占山将军》《北京的牛街》，等等。天津之行，访书收获大致如此。

翌日搭乘长途汽车去北京，下车伊始先跑书店。不知为什么，王府井书店已经失去往时读者众多的盛况，显得颇为寥落清寂。在专售文艺书籍的二楼，不仅新书品种少，旧版书也荡然无存，尤其是外国文学的书架，三分之二的地方空着。琉璃厂的中国书店、古籍书店、中华书局门市部，情况都大同小异。坐落在朝内小街的人民文学出版社、三联书店的两个读者服务部，基本上是无新书供应。就连刚在《光明日报》做过广告的人文版1990年新书目，其中的许多书也不见于市。原想为几套全集、文集配套的希望落空，只好失望而返。此行买得比较满意的是关于周作人的两种传记：上海文艺出版社出版的倪墨炎著《中国的叛徒与隐士：周作人》，是平装本；北京十月文艺出版社出版的钱理群著《周作人传》，为精装本。两种传记虽然资料取舍稍有不同，但对周作人都是既不粉饰也不丑化，真实地记录了周作人复杂的历史功过。两种传记还有着极其相似的特点，都是运用散文化的笔触，一改过去传记写法的平滞生涩，增强了可读性。"蔡志忠漫画"正在北京畅销，各大书店和个体书摊均有出售，以前买的9种加上新购的8种，我已经收藏17种了。我在北京时距三毛逝世20天左右，书店已经有专书《关于三毛生平和死亡觅因》出售，当我翻开书页发现荷西全印成"荷四"的时候，便把书默然放下。想到当前图书市场如此门庭冷落，品位高的书难于出版，而一些讲"生意经"的书又"抢"得这样的快速，文字上错讹百出，心头不禁涌上难言的酸苦。

京津之行往返9天，两地访书虽然尚不完全理想，却也肩扛手提而归。吾人已老，书梦未残，在赏完新书略感陶醉之余，记下这篇买书流水账。

千难万险都为书

据《三国演义》稗家所言，诸葛亮平生从不弄险，用兵和处世历来是谨慎有加。仅有的一次设计空城拒敌司马懿，那是摸透推理决断，才孤注一掷布下疑阵。虽然赢得兵退四十里，诸葛亮倒是吓出一身冷汗，当时口中喃喃细语，除开那句"险煞我也"外，无妨考证为"下不为例"吧。

由于无限尊崇孔明先师，我半生的凡人俗事，均不免有些谨小慎微，不敢越雷池一步。就说每次外出游历，差不多都是提前一小时到车站候车，所以近十年来南奔北走，没有出现过误车之事。可是在离休的消闲岁月中，偏偏出了点岔头儿。今年4月间，报纸上刊出北京举办书展的消息，书的诱惑令我魂难守舍。托朋友代购去京的卧铺，我要到北京凑个"躬逢其盛"的热闹。车次60，发车时间是晚间8时30分，走的那天正是春雨霏霏，我又提前去赶公共汽车，心里觉得时间是绰绰有余了。

人的生活总有它的偶然性，并且充满戏剧性。那天的公共汽车却迟迟不来，等挤进车里已是7时45分，到达火车站恰好是8时整。如果一切正常，时间仍然不算太紧张，谁想到忙中有错，竟错出一个"险"字来。当时雨丝飘摇，路灯昏黄，看什么都有些迷茫，终点停车后汽车又调转一次车头，我忽略了这个细节，竟往相反方向走去。待到发觉已临近胜利公园不远，这时正是8时13分钟，剩下的17分钟，我能赶完这段回头路吗？时间刻不容缓，不能再犹豫，我决定不放弃机会，来一次拼搏。

我开始奔跑，时间一秒秒地滑过，双腿也一步步地加快。只觉得心在剧烈跳动，五脏六腑都在翻腾，浑身热汗淋漓。等快跑到车站时，路就更加难走，站前拆迁，到处坑坑洼洼，雨水浇得路面很滑。我不顾一切地跑到检票口，距离开车时间只有5分钟。检票的姑娘数落我："你怎么才来？已经检完票了，照顾你是老年人，你跑跑看吧。车在3站台……"说着还轻轻地推了一把，借助这一推力，我冲刺般跑入地下道，上了站台抢登车门，火车开始慢慢启动。我靠在车门旁，全身上下热气蒸腾，汗水已经湿透，恨不能立刻躺在地上才好。艰难地挪到卧铺车厢，爬上我的铺位就失去知觉。醒来时车已到四平，经过整整两个小时的休憩，才恢复如初。我知道这是极其危险的虚脱，不禁暗暗埋怨自己，62岁的人何必如此拼命呢？

无独有偶，一波乍平一波又起。从北京归来不久，我欲去一趟沈阳，强烈地惦念太原街的综合书店、马路湾古籍书店都会有些什么书呢？济南版《中国现代文学补遗书系》尚缺戏剧、散文卷，江西版《中国近代小说大系》也该出几种新书了吧？还有，还有……事不宜迟，第二天就坐上310次列车去沈阳。经过4个多小时的颠簸，车进沈阳将近正午12时，计划住上两夜，一找身份证——坏了，所有证件都忘在家里。走过两家旅馆投宿，都被婉言谢绝，看来无此证是寸步难行。怎么办？蹲车站实太难堪。于是当机立断，决定乘501次列车返回长春。尚有不足两个小时，要跑完3个书店，虽然不算过分紧迫，体力却难以消受。更让人失望的是，没有买到一本可心如意的新书，真是乘兴而来、败兴而归，前后空坐了12小时的火车。

这两件小事，对于进入暮年晚境的我来说，实属小小的历险，特别是前者那样疲乏奔命，很容易心力交瘁发生意外。这又让我感到庆幸，体质与体力，借此受到一次考验，说明尚可苟活几年，使我更感到所谓"不服老"，不过是句"豪言壮语"，老就是老了，实在是"不服不行"的。通过这些足能证明，精神恍惚，一切都是由老所致。说到底，我这半生还是为书所累，这两次以身试险，不还是千难万险也为书吗？

唉……

"淘书"记乐

　　近日我越来越爱逛旧书摊，也越来越喜欢买旧书，爱书人所谓的"淘书"亦即"沙里淘金"之意。

　　青年时代选购书籍，总欲纤尘不染，非常注重版本装帧，同一种书也求其最佳。常常是小32开本换大32开本，平装本再易精装本，"五马倒六羊"，极力追求观赏性。现在人老了，习惯就完全改变了，我忽然热衷起旧书来，对于书的破损陈旧，反觉得是岁月风尘有迹，年轮沧桑留痕，值得留恋与珍重了。细细想来，这大约是老年人的一种通病，对往昔日月的追怀，兼有轻轻的哀愁、淡淡的惆怅，嗟叹韶华一去不复返吧！

　　出于这样的心情，我每周必须跑书摊，每次也都买几本旧书回来，所买的书大部分是二十世纪五六十年代旧版书，或者是"文化大革命"期间的出版物，主要以苏联的小说为多。曾经买到魏尔塔的《孤独》、马雷什金的《来自穷乡僻壤的人们》、冈察尔的《旗手》、多勃罗沃尔斯基的《三个穿灰大衣的人》，有两种书还是荣获斯大林文艺奖金的作品。这些青年时代读过的书，曾经读得爱不释手，如今再次买到重新"装修"后入藏，确实有"朝花夕拾"之感。

对于旧书我还心存奢望，企盼能买到些东北沦陷时期的文艺书刊，既是借此思旧，重温儿时读过的书，也是我近几年研究东北沦陷区文学的需要——必备的参考用书。我想长春是伪满的"新京"，是政治、文化集中地，应该留下些有关的资料。可是这几年我跑遍旧书摊，东寻西找，甚至在《书友周报》刊出重价求书的启事，也始终未能如愿以偿。

上周六雨雪交加，我不顾道路泥泞，匆匆奔往书摊。旧书摊位寥寥无几，只见一个中年人正在摆书，我接过他刚拿出的一摞细看书名，天哪！我的眼前突然一亮，心跳也有些加速，竟有我百寻不见的两本书：袁犀的《泥沼》和梅娘的《第二代》，真是"踏破铁鞋无觅处，得来全不费工夫"！书虽然有些陈旧但很整洁，我又选出巴金译《一个家庭的戏剧》（赫尔岑著）、《续爱的教育》，均系 1949 年前的原版本。那次一共买了 6 册，平均 4 元一本，价钱也不算贵。

袁犀、梅娘是东北沦陷时期著名的两位进步作家，作品在当年很有影响，在今天也颇具研究价值。我庆幸自己交了好运，居然"淘"到如此好书。回家的路上，我几次驻足拿出书来翻看，想到这意外的书缘带给我的难言的欢乐，又岂是局外之人所能体会的？

"淘书"之乐让我感到，不仅是这一日欢乐无穷，我离休后的每一天，都与书为伴、与笔结缘，生活充实愉快，常在忘忧的情境之中。

书缘旧梦

　　我越来越喜欢旧书，也许是年事渐老来日无多，眷恋生活与怀旧之情转浓，忽然改变往日习惯，对旧书倾注无限深情。

　　从一本旧书看昨天，可以重窥历史沧桑，令人感到时代递嬗，体味世事变迁；可以弥补老年心境的怅然、岁月的惆怅与失落，找回青年时期的感受。尽管某位作家的全集、文集、选集齐备，如果发现旧版单行本，我也会毫不犹豫地购下。像契诃夫作品本来我有全集，照样买了1949年以前平明出版社出版、焦菊隐先生译的《契诃夫戏剧集》，为的是保存带有风尘感的陈年旧迹。

　　不久前冒着酷暑炎阳，我照例奔向旧书摊。忽然看到《诸相集》，这是一本散文和杂文的合集，作者刘汉为东北沦陷时期作家。是1943年"新京"开明图书公司出版的。这样的书在旧书摊难得一遇，我当即询问书价，回答是30元，无疑是漫天要价了。以我买旧书经验看，公平价格应是5元到10元，全书不过120页，我没有回价便默默走开。回到家却一直心系此书，夜里也未能完全睡好。这本书我十二三岁时就读过，留下非常深刻的印象，有些篇什如散文《海龙夜》，至今还记得某些词句。何况此书出版56年了，书的品相尚且完好，只因价高而不买，岂不有些"失之交臂"？书价固然昂贵些，买时不是还可以砍砍价吗？再者说，奋笔多写篇小文章，稿费足能买下此书，怎么可以放弃机会呢？

一夜恍恍惚惚，醒来早已是红日满窗。急匆匆赶到旧书市场，书主已自动减价只要20元，最后外加一本苏联小说《光明普照大地》（巴巴耶夫斯基著），仍为20元成交。当夜灯下，书梦重温，捧卷耽读，似乎又回到我的童年时代，依然有着往昔的温馨，56年的沉沦岁月，有些似梦如歌。一本旧书对于一位老人，是情是梦又非情非梦，它可以拨动记忆琴弦，它能够唱出往事心曲、人生聚散悲悲喜喜、世路坎坷曲曲折折；怀旧是对逝去光阴的珍惜，怀旧是对今天生活的依恋；而钟情旧书恐怕正是这种心绪的写照吧！

书梦依稀到白头

人间情痴各有求，

岁月迷离五十秋；

只缘喜读张恨水，

书梦依稀到白头。

四句打油诗，说的是我近日的沈阳之行，急急奔赴、匆匆赶回，来去不过 3 天的时间。何须这样紧促，说来说去还是为了买书。沈阳老友孙芋代我买下一套《张恨水全集》，卷帙浩繁，竟有 70 册之多，书价也近 500 元。仔细一想，邮寄容易使书磨损，托人捎带尚需时日，对于书我又有先睹为快的毛病，如此这般便去了沈阳。

归程之日，我把这套书分装进 3 个大包，肩头搭两个，左手拎一个，虽然走起路来有些摇晃，但是尚可支持。已经 73 岁的老友孙芋，亲自送我到车站，不禁有些忧心忡忡地说："这么重你下车可怎么办？"我故作轻松地说："别忘了我还小你 10 岁哪！而且只要是书，我能力气倍增不觉重，从北京回来我曾拿过 4 个书包，这还少着一个呢……"话是这么说，实际上并不这样简单，特别是到长春下了火车，这 3 包书让我几步一停，气喘吁吁，心脏剧烈跳动，好歹总算是挪到了家。喘息略定，我就急不可待地把 70 册的《张恨水全集》，一一摆放到书桌上。这些书在我眼中，变得光华闪闪，旅途风尘、劳累苦辛，似乎均已随风散去，顿觉这一切都是值得的。因为我喜欢张恨水的小说，书缘痴结 50 个春秋，这些书让我忆起少年时代，韶华岁月的情有独钟。

1943 年我就读过一些杂书，偶然得到一部张恨水的《夜深沉》，那流畅的文笔所描述的卖唱姑娘杨玉容和马车夫丁二和的故事，让我似痴如醉，耳边总回响着京剧曲牌"夜深沉"。此情难忘却就又读了《似水流年》《北雁南飞》，等到看过《啼笑因缘》，就已经读小说是非张莫属了。但是中间有过一段间隔，差不多是 10 年的光景。这 10 年之中有战争年代的行踪无定，也有中华人民共和国成立初期对张恨水小说的不够理解。待到 1955 年北京通俗文艺出版社重印《啼笑因缘》，就和杜鹏程的《保卫延安》，成为当年最受读者欢迎的畅销书。

我喜欢张恨水的小说，认为它不愧"雅俗共赏"这 4 个字，并且名为通俗社会小说，丝毫没有庸俗的笔墨，写男女的情爱不涉伤风败俗。无论是《金粉世家》还是《啼笑因缘》，都是文字无邪，像《啼笑因缘》中写樊家树、沈凤喜之恋，也无非是"颇有残脂风流嫌著迹"而已，这是多么圣洁的描绘。"文化大革命"前还陆续新印过《夜深沉》《八十一梦》《五子登科》《魍魉世界》，以及据民间传说改写的《梁山伯与祝英台》《白蛇传》

《秋江》等。20世纪80年代后重版张恨水的旧作更多，大约26种(包括他的代表作)，如《春明外史》《金粉世家》《天河配》《满江红》《傲霜花》等书，可还不及全集的三分之一。如今北岳文艺出版社不惜耗资赔本，出版《张恨水全集》，让"嗜张"如我者的读者们，有机会一窥全豹，岂不是手捧全集喜若狂吗？而且生平志趣得偿，足慰晚景，确实是书梦依稀到白头了。

追寻书梦惜华年

诗人胡昭曾在《长春日报》写过一篇题为《纪念纳吉宾》的文章，对这位 20 世纪 50 年代苏联极负盛名的短篇小说家表示了由衷的敬意。吉林小说家韩汝诚也非常欣赏纳吉宾，曾经对我说过，很想再重读一遍他的作品。我特别喜欢纳吉宾的短篇佳作，尤其是他的《冬天的橡树》《烟斗》《下去，到地方啦》诸篇，给我留下不可磨灭的印象。遗憾的是我们当年均有的《纳吉宾短篇小说选》皆已散失，现在空余不胜依依的怅然之情。近日，在一位老朋友家里，忽然发现这部小说，经过整整 40 年的沧桑岁月，书尚完好如新，足见主人的珍爱。我捧书在手，如逢故人，不忍释手；老朋友看出我的沉迷，问明原委竟慨然相赠。我如获至宝，欣喜地用电话告知胡昭、韩汝诚，可以"好书再欣赏"了。

胡昭、韩汝诚虽然略小我两岁，但也都年过花甲。在进入暮年之际，为什么对早年读过的书，表现出如此的眷恋？我们追寻纳吉宾的共同心态，实则是想重温青年时代的书梦，是一种类乎"白头宫女在，闲话说玄宗"的怀旧情绪。我们在 20 世纪 50 年代，都很欣赏苏联几位擅写短篇小说的作家，巴乌托夫斯基、纳吉宾、阿拉米列夫、安东诺夫，他们笔下那郁郁的生活浓香、清新的艺术格调，引起过我们心灵上的共鸣，至今想来仍然无限神往。这既寄托了某些旧日情趣，又说明读书犹如饮食，颇有"堪忆少年时"的味道，少年时吃过的美食，回味余香满口，青年时读过的好书，更加过目难忘。同时也是对自己流逝的华年的一种追怀与回忆。

书梦依稀，珍惜岁华，成为读书人晚年的自我慰藉。前些年买书总是以新易旧，不断地更换新版本，现在买书却又大大不然，常爱在地摊上蹀摸，希望能买到几十年前的旧版书，特别是那些经历时代风尘的佳品。我非常怀念因生活屡经变迁曾变卖散失了的书籍。因为这些书陪伴我度过青年时代，每一本我都付出了经济与精神的代价，现在重拾旧梦，原书已难再得，只留下满腔的失落。正如包天笑先生所说"亡书如忆旧情人"，心中常有难言的痛楚。

老来追寻书梦，无限怀恋往昔，以此为我余生增添许多乐趣。所以我近两年购书，就挑选一些青年时代读过并且喜欢的小说，像《钢铁是怎样炼成的》《铁流》《青年近卫军》，以及《红旗谱》《暴风骤雨》《创业史》《三家巷》等等，又重新摆进我的书橱，似乎也渗进我青年时代的感情痕迹。说到这里，我油然有感：

白发虽知夕阳晚，
书籍伴我忆华年；
青春岁月应无悔，
沉醉迷离梦犹酣。

好书伴我度天年

新年、春节已经过去了。在我的印象里,对自己的生命经历,总喜欢以旧历年为准,因为鲁迅先生说过"旧历年底毕竟最像年底",所以回顾一年,特别是计算一年购书花费,大多都是在此时此刻。粗略地一算,1994 年竟近 8000 元,这在当今不是笔大数目,可是像我这样的"穷儒",要白发孤灯写多少"豆腐块",才能凑足此数呢?

每年新春伊始,嗟叹老去岁月无多,常常暗下决心不再买书,或者是尽量少买;结果是年复一年,言不由衷形同虚话。今年元旦那天,我在日记上写了四句话:

> 今岁已届六十五,
>
> 自我祈愿天增福;
>
> 心平耳顺称心意,
>
> 多加餐来少买书。

话是这样说,实际上是老来胃口欠佳,饭吃的是越来越少,书照样是越买越多。

从本年头一个月看来，我倒是尽量控制自己，可买可不买之书真就没买。1月29日核计当月购书费用，花去206元，较每年同月减少三分之二。方自庆幸之际，忽然接到朋友报告书讯的电话，说是长春古籍书店新进江苏古籍出版社的《袁枚全集》，精装，8册，每套200元，嘱我此书很"抢手"，只剩一套了。我不禁犹豫起来：虽然袁枚的主要著作我均有，但对这位"三生杜牧"红粉弟子围绕别号子才的清代大名士，他的全集我早想得之而后快。决定第二天，也就是旧历年三十儿，一大早就去买书，以防书售缺遗憾无穷。谁知天公不作美，次日雪花纷飞，路滑难行，我还是艰难地奔到长春古籍书店，买回《袁枚全集》。交款时一位似曾相识的收款员笑着说："这老爷子，大过年的还来买书！"我支吾未作回答，转眼一看店内确无读者，在心里自言自语："姑娘，你哪知道我是土地爷喝烟灰——有这口神瘾哪！"

俗话说"人算不如天算"，如此一来，一月份购书费，又没少于400元。那么今年怎么办呢？我恐怕还是抵挡不住书的诱惑，以致年年欲罢不能，年年决心终成泡影。细细思忖起来，我也算是活了大半辈子的人了，大半生远离方城之战，又从未涉足舞转狐步，生疏于吞云吐雾，不沉醉酒海迷宫，唯一癖好嗜书而已。我已进入迟暮之年，生活上布衣素食所需不多，撙节经济正可满足夙愿，只要锅中不缺米，余资何不全买书？我向来认为"家有藏书我不贫"，应该享尽人间书中之乐，此种幸福之感万金难买，无须再有不买书的违心之论。莫不如潇潇洒洒，随心所欲，听其自然。正所谓：

　　且将决心化云烟，

　　继续购藏不计钱；

　　笑慰平生无缺憾，

　　好书伴我度天年。

好书留待细细读

读书是人生一大乐趣，也是无上的精神享受。

读书又和自身的年纪、时间、际遇、情操有关，当然也包括知识层次与思想境界。

烟云过眼，岁月蹉跎，60 年沧桑流逝于瞬间。60 年之中，就有 50 年在书海里徜徉。

在我粗识文字的 10 岁那年，就已经开始读小说，实际上是在看热闹。所读的作品是神怪、武侠杂陈，侦探、言情参半。有《三侠剑》《雍正剑侠图》《封神榜》《济公传》，程小青的《霍桑探案集》，美国人厄尔·比格斯的《陈查礼探案》，还有耿小的著《汉家烟尘》、刘云若著《回风舞柳记》、陈慎言著《故都秘录》，等等，这些小说，奇侠的刀光剑影，勾魂摄魄，侦探的缜密推理，令我梦魂颠倒，至于那些小家碧玉的似水柔情，则引我步入社会，认识人生。几年之后，十三四岁时，这些浅层次的文学，或称之为通俗文学，渐渐不能满足我的读书情趣，还是老舍先生那枪杆凉滑的五虎断魂枪，诱使我接触了纯文学，从而读鲁迅、冰心、王统照、落花生（许地山）。又从乡土文学爱上了东北沦陷区的几位作家山丁、疑迟、田兵、石军，他们的作品成为我走上文学道路的启蒙老师。这个时期初读外国文学，主要是日本作家芥川龙之介、武者小路实笃、菊池宽，略略地了解到一点日本文学。

这是我少年时代，亦即参加革命工作之前的读书情况。1946年以后，我才有机缘、有条件，逐渐阅读中国的古典文学，以及近代、现代、当代文学，涉猎的形式颇为广泛，小说、散文、诗词、戏曲、杂著之类，无所不读。外国文学的经典名著，众多的苏联小说，都是这时期读的，可说是"痴迷沉醉书梦长"了。我曾经迷醉过唐诗、宋词、元曲，也如痴如狂地喜欢过罗曼·罗兰、屠格涅夫、契诃夫、茨威格。20世纪50年代末期到70年代末期，我读书情趣大变，夜以继日攻读的是唐宋明清的史料、笔记，似乎有些酷爱考据之学。近年来又重拾少年时代的书梦，耽读"五四"前后的鸳鸯蝴蝶派小说，以辅助我关于通俗文学的探索研究。读书是我50年来与生命不可分割的一部分；读书又使我受益匪浅，从一个"父母早亡少读书"的穷孩子，成为文学编辑。书籍给了我知识和力量，虽然不免有缺文凭少学历的遗憾，可是细细想来，读书让我感到心灵与学识是那样的充盈和坚实，我又何憾之有？正是为了这个目的，我在经济上尽其所有购藏书籍，不过是为了——好书留待细细读。

书斋的变迁

　　我的"惜书斋"不过 16 平方米，给我的感觉却是无限清幽、无限舒神，藏书的淡淡馨香，给予我"桃园仙境"之感。

　　名之"惜书斋"，自然是自我珍重并兼有"惜书如命"之意。人世沧桑六十载，几度寒暑，几历春秋，我的书斋也是饱经忧患，岁月匆匆，我也有 50 年的光景。说 50 年，那得从我 10 岁算起。

　　10 岁时，我"无师自通"地读起书来。虽然对书中的一切还不甚了了，可是隐隐约约地知道，文人雅士们都有一个"斋"，于是小小的童心里，也想敬效前贤。在我家屋的"倒厦"里，放上一张母亲刷洗得泛白的木条桌，把木制小桔箱横放做书架放进我搜寻的几本书——《金镖黄三太》《雍正剑侠图》。后来我的"藏书"逐渐丰富，也逐渐驳杂，有冰心的《春水》《寄小读者》，老舍的《赵子曰》《老牛破车》，还有当时长春艺文书房版的《一代名作全集·鲁迅集》以及建国大学教授陶明浚写的《双剑侠》、赵任情的《浔江琵琶》等。随着幼时父母双亡，我童年的书斋之梦也随之破灭了。

参加革命之后，战争年月行踪不定，但是书斋之梦未泯。每月 8 角钱的津贴费，除去买一包火车头牌的牙粉的钱，我把剩下的钱攒在一起还能买几本书。记得买过东北新华书店出版的《鲁迅小说选》、郭沫若的《屈原》、周扬编的《解放区短篇创作选》、苏联女作家华斯列芙卡亚的长篇小说《虹》。只是无地可建书斋，书都装在枕头里。一次随军奔赴前线必须轻装，虽然不无痛惜，也唯有割爱丢弃这些书。

1948 年冬进城，供给制变为薪金制，我也从此时起大批购藏书籍。二人共居一室，属于我的部分就是我的"书斋"。床下、桌上、地板上都堆放着杂乱的书籍，什么《元曲选》《缀白裘》《莎士比亚全集》，还有一套 30 本的开明版《新文学选集》。书，大部分还是装在一个大木箱里。工资不断增长，稿酬也日渐丰厚，购书量也越来越多。1955 年从沈阳到长春，我已经拥有一个书橱，两个木箱，俨然"书斋"了。1957 年，我再度飘零，只剩下"离头明月枕边书"了。

我拥有一个名副其实的书斋，那是 1981 年以后的事情。先是与起居同处一室，后来又用一个狭长的斗室作为专用书斋。直到近年调房，才有了现在这个让我欣喜万分的 16 平方米的"惜书斋"。南窗之下两壁书山，玻璃门书橱共有 8 个，每个书柜上又加两层"封顶"。我收藏的书既杂又专，中国古典小说从汉魏六朝到晚清民国应有尽有，中国现代文学中既有"五四"以来的名著、全集、文集，又有鸳鸯蝴蝶派的代表作；外国文学按国家、形式分类，分为小说、散文、诗歌、戏剧、传记、文评；还有一些唐、宋、明、清的笔记等杂书，收集得也算洋洋大观。朋友为其论值两万元当然是"遇货添钱"的好意，而我认为书是不能用钱来衡量的。但是我半生清贫，文字耕耘 40 年，也只有这些"一个鸡蛋的家当"，何况是节衣缩食所得，怎么能不倍加珍惜呢？不同时期的书斋变迁，又紧紧联系着我生活经历的变化，正是：

人逢盛世福自来，

方有闲情说书斋；

如数家珍君莫笑，

藏书述尽喜与哀。

我的枕边书

在戴望舒诗集《灾难的岁月》中，《古意答客问》中有这样一句："你问我的欢乐何在？——窗头明月枕边书。"虽然不敢仰攀戴先生雅兴，但是明月和书都为我所喜爱，尤其是枕边书。随着年龄增大，岁月变迁，伴我时间最长的，是老舍先生的作品。进入暮年之后，我的枕边书，却较为固定了，而《老舍幽默文集》，是我近两万册藏书中唯一包着书皮，经常压在枕头底下的书。每晚临睡之前，都要读上几段，感受老舍先生的幽默，使我解颐，也得到最大的快慰。

读老舍先生的小说，并且觉得由衷地喜欢，是从我很小的时候开始。那阵儿读短篇《黑白李》《断魂枪》《开市大吉》《微神》《月牙儿》，只感到语言俏皮可乐，非常有趣儿，尚不能真正理解先生作品的内蕴深涵。直到后来读长篇小说《骆驼祥子》《四世同堂》，我才逐渐懂得，这幽默潜藏着多么深重的人生忧患，这幽默是含着泪花的微笑，这幽默是老舍先生一片济世爱国之心。

　　值得庆幸的是，在我风雨飘摇的半生，竟能同老舍先生有一面之缘。说得确切些是三次，不过前两次有些匆促，这最后一次则是"近身得受先生宠"了。第一次是 1949 年的初秋，周扬、老舍、曹禺、程砚秋从莫斯科归国路过沈阳，东北文艺界请他们做报告，会址就在文协文工团的"神社大院"（现在的八一俱乐部）。我们敲锣打鼓地在门外欢迎，我特别注意的是老舍，与我看过的照片一样，是典型的北京人，面容富于表情，颇有点幽默感。第二次是 1956 年去京参加全国青年文学创作者会议，听老舍先生讲文学语言的报告，那妙语连珠似的话语，不时引起听众的畅笑。第三次也是会议期间，在北京饭店同北大、北师大中文系同学联欢，在灯火辉煌的大厅，我看到老舍先生和夫人胡絜青、赵树理、臧克家、张光年（光未然），还有公木、沙鸥（当时分别为中国作协创委会的正、副主任）等都来参加晚会。联欢形式是跳舞，中间穿插文艺节目。与会青年作者和两个大学的同学，都有精彩的表演。前辈作家、诗人们，也都有即兴演出，赵树理唱了一段上党梆子，诗人臧克家以浓重的山东乡音朗诵"日头从东海升起来了……"，诗人沙鸥还表演了口技——学狗叫。老舍先生清唱了京剧《吊金龟》，那一句"叫张义我的儿……"真有些李多奎的韵味呢！

　　后来，当大家都翩翩起舞的时候，我和几位不谙此道的青年作者，在一起闷坐闲聊。可能是看到我们这堆人总是枯坐着，老舍先生朝这边走过来。越走离我们越近，先生的音容笑貌，就越来越清晰，那一脸的和蔼慈祥，凝聚着对青年人的亲切关怀。未等老舍先生走到近前，我们都迎上前去，簇拥着请他坐下。他逐一地问过我们的名字和所在省区，又问及我们写作的文学形式。别人都是写小说、诗歌、文学评论，我当年却是写大鼓词的，说起来不免有些自卑、难堪。先生看出我的羞涩之情，连说："曲艺形式好啊，最接近人民，最为群众所喜闻乐见，我不是也常写相声小段吗？……"先生是那样善体人意，一番话像春风暖拂着心房。这是我受到过的老舍先生亲自的教诲，亦所谓一面之缘。数十年后想起来，还觉得是人生一大幸事。

由此更加热爱老舍先生的作品，可说得上是书不离身，就连那几年"劳改"岁月，也仍然带一本差不多看烂了的《老舍短篇小说选》。这之后我几乎读完了他的全部作品，对于先生人格、文品的高度统一，也有了进一步的体会，更觉得老舍先生本身就是一本读来受益良多的大书。在抗日战争时期，冯玉祥先生曾写"丘八诗"歌颂他："老舍先生到武汉，提只提箱赴国难；妻子儿女全不顾，蹈汤赴火为抗战！……"全国解放前，老舍先生正在英国剑桥大学讲授中国文学，可是他舍弃盛名高薪，毅然回到解放了的新中国。1966 年受尽凌辱，他只带一册自己手抄的《毛主席诗词》，自沉于太平湖表现出义不受辱，以死向"四人帮"的倒行逆施做最刚烈的抗议。至于在创作方面，就更是为人民大众的需要而写。本来是小说家，为了宣传抗战，为了新中国建设的需要，他不仅写话剧、戏曲，还写相声、双簧、大鼓书词等，不计艺术形式。就这样，老舍先生的人格、文品形成高大、完善的统一，熠熠生辉，光耀人间。

老舍先生的作品——陪伴我半生的枕边书，已经收入《老舍文集》16卷、《老舍戏剧集》4卷以及其他各种单行本。如果正在编辑中的《老舍全集》出版，我自然毫不犹豫地再买上一套豪华版的精装本！

亡书逸事

人迈入老境，多年养成的生活习惯，都在逐渐改变。就连我这个书痴，对于书的选择，也有了很大变化。如今，我非常喜欢旧版书，每逢双休日总要去逛逛旧书摊，有时就随手选购几本旧书，只要是内容好，对书的外观残损破旧，已经不计较了。我细想此种缘由，还是老年人怀旧情绪使然，因为翻开一本旧书，仿佛是在展阅岁月风尘的画卷，往昔光阴涓涓流过，让我想起那逝去的华年，心中涌出含有淡淡惆怅的眷念。

买回来的旧书，我都要动手修补一番，拆下封面加衬纸重新裱糊，再切去边角，居然也能焕然一新。但是比较珍贵的旧书，或者是存书中装帧粗俗者，就要托朋友到印刷厂重装。松原宁江区有位文友，借重他在印刷厂工作之便，求他代装过许多书，大多还是精装本。那里有位年过七旬的师傅，装订工艺堪称一绝。他装出的书，书脊的"拿圆"凸凹相宜，环衬与天头地脚的切削，封面的平整，构成统一美，简直是艺术品。因为喜其技术高超，就不禁有些"得陇望蜀"，又寄去 7 册书，唯恐邮回时磨损，便亲赴松原取书。

朋友见面的第一句，就是"书明天装好，书脊全部烫金……"让我喜不自胜，宛如即将入口的美味佳肴，等待我细细品尝。次日中午是约定送书时间，朋友一脸沮丧地推开门连说："出事了，出事了！"我以为是书籍装订有什么差错呢，听他又说："书装好放在编织袋内，派人骑车送书途中全部丢失！"乍一听，以为朋友在开玩笑，可是看他脸色庄重兼有愧疚，我知道坏事了。这7册书中有6册是沈阳市文联1982年内部印行的《传统相声汇集》，收入现存单口、对口、群口等全部相声段子；更有相声名家张寿臣、马三立、侯宝林、刘宝瑞诸位的演出本，是非常珍贵的"相声大全"，丢失就无处再觅。尤其是那部《满洲作家论集》是旧籍的复印本，具有重要的史料价值，也是我涉猎(不敢说研究)东北沦陷期文学的必需资料。全丢了！全丢了！我愕然呆愣了，真希望这是一场梦。虽然失书于我有肝肠之痛，我又怎么能去责怪朋友？就是再惜书如命，也不能老不知好歹，何况连装书工料费，都是朋友的奉献呢？于是安慰朋友说："丢就丢了吧。书本来是身外之物，不算什么大不了的！"话说得连我自己都不相信，当然瞒不过朋友。他表示要通过新闻媒介，登个广告重金悬赏寻书，我劝他不必破费，因为不一定有把握能失而复得。

这一夜，我似睡非睡，残梦断续都未离开失书，哀痛之情有增无减。第二天，郁郁地踏上归途，回到长春仍然念念不忘，满腹愁绪难排，无奈暂去沈阳访书以释愁怀。来去匆匆三日，到家突接长途电话，友人以惊喜的口吻说："书找到啦，书找到啦!"闻之不啻天外喜讯。原来在我走后,友人郑志、吴战林、于富奔走于新闻单位,《松原日报》《吉林油田报》、松原人民广播电台,都刊登或播发了"寻书启事",而且分文不收,盛情可感。拾书者为吉林警官学校学生张超夫,归家度假偶然拾得,正在焦急地寻找失主;其母是宁江区城乡建设局局长毕俊霞同志,见到报上启事,立即联系还书,使我的书失而复得,朋友取书表示酬谢均被婉谢。前前后后仅仅7天时间,拾书不昧之举可风,友人关垂殷殷情重,居然有惊无险,让我倍加庆幸。

成都买书记

　　说是"成都买书记"，事实上我并没有真的去成都，不过是邮购而已。但是又不同于一般的邮购，是托一位在四川文艺出版社工作，又从未谋面的文友，代我在成都寻觅，终于有所收获。承他来信告知："……《艾芜文集》，我先以为可以在我们出版社找齐，但由于后几卷只印了几百册，连我社也无全套了！终于在一家旧书店找得一套，店主索价 500 元；好说歹说，以 400 元买回放在我家中。前天被一位大学教授看到，他要以 400 元买走，说他们有研究艾芜的任务。我说：'只有潘芜先生明确表示不要此书了，才能让给你。'因此，您如果不嫌 400 元太贵，即请汇款……"

　　按说这套书的价格，确实是贵了一些，同样是 10 卷本且是精装的某文集才不过是 380 元。《艾芜文集》虽然也是 10 卷本，但系平装，且是逐年陆续推出，总价不会超过 100 元。尽管是这样，我还是毫不犹豫地汇款，立即买下这套书。因为在我国川籍现代作家中，巴金先生自不必说，我非常喜欢沙汀、艾芜、李劼人的作品。尤其是艾芜先生，他的生平及创作、德艺双馨的品格，都为我所深深景仰，连我的本名也是因此才用了同一个"芜"字。我与先生本人，还曾经有过数度交往的情缘。

我读艾芜先生小说，始于1948年随军进入沈阳之后，先是他的短篇小说集《秋收》，接着再读《南行记》和长篇小说《丰饶的原野》。对先生的生活经历也略有了解，他青年时代曾在南洋流浪，在寺院做苦工而自学不辍，后来终于成为著名小说家，同沙汀一起受到鲁迅先生的赞赏和扶植。就在那时，我改用了"芜"字，因和我原名读音相近，不用声明注册而顺理成章变为我现在的本名。此乃情缘之一也！谁知情缘再结。1952年在鞍钢体验生活，我竟有机会拜识艾芜先生。当时，国内许多著名作家都来到鞍山，要写反映钢铁战线的小说，其中有草明、罗烽，还有从大西南特意赶来的艾芜先生。其他作家都住在豪华的台町宾馆，下工厂也是坐着轿车，只有艾芜是直接到炼钢厂挂职，担任平炉车间工会主席，每天跟班参加劳动。

我当年在炼铁厂团委"挂职"宣传部长，两厂之间隔着一条马路。走进炼钢厂直奔平炉车间，在一群工人当中，艾芜先生出来见我。他那年四十多岁，个子不算高，清癯的面容，眼睛很大。先生极其客气地陪我来到办公室，我们攀谈起来。他先拿出笔记本，要记下我的名字，我不免神情紧张，嗫嚅着说出来。先生毫未介意我竟"借用""芜"字，很宽厚慈和地说："我们有缘，我们有缘！"我尽述对先生的敬慕，他连连说："哪里，哪里；不敢当，不敢当！"真诚而谦逊之情溢于言表。第二次见他是在鞍山新华书店，他正在架前选书并告诉我，买的是两本苏联小说，写工业题材的《大家庭》和《钢与渣》，用于创作上的参考。后来他的爱人王蕾嘉和孩子也迁来鞍山暂住，可能是为了方便生活，集中精力写作长篇小说《百炼成钢》吧。此后我曾一度离开鞍钢，回到沈阳市在东北作家协会工作，以后又调到吉林省文联。但是艾芜先生的音容笑貌，成为我心中抹不掉的记忆。虽然是当代著名的作家，就是对我这晚生后辈，也从无倨傲之态，谦和有礼，诲人不倦。20 世纪 50 年代后期他以鞍钢生活为素材的长篇小说《百炼成钢》，由作家出版社出版。可是此刻我的境况，已经发生根本的变化，身在"劳动改造"之中，捧书而读感到非常亲切，但亦"无颜"、无缘鱼雁问候，只有怅望云天万里，遥寄崇敬的思念！艾芜先生的文品人格，是我永远学用不尽的楷模。

《艾芜文集》1988 年开始出版，我既然有幸拜识艾芜先生，自然不会放过购藏的机会。遗憾的是，此书陆陆续续出了约四年时光，再加上后几卷印数越来越少，市面上很难配成全套。这次感谢成都文友玉成，托购时我曾表示"书价略高些也无妨"，如今书买到了倘因价高而放弃，岂不是"叶公好龙"之举？我盼望着《艾芜文集》能早日寄来，我好旧梦重温，再次进入艾芜的文学世界之中。文集尚未出齐之际，艾芜先生就辞谢人世。我的"成都买书记"，也算得心香一瓣了！

书情如幻

人的一生，如果迷醉什么，又养成一种嗜好，就非常容易神魂颠倒，甚至可能走火入魔。

说到这里再回想自己，大半生爱好颇为单一，也就是听京剧和看杂书。对于京剧的爱好，目前只能从中央电视台"音配像精粹"里获得一些"遥想当年"的满足；因为年老体弱，再也无力夜出"顾曲"，实际上剧场也很少有京剧曲目上演。五十多年（从 10 岁算起）坚持至今，我的爱好还是读书、买书，可以说是"书梦未残，书情不减；乐此不疲，愈形迷恋"。不仅仅是隔三岔五地跑书店，还从外地出版社办理邮购，汇款单寄出去，如同寄出一颗悬着的心，每日充满希望地等待。

这种对书的渴望，又令我时时刻刻地"想书"，总合计着有些书应该出版了。就说叶圣陶先生的《倪焕之》吧，这部中国现代文学史上著名的长篇小说，1955 年重印后就未再版过，似乎应该有新版本了。还有李劼人先生描述"庚子拳变"时期社会变迁的三部曲：《死水微澜》《暴风雨前》《大波》（上、中、下），已故曹聚仁先生，早年曾于香港出版的《文学五十年》上对此书评价很高，认为其艺术成就"还在茅盾、巴金之上"。这不同凡俗的新评价，使我久欲觅求一套完整而理想的版本。还有姚雪垠先生的《长夜》、端木蕻良先生的《科尔沁旗草原》，我都记挂于心，成为一种希望甚或是一种梦幻。谁知后来居然书梦成真，竟在文化图书城全数购到，是人民文学出版社"中国现代长篇小说丛书"的版本，让我不免喜出望外。

但是也有另一种情况，书梦联翩恍如幻境，是耶非耶一时难明！前不久北京中国作协来位朋友，由某杂志社宴请，召我陪酒叙旧，奔赴酒店途中，经过两个书店：省外文书店和八角书屋。我自然不会过其门而不入，便逐一进店浏览。实在记不清是在哪个书店了，我真真切切地看到一部新书《新凤霞文集》，大 32 开 4 卷本，好像是华艺出版社出版的，其中第一、二卷都是回忆录。当时我还曾考虑，新凤霞著作已经有了几册，如《新凤霞回忆录》(百花文艺出版社)、《以苦为乐》(中国戏剧出版社)、《我当小演员的时候》(三联书店)，等等，再买不是重复了吗？继而想到我买书向来求全，尤其是新凤霞女士的艺品人格，堪称德艺双馨，再购"全璧"也是个纪念。可是觉得马上要进酒店，觥筹交错，拿书多有不便，又不急在一时，明天再跑一趟吧。现在想来，这又是个不可饶恕的一念之差啊！

第二天再赶到省外文书店，找遍书架不见此书，情急之中问及一女店员，她很客气地说："新凤霞我知道，评剧表演艺术家，刚在北京逝世。不过我店没见过这部书。"我又匆匆跑到八角书屋，这一回更干脆，店方表示从来没见过这套书。这可真是天下一大怪事，难道昨天经历的，莫非是《聊斋》中的海市蜃楼么？一切至今清清楚楚，又不是酒醉后进书店，何况我近来都是以茶代酒呢？百思不得其解，越想就越糊涂，竟有些怀疑自己的记忆了。后来我寻遍图书批发市场、各大图书超市、主要新华书店，始终是"泥牛入海"，只听说有一本《我叫新凤霞》的书即将面世。想来想去，也许是每日迷离书梦之中，由痴生幻又幻而犹真，走火入魔才弄得神魂颠倒吧？答案不得，姑且存疑，倒是胡诌出几句打油诗：

> 书梦长长情更长，
>
> 酣然迷醉几欲狂。
>
> 假作真时真亦假，
>
> 人生奇事又一桩。

痴书心曲

半生嗜书成癖，所以我写小文章，多有书评、书话之作，兴之所至又常在小文里嵌入一首打油诗。诗虽俚俗不雅，但颇能看出我痴迷于书的状态。现从 10 年前旧作中摘抄数首，以博诸公一笑。

1990 年岁首，我为《吉林日报》写过一篇《检点书橱又一年》，最后用打油诗做结：

> 年年为书苦奔忙，
>
> 寻觅珍籍几欲狂。
>
> 四壁书山舒心曲，
>
> 纸透清馨墨亦香。

还是这一年，我在《吉林日报》的《书斋的变迁》文中也有一首打油诗：

> 欣逢盛世福自来，
>
> 方有闲情说书斋。
>
> 如数家珍君莫笑，

藏书述尽喜与哀。

以此来说明书斋的变化，反映我生活境况的变化。从解放战争年代枕头套里装书，此后用柳条包、木箱、书架、书橱，今日又轩然成为书斋，五十几年的光阴，五十几年的甘苦，自喟大不易也！

此后三年多时间，我再没有在文章中嵌打油诗，直到1994年岁暮，《吉林日报·东北风》发表了我的《藏书诗话》，由于篇幅较长就嵌入4首打油诗，叙述我对书的挚爱之情。第一首是自我调侃，写书中寄乐：

离休老汉，拥书两万；

娱乐自我，消遣流年。

偶有所感，援笔成篇；

不登大雅，只求小赚。

换来稿费，再送书店；

如此往来，其乐陶然。

第二首是追寻书林旧梦，复印解放前书刊,追怀流逝的岁月：

昔年读书忆情长，

犹如美食留余香。

如今敬效朱皇帝，

重温珍珠翡翠汤。

第三首述及我同"鸳鸯蝴蝶派文学"的情缘：

书读鸳鸯蝴蝶派，

心寄言情武侠间。

少小痴迷老来醉，

捧读仿佛又华年。

第四首是以书养性，以书寄情：

惯于书斋度生涯，

一卷古籍半杯茶。

读至赏心情好处，

不觉明月窥窗纱。

我用读书、藏书、写作消磨离休后岑寂的时光。岁月匆匆又是 10 个年轮滚过，我已经迈入古稀之年，幸喜此身尚健，而且心境平和与世无求，还可以照样跑书店逛书摊儿。回想七十年以来的人生道路，充满着崎岖与坎坷，我能够漠视苦难地走过来，究竟是一种什么力量的驱使呢？不能不说这一切都得益于书。书像长流不息的清泉，滋润着我苦涩疲惫的心田；书像一盏不灭的明灯，指引着我跨越荆棘的险关。时至今天，书又宛如生命之火，点亮我这支残烛的暮景，令我忘忧解颐，使我益寿延年。

藏书诗话

1996 年 12 月，我被评为"吉林省十大藏书家"之一，并且位列"榜首"，岁月匆匆又是 5 年。前些天忽然接到市新闻出版局电话，让我参加长春十大藏书家的评选。因为我已经评过就婉言谢绝，希望能评选出一批新人，特别是青年藏书家。但想到主办单位的盛情，不能辜负好意，便欣然前去报名填表，经过认真地实地考核及评估，我终于又位列长春十大藏书家"榜首"。

想到自己几十年来，痴迷于读书购藏，尤其是 30000 卷藏书全是省吃俭用的结果，可谓来之不易。不禁感慨袭上心间，于是口占四句打油诗：

> 不敢妄称藏书家，
>
> 区区三万岂可夸。
>
> 撙节衣食购珍籍，
>
> 把卷分阴惜岁华。

大会结束后，众多新闻单位的记者们簇拥着采访，几十年读书、藏书的历程历历在目，像一幕幕电影在眼前闪过。

我的读书历程开始于 1940 年，我刚 10 岁的时候。虽然是小学二年级，识字也不多，我却能看懂一些通俗小说和鼓词唱本，成为书的迷恋者。可是好景不长，父母相继亡故，家庭经济一贫如洗，不得不从城市迁居农村，为生计所迫也不得不当了小猪倌。即使这样，我仍然不忘看闲书，抓到什么看什么，所以读的书很杂，包括武侠小说、侦探小说，甚至于张恨水、刘云若的社会言情小说。后来接触到"五四"新文学，从而结识了鲁迅、茅盾、冰心、老舍、巴金等作家的诸多作品。最初是无为而读，后来又变成有为而读，渐渐萌生出想"当个作家"的梦想。真是天赐机缘，1946 年 10 月我由儿童团长，走进东北文艺工作第二团，我现在用的笔名，就是纪念我那一时期的生活经历——手持红缨枪参加革命工作。那时看书主要是靠借，参加工作当时虽然是供给制，但是每月还发 8 角钱津贴费，这点小钱我都积攒下来买书，记得买过《鲁迅小说选》、郭沫若的《屈原》、茅盾的《创作的准备》、卡达耶夫的《我是劳动人民的儿子》等书。1949 年年末改为工资制，每月所得除衣食之外，其余全部投入购书。也是同一年我有了稿费收入，书便越买越多了。但好景不长，众所周知，我成了"右派"，到前郭七家子农场"劳动改造"，每月近百元工资也降为 18 元生活费。即使如此我还是从每月生活费中又挤出 5 元，经常寄到北京新华书店发行所邮购新书，记得一次买的是《契诃夫小说》上、下册精装本，梅里美《查理第九时代轶事》，以及刚出版的肖洛霍夫《一个人的遭遇》。尽管每天超时间超体力地劳动，我还是读书至深夜，算是苦中以书求乐吧！

辛辛苦苦收藏的图书，在"十年动乱"中被焚烧殆尽，1978年好运重来后，我又重新购藏书籍，这20多年间我节衣缩食购书近3万册，其中苦乐俱尝，更多的是一个书痴心满意足的甘甜。在吉林省十大藏书家颁奖会上，我在发言中曾把此种心境化成几句顺口溜：

> 书给了我知识文化，
>
> 书给了我生存力量；
>
> 书给了我生活信心，
>
> 书给了我难言乐趣。
>
> 为买书长夜笔耕不知累，
>
> 为买书省吃俭用瘦腰围；
>
> 为买书生活清贫终不悔，
>
> 为买书蓬门陋室也生辉。
>
> 有了书心中永蓄三春水，
>
> 有了书夕阳残照志不回；
>
> 有了书迟暮犹如花生蕊，
>
> 有了书眼前常开二度梅。

表达了我惜书如命、乐此不疲的感情。

岁岁年年月月天天，我沉醉在书香之中，竟不知此身已老。虽过古稀之年，我还要：

> 情痴汩汩似清泉，
>
> 力购精品不计钱。
>
> 迟暮岁月书相伴，
>
> 潇潇洒洒度余年。

关于读书方法

怎么样读书，又运用一种什么读书方法，虽然生命的 60 载（10 岁算起）沉湎于读书，究竟是怎么样读的，我真的还没有仔细想过。直到有的青年朋友问我："所藏的 3 万册书，你都读过吧？"我不得不认真思索了。如果回答说全读过，那不是近于赵本山小品《卖拐》中的"大忽悠"吗？因为这是根本不可能的。如果按一天读一册来计算，读一年也不过三百多本。读完 3 万册就需要近百年的光阴，人生苦短，谁能逾此大限呢？

经过认真思考，我觉得确实可以说，3 万册书我全读过了。这是由于每个人的读书习惯不同，我有着不同于他人的读书方法。我的读书方法，应该概括成两种，即无为而读的浏览翻阅与有为而读的精读细品。

首先是无为而读，就是不带任何目的性，对书的内容做一般性的了解。每当我买回新书，都要一本本地浏览翻阅，确切地记下书的内容，有如详记的卡片，又像输入"电脑"。虽然对书的内容只是大致了解，一旦用时也能够按图索骥地查阅了。

其次是有为而读，就是带有鲜明的目的性，出于写作与研究的需要。不仅仅是精读，还要细加琢磨，比如《红楼梦》就是常看常新、百读不厌的一本书。书中许多问题，都要解谜破疑地去索解，也就是对一本书要真正地读通、读懂。所以，真正读懂《红楼梦》很难，莫说我们普通读者，就连号称"红学"专家的学者们，对于书中那句"一从二令三人木，哭向金陵事更哀"不还在莫衷一是、众说纷纭吗？而对自己全神贯注的学术研究课题，就像我关心的鸳鸯蝴蝶派，或者是沦陷区文学研究，均不能一读而过，必须一一精读细品。

通过这两种读书方法，我不仅"读完"我现有的3万册书，而且读了比这还要多的书。就像逛书店不可能什么书都买，站在那里翻读一过，对于一本书的价值用途，以及内涵作用，就都有了概略的了解。当然这不是主要的读书方法，只能算是开卷有益。而用自己毕生精力，孜孜以求地去读，精读细品地去消化的，还是那些真正建树自我、构筑知识大厦的人间好书！

旧书摊刍议

　　长春是一座拥有二百余年历史的文化城，作为诸多文化景观之一的旧书摊独呈异彩，为城市增添了浓郁的文化氛围。远的且不说，只说解放后旧书摊的繁衍发展，也是盖有年矣。解放以来先是在桃源路一带，之后又迁至人民广场附近般若寺两侧，此后再迁至同志街邮局左边。一条比较僻静的马路，一个个书摊连脊式井然有序地摆开。出售的书刊杂志，既有近年出版的略显陈旧的书刊，更有民国时期印行现已不可多见的诸多书刊，因此旧书摊是书店不可代替的，所谓"河里无鱼市上取"也！

　　由于旧书摊所具有的特殊魅力，因此，它已经成为我市莘莘学子赏心悦目、流连忘返的场所。双休日两天的书市似乎成了广大读书人的节日。就连我这年过七十的老人，也是年年月月乐此不疲，一年四季风雨无阻，顶风冒雨从不"缺席"。就属2000年的严冬奇寒、冰雪路滑，也未能使我却步，仍然在每周六、周日两天的午前，艰难地准时一游。如果偶尔因天时的雨骤雪暴不能前往，心中不禁怅然若失。

多年漫步旧书摊的岁月，曾经感受到的温馨与满足，颇难用笔墨所形容。偶尔买到一部寻觅许久的好书，或者多卷本缺书的配套完璧，都令我兴奋，令我无限神往，幸福之感油然而生。难怪有人把在旧书摊购书戏称为"淘书"了。久而久之，长春的旧书摊已成了广大读书人神游的天地。可是随着城市建设规划需要，马路市场必须"退路入室"，旧书摊也就岌岌可危。近两年来在这方面，有关部门也还区别对待，不像对待其他商贩那样"彻底"。固然也是今天"清"明日"撵"，但又有些"网开一面"，所以，旧书摊才能一直延续到今天。

面对这样的局面，旧书摊经营者以及像我这样的读者，都希望旧书摊能够合理合法地存在下去。为此我近日拨打了12345市长公开电话，接电话的是李女士，她很耐心地听完我的陈述，并客气地征询我的"建议"，于是我说：旧书摊绝不等同水果、青菜的摊位，它是都市文化的标志、城市文化亮丽的风景线，取缔旧书摊无异于摒弃文化景观（此类旧书市场各大城市皆有，像北京潘家园、上海文庙、天津仿古一条街，均是经年开放），而且我市的旧书摊只在周六、周日两天，摆摊的马路也不是主要的繁华街道，实际上毫不扰民。同时应该进一步加强管理，收取合理的费用，严禁不健康书刊入市；再从对面的街口缩进一段，既不影响观瞻，也不堵塞交通；可略济经营者（大部分是下岗职工）的温饱，可圆上读书人的痴梦，我们何乐而不为呢？

永恒诱惑话读书

时光荏苒，往事留痕，在大半个世纪生命进程中，什么是我最深的爱恋呢？认真说来还是：书香浓如酒，沉醉我半生；悠悠七十载，倾注无限情。

书对我确是有着永恒的诱惑，我对书实在是难醒地痴迷；书像一首唱不尽的歌曲，像一只荡不完的轻舟。六十余年读书无厌，五十多年购书不休，这就是我心灵的岁月，这就是我生命的春秋。

纵观我的读书经历，可以说是由浅入深，从偶然浏览到有目的地兼收并蓄。各个年龄段需求不一样，阅读的书籍就各有异同。总体来说，半生读书非常驳杂，而且还有着阶段性。第一个阶段应该从 10 岁算起，那时刚上小学不久，识字虽然不多，但是能够读懂通俗小说。书缘初结的第一本书，就是旧派武侠小说《三侠剑》。这一类书读得多了，我已不满足于那些低层次的读物，已开始在通俗小说中择优而读了。张恨水的社会言情小说，程小青的侦探小说，还珠楼主的武侠小说，都是于此时展卷耽读。同时开始接触东北沦陷时期一些进步作家的作品，山丁、袁犀、疑迟、梅娘、吴瑛等人的小说，让我开阔了眼界。随之又读到鲁迅、老舍、冰心、巴金的小说，我仿佛吃惯粗茶淡饭，忽然品尝到美味佳肴那样，读书兴趣就转到五四以来的新文学。直到1946年走进革命队伍，我的读书才正规化起来。

参加工作后我的读书领域更加宽广，读中国近现代作家的文学作品，更多的是读苏联小说，带着全新感觉读《钢铁是怎样炼成的》《铁流》《毁灭》《日日夜夜》《虹》《静静的顿河》《被开垦的处女地》，当然也读了所能见到的高尔基作品的中译本。不过这时还属于无为而读，没有太明确的目的性。1948年我被正式编入东北文工团创作组，才开始有所追求地读书，像高尔基的《给初学写作者》、季摩菲耶夫的《新文学教程》、茅盾的《创作的准备》、艾芜的《文学手册》、巴人的《文学论稿》，这些书阐述的文学理论，给了我朦胧的启示，真正学会写点小东西，倒是在读过众多的书中逐渐悟出来的，也算是无师自通吧。这就是我读书经历的第二个阶段。

1949年春，我开始在国内报刊上发表习作。我们的创作组强调专业化，必须写作戏剧与演唱作品，因此读书的侧重点，也往这方面倾斜。先读《笠翁对韵》，以熟悉声律与辙韵，次读《缀白裘》，了解古典戏曲名著精华，再读臧晋叔编的《元曲选》，又从郑振铎编的《世界文库》里读韩小窗、罗松窗的子弟书。此外精读外国戏剧经典名著，莎士比亚、易卜生、莫里哀、哥尔多尼、契诃夫等人的剧本，"五四"以来洪深、田汉、夏衍、阳翰笙、曹禺、于伶、李健吾、吴祖光等的代表作。大约持续到

1954年，我们都在补充戏剧创作急需的文学的营养，读书是学以致用。因为喜欢新诗，还信笔涂鸦学着写诗，所以这一时期读过大量古今中外诗歌名篇，为自己的韵文知识修养，打下了还算扎实的基础。这是我读书经历的第三阶段。

进入20世纪50年代后期，突发的政治变故，使我不能"有为而治"地读书了。长达3年的"劳改"日月，超负荷的劳动，体力虽可勉强支撑，却带来长夜不寐的毛病。在前郭七家子农场劳动时，正值秋天，听着草原上夜风拍打着门窗，夹杂着凄厉的狼嚎，在微弱的灯光下，我捧书而读。数不清在多少个这样的午夜，为着忘掉眼前的愁绪，我读过大量19世纪时的外国小说名著。1961年岁暮结束"劳改"生涯，又"下放"到一个偏僻的小县城。县图书馆藏有历代笔记，我就遍读汉魏六朝以来，特别是唐、宋、元、明、清、民国笔记小说杂著，以及历代诗词曲话，尤其喜欢《少室山房笔丛》《万历野获编》，还有《随园诗话》《人间词话》等，这为我后来从事杂文写作，做了必要的资料准备。此为我读书经历的第四个阶段。

20世纪70年代末政治上得到改正，一身轻松。虽然年华渐渐老去，读书兴趣依然不减。又好像人生的周而复始，读书竟重新回到童年时代的范围，并且略有求索，进行一点力所能及的学术研究。集中点是两个方面：民国通俗小说（鸳鸯蝴蝶派）和东北沦陷时期文学，这就不免要重拾旧梦，追寻逝去的年轮。

这既是一种书缘，也是人生的一种情缘，甚至是一种奇缘。比如说我童年书缘初结的《三侠剑》，吉林文史出版社出版12

卷全书时，就由我写新版序言。关于张恨水小说研究、东北沦陷时期文学作品的钩沉，我均写过为数不少的文章；这些都是我在少年时代读过的书，抚今追昔岂不是堪称奇缘么？而从童年到垂暮之年，读书对我一直是个永恒的诱惑！

第　三　辑

论书岂可不看人

东北沦陷时期文学侧影

　　风云突变的 1931 年，东北大地蒙受灾难，白山黑水黯然失色；日伪统治的罪恶黑手，把 3000 万人民推入苦难的深渊。长达 14 年的淫威，政治上的高压统治，经济上的敲骨吸髓，人民群众痛苦难言。文化上的侵略更是无孔不入，使人精神高度窒息。1932 年伪满公布的"出版法"，提出危及伪"国家存在的基础"，泄露伪"外交及军事秘密"，对伪"国交"产生"重大影响"之破坏行为，"煽动"对伪国家"犯罪"，等等，以及其他内容都禁止出版。1941 年伪满国务院弘报处又公布"艺文指导要纲"，进一步加强法西斯统治。该"要纲"强调指出："我国艺术以建国精神为基调。故从事八纮一宇之伟大精神的美的显现，并且以移植这一国土的日本艺文为经，以原位诸民族固有的艺文为纬；吸取世界艺文的精华，织浑然独自的艺文。"虽然闪烁其词，但是不难看出其居心用意，是以日本的所谓的"艺文"来取代中华民族的文化艺术。尽管是在这严峻的岁月里，一些正直的文化、艺术、出版工作者，仍然进行了有效的抗争，出版了一些进步书刊，来抵制日本侵略者大量进口倾销的法西斯文化读物。所以不仅中国古典文学名著，如《三国演义》《红楼梦》《儒林外史》等尚随处可见，就是鲁迅的作品《一代名作全集·鲁迅集》（艺文书房版），巴金的作品《家》《春》《秋》（益智书店版），老舍、冰心的作品也是不胫而走。一些作家的新文艺创作，也努力反映东北人民深重的郁闷，婉约曲折地唤醒读者未泯的民族意识。特别是某些作家的作品，都在用曲笔表现铁蹄践踏下的真实生活。虽然没有写出像法国作家都德《最后一课》那样的杰作，可是在伪满这个血与火的炼狱，有些作家无论是生活还是创作，都没有愧对自己伟大的民族。如何客观、真实、准确地看待这一特定时期，也就是东北沦陷时期的文学创作，解放后30年间对此异议尚多，看法也欠公允。持此论者之一认为，东北沦陷时期根本就不存在文学，这自然是一种虚无主义的看法。第二种意见认为一律是"汉奸文艺"，此期间从事写作的作者，也一律是"汉奸文人"，这种论者既有一定的代表性，并占据有一定的领导地位，如蔡天心《彻底肃清反动的汉奸文艺思想》一文，当时便很有左右视听与指鹿为马的力量。我们之所以感到此论不公正，是它忽视了一些作品思想上的进步意义，也忽视了作家们在极其艰苦条件下抗争的积极作用，更忽视了党对东北文艺运动的领导，特别是抹杀了中共满洲省委的影响。

20世纪20年代末期和20世纪30年代初期，东北左翼文学力量便集结在哈尔滨，一些进步的青年作家（有的就是党员作家）开始崭露头角。萧军（三郎）、萧红（悄吟）、舒群、罗烽、白朗（刘莉）、巴莱（金剑啸）、林郎（方未艾）、金人、达秋、山丁（邓立）等人，以长春《大同报》副刊《夜哨》为阵地，有些作品虽然不得不隐晦一些，但还是有力地配合了党所领导的抗日斗争，萧红的短篇小说《夜风》便属于这一类。后来牺牲于齐齐哈尔市北市外的金剑啸（巴莱）就是一位党员作家，在中共满洲省委的直接领导下，积极从事地下的宣传活动，他也写有一些进步的诗文，如诗《兴安岭的风雪》小说《星期日》，独幕剧《穷教员》《艺术家与洋车夫》《谁是骗子》，以及一些文笔锋锐的杂文，都给读者留下了深刻的印象。1934年以后，萧红、萧军、舒群、罗烽、白朗、金人等进步作家先后离开哈尔滨，于是东北故土蓓蕾的文学之花，又移植到关内，绽放了像萧军的《八月的乡村》、萧红的《生死场》，都成为有划时代意义的作品。虽然1934年以后的东北文坛，显得荒凉落寞，日伪更加紧了对文艺领域的法西斯统治，但是东北各地具有爱国主义内涵的文学活动，既曾经起过拓荒作用，又影响着后来者。同时像袁犀、山丁、秋萤、但娣这样的进步作家，仍在努力从各种不同的角度，描写与叙述东北沦陷区人民痛苦的呻吟。这就汇成东北沦陷区文学的主导力量与创作倾向，进行艰苦、迂回的战斗。可以说，东北沦陷时期的文学，是继延安解放区、抗战大后方、上海孤岛之外的又一个战场，是应该和它们等同起来看待的。因持这样的看法，我想通过一些作家的具体作品和具体情况来做进一步的探讨：

山丁，在东北沦陷时期的创作，大都是以乡土为题材的小说，关于他的短篇我已在另两篇文章——《梁山丁及其作品》和《我所知道的梁山丁》中做过评介，这里暂且谈谈他的长篇小说《绿色的谷》。这部长篇作品写成于 1942 年，当时的文坛充满了血雨腥风，敌伪刚刚公布的"艺文指导要纲"已不容许作家们自由、自主地写作了。山丁的《绿色的谷》也只能极其隐晦地寄大义于微言。作家以色彩斑斓的笔触，写狼沟的土地，写狼沟人民的悲欢，写了"九一八"事变以前风云变幻的一个侧面。我们不妨摘录下几个片段：

秋天的狼沟，满山谷泛滥着一种成熟的喜悦。

青绿色的粗皮酸梨，被八月的太阳晒红了半面，仿佛擦抹下等胭脂的少女，害羞的藏躲在叶网里。榛子壳剥裂着，在干燥的空气中发着清脆的响声，橙黄的榛子有的便落在草丛中，甚至被埋在枯叶堆里。肥大的山葡萄成群地拥挂在山谷的深处，黑紫的表皮罩上一层乌光。夜里，西风从寇河上狂吼的经过柳条边，向北刮过来，猛力地摇撼着狼沟的山野，树上结着累累的山楂、山里红，便被残酷地打下来，散落在山野的各处，有时飞扬着浸在半空。……

这是全书开头的一段描写，作者比较含蓄隐喻地通过狼沟的自然景色，勾画了一幅"山雨欲来风满楼"的风云趋向。狼沟的景物表面上平静，但是肃杀万物的西风，正在残酷地摧毁着狼沟的沃野。这开宗明义的第一章，便这样揭开这部长篇小说的序幕。

《绿色的谷》的主人公是狼沟的少主人林小彪，一个日本的留学生。他虽然拥有狼沟的土地，但是他并不想继承这份家业，他选取了另外一条道路，一个叛逆者的道路，关于这一点，小说结尾处有很鲜明的叙述：

"少东家受惊啊！"

"少东家……"

林小彪看见这些狼沟的人，不知怎的从心里涌出一股浓重不可开交的感情。

"我回来了！这一次，我不想再离开狼沟了！"

说着，瞄了瞄身旁的霍凤，低下头去，看着那些慌悚的乌拉脚，猛地又把头扬起来，凝然地注视着远方。

"全是你们大伙的力量，狼沟才保得住，全是你们大伙的力量，北壕沟才开垦成熟地……"地户们好像不敢擅自接受这种赞词，下意识地瞟着霍凤。

"我很早就想跟你们在一起生活，跟你们学习怎样生活，我一向是只会消费的人，这一次，我不想再离开你们了。"地户们还不太明白少东家的意思，只是觉得这话很亲切，听完了心里都很愉快。"我的土地并不是我的，我想把它们全部送给你们，只要你们生活能好起来，你们能……"

这就是长篇小说《绿色的谷》的主旨，作家山丁的命意所在。现在看来自然是还不够"激进"和"彻底"，可是如果想到小说写作的时间和时代的背景，就会钦赞作家的胆识，以及把土地还给农民的这种思想认识的先进了。当然，《绿色的谷》并不是一部完美无缺的作品，它还存在着许多缺陷与不足，但不能求全责备，不能像有的评论者趾高气扬又不顾事实地横加指责。处在 1942 年日伪的文化统治下，山丁本人也深有感触，当时在一篇文章中曾说："我们读了人家的评文，仿佛有许多话要辩驳，其实辩驳也无益处。八不主义（伪"艺文指导要纲"所规定的不许写黑暗，不许写悲观，等等）不是明晃的颁在哪里吗？有时也自己解剖自己，问自己我们为什么不明朗起来呢？我们是活在以写穷人为可耻的地方吗？……"

曾经出版过短篇小说集《去故集》《小工车》和长篇小说《河流的底层》的秋萤，也是东北沦陷时期的一位重要作家。《去故集》收小说9篇：《暮景》《春雨》《南风》《亚当的故事》《嫩芽》《书的故事》《羔羊》《两代》和中篇《矿坑》，共10万多字，书是1941年在长春出版的。《小工车》共收小说8篇：《离散》《农家女》《丧逝》《小工车》《血债》《三秋草》《新闻风景》《中间层》。作者自认他的作品，"不但没有离奇的穿插，引人入胜的趣味，而且文章既不美丽更没有含蓄与纯朴的作风"。又曾表示过，"常常痛惜糟蹋了一件很好的题材，但是生活在这烦躁不安里，又有什么法子能让自己的心情好起来？因此我常常把较好的题材，暂时装在心里"。秋萤这里所说的，反映出作者当时抑郁的心境，和他的笔不能畅所欲言的烦恼。尽管如此，秋萤的一些短篇小说，如《羔羊》《嫩芽》《血债》《矿坑》《小工车》等，都表现了在日伪统治的重压下，人民生活的惨痛。特别是短篇小说《小工车》，描写一个矿区通勤车的售票员冯云祥，"人最老实厚道，从来不搞鬼"，可是拼命挣扎，一家数口也难以糊口，年关迫近债主逼债，抱着侥幸的心理走进赌场，手头仅有的钱全部输掉了。正当走投无路的时候，他那捡煤核的孩子又被狗咬伤，冯云祥在车上心一急：

他拉开车门，突然纵身一跳，便摔倒车外。在他跳车时，制服上的那个破洞，又正好挂在车门的拉手上，被扯裂成碎片，那卷纸币也散落了满地，随着车身的前进，又迎风起舞，沿着这条轨道也像飞跑。……

车身终于停下来。

被抛在车后的冯云祥，虽然还想起来向煤场奔去，但是软瘫在地上的躯体，已经不能动了。这时从他的头部，有殷红的血液流出来，把地上的积雪也染红了。

小说就这样结束了，这是形象化的无言的控诉。秋萤的唯一的一部长篇小说，1942 年 5 月经由大连实业印书馆出版，但并没有写完。秋萤在后记中，写下这样的话："由于精神的不聋而聋，不哑而哑，同时爱而不能爱，憎又不能憎，便在这样痛苦心情中挤出来的。"这样的心情，岂止是秋萤一人有，在东北沦陷地区的进步作家中，它颇有一定的代表性。

疑迟，也是一位提倡乡土文学，艺术上很有特色，作品产量又多的作家。1938 年出版了短篇小说集《花月集》，1941 年出版了短篇小说集《风雪集》，1942 年出版了《天云集》。另外还有两部长篇小说《同心结》和《松花江畔》先后印行。《花月集》共收 10 个短篇：《北荒》《山丁花》《月亮虽然落了》《拓荒者》《梨花落》《雁南飞》《江风》《西城柳》《失了热的光》《夜车》；《风雪集》收的也是 10 个短篇：《黄昏后》《雨夜记事》《天涯路》《乡景》《乡仇》《圣诞风景》《丰收之夜》《回归线》《浪淘沙》《塞上行》；《天云集》共收 8 个短篇，包括《凤鸣山的深秋》《八月的浮云》《不归鸟》《酒家与乡愁》《雪岭之祭》等。疑迟小说的艺术风格，在《天云集》表现得最为充分，文字质朴，有浓厚的乡土气息；他笔下的西部草原的风光，更令人神往心醉。《凤鸣山的深秋》写一山中寺院青年和尚的生活，笔调恬淡而有情韵；《八月的浮云》写一朱姓老农民生活的困境，在忍无可忍之下，他儿子最后动镰刀反抗了伪警察；《酒家与乡愁》是一幅绝妙的草原风俗画，两个青年时代的仇人，在迟暮之年偶然遇到一起，一盏孤灯、半杯水酒，默默相对，不知何时是了；《雪岭之祭》则是揭露皮货商人车福臣对猎人的欺骗，同时也从侧面写出抗联的活动，周庆那一伙人即是。当然，作者对这方面的描写是微泄春光的。引录短篇小说《长烟》中的部分文字，以见疑迟的艺术风格与特色：

绕过了烟筒山后，马金升渐渐口渴起来。

踏着垄台走，脚步就得始终迈得均衡。唐踢马虽说是新的，可是也踏平了底儿；帮儿上让高粱茬碰掉两块皮，有时落空失了脚踩进积雪的垄沟里，便发着略吱吱的声息。垄台上的土，大都被风吹裂了，一块一块的，踩在脚底下，挺觉垫的慌。

从头晌，在烟筒山那边打了尖，一股气，到这咱总有四十里开外，道路上始终是一溜平，垄沟连垄沟，没有头。到这咱，也约莫不出什么时候来，因为天气阴沉，风也夹着雪花打着旋儿，反正肚子还没觉太饿，知道时间还不太长。只是口里觉得渴得太厉害，嗓子眼里仿佛干得要冒烟，羊皮帽子的两边满挂着由哈气而凝结的冰霜。

呜……呜……

呜……呜……

旋风吹扫着远处地头柳丛的枯枝儿，便随风刮过来的呜咽的悲鸣。垄头的枯草，被积雪堆覆着干茎，留在外面的穗梢，随风起伏，宛如夏日的麦浪。

小说里的马金升，实际是个背井离乡寻求活路的农民，在无计可施的情况下，他"经过半宿的苦虑，自己又织起一个充满着希望的美梦来"，于是：

在梦中他依稀地看见远方傍近沙漠地带的牧放风景，成群的绵羊，山羊，马崽儿，乳牛安闲地嚼着丛生的嫩草，自己悠然地握着牧鞭温声叱呼着羊群……

……他知道：那一带土壤肥沃，气候温和，牧群的繁殖是非常之快的；再是那边的人也不像这场的狡狯，心地大多正直，相交最易换心。如果能搬移这梦乡里生活个三年五年的，说不定或许能打下点什么根基。

《长烟》中人物马金升的梦想，实则是作家疑迟的"乌托邦"，寄寓着他的希望。从小说的语言上，也可以看出疑迟创作上的追求，作者是怎样地努力反映着他所熟悉的塞北荒原和挣扎在饥饿线上的农民的生活。

在东北沦陷时期的文坛上，另一位有影响的作家就是小松，从 1938 年开始，到 1944 年为止，先后出版了《蝙蝠》（短篇小说集）、《无花的蔷薇》（长篇小说）、《北归》（长篇小说）、《人和人们》（短篇小说集）、《野葡萄》（中篇小说集）《苦瓜集》（短篇小说集），还有一部诗集《木筏》。作者描写的范围主要是小市民与知识分子，写他们在离乱中的追求，以及他们悲苦的遭遇。作者行文很注意文辞的藻丽，艺术上也偏重于渲染。《北归》是他的第二部长篇小说，写一个家庭的兴衰变迁，文笔灵活生动。小说开卷是从农村写起的：

夏天无边际的原野，在这广阔的绿色上，点缀着一朵朵的黄花，那是北满一带唯一的野花，自生自落的蒲公英啊！在夏末的时候，蒲公英飘着白色的绒絮，漫山漫野的飞着。飘过广大的平原，绿野，那时人们正在忙着收割。

高粱摇动着黄色的叶子，已经不像盛夏那时候活泼了，头顶着红色的谷实，这是它唯一的收获。失掉了热意的夏风，从辽远的地方吹过来，高粱穗依旧是轻轻地摇着它的头，白云在空中流动着，看着那些农人，在地里忙的情景，恍如大自然用一支笔，在人们的情感上，写出了秋天的颜色。

作者虽是以欣赏自然的创作态度来抒写生活，但从静谧的景物中，又表现出勃勃的生机。

但娣（田琳）出现在文坛上较晚，唯一的一部小说、散文合集《安荻和马华》，由长春开明书店出版时，已是1943年了。该集收有中篇小说《安荻和马华》和散文《樱花时节》，笔触细微清婉，文字纤柔流丽。除这本书之外，尚有《砍柴妇》《呼玛河之夜》《售血者》《旷野里的故事》《传尸病患者》等短篇小说。作品所反映的生活面触及社会的底层，笔下的人物是穷学生、孤儿、乞丐、渔民、流浪汉等。在为数不多的女作家中，她的影响很大，使人有"后来者居上"之感。值得一提的女作家，还有出版了《小姐集》《第二代》（均为短篇小说集）的梅娘（孙嘉瑞),《两极》（短篇小说集）的作者吴瑛，散文集《我的日记》《落英集》的作者杨絮，《樱》（短篇小说集）的作者朱媞。

活动在东北地区的作家，还有长篇小说《沃土》的作者石军，《大地的波动》（长篇小说）的作者田琅,《大凌河》（短篇小说集）的作者戈禾,《风夜》（短篇小说集）的作者励行健（今明）、《人生剧场》（短篇小说集）的作者未明（姜灵菲）,《明珠梦》《生之温室》的作者金音（马寻）,《月宫里的风波》《老总短篇集》《一百个短篇》的作者杨慈灯。此外还有田兵、也丽、杜白雨、韦长明、吴郎、刘汉等人。其中还有两个写通俗小说的,一位是穆儒丐,曾经写过《福昭创业记》《新婚别》《如梦令》（均为长篇通俗小说）；另一位是陶明浚,本来他是位著名教授,有饮誉学界的《诗说杂记》行世, 他写了《红楼梦别本》《双剑侠》《陈公案》等长篇小说,并为此受到当时文坛的异议与责难。

戏剧和诗歌虽然不如小说那样盛行,也出现了一些引人注目的作品,如李乔的《夜航》,辛实（张辛实）的多幕剧《遥远的风沙》,以及安犀的独幕剧集《猎人之家》（收《猎人之家》《归去来兮》等）。诗人中为人所瞩望的是外文（诗集《刀丛集》）、冷歌（诗集《船厂》）、徐放（诗集《南城草》）。其中比较著名的是诗人成弦（成雪竹）,也就是长篇历史小说《张作霖演义》的作者成弦。成弦在沦陷时期先后出版过诗集《青色诗抄》《焚桐集》,诗的艺术成就较高。他所作的都是抒情短章,虽然没有脱离开身边琐事和花草虫鱼,但其中无可奈何的哀怨,还是能让读者联想到是敌伪统治者带给诗人心灵上的抑郁,使得他的诗也写得苍凉凄楚。如下面的两首短诗：

> 昨天买的蝈蝈今天就死了
>
> 空剩下寂寞的小草笼
>
> 无可如何的
>
> 无可如何的在屋檐摇荡

日头也要落了

唉！日头也要落了

西风吹抖了满院的夕阳

——《晚秋》

莫想那严霜落叶

且看这一庭新草阶下的石榴

青空无尽白云悠悠

休问年来心事

我去长街沽酒

——《答客问》

把深重的内心痛苦，付之于无可奈何的哀叹之中。

前面对于东北沦陷时期的文学创作和作家的作品，做了一些概括性的介绍，有的稍为详尽，有的一笔带过。虽然在上述提到的作家中，他们本身存在的各种各样的缺点，或者是作品中思想艺术上的先天不足，这都是显而易见的。在事过境迁的40年后重新提起，我们也不想去文过饰非。但是可以说，在提到的作家中，他们都未曾歌颂过"王道乐土"，也没有为敌伪的统治点缀升平，他们尽自己的能力，用自己的笔写出了愤懑和不平。当然也有情况比较复杂的极个别者，就是应该提而在前面未曾提起的作家古丁和爵青。

古丁，本名徐长吉，东北沦陷时期主持艺文书房，据说是当时文艺书刊审查委员会的委员。解放后长期工作在《戏曲新报》及东北戏曲研究院，改编过《新马寡妇开店》，曾因历史问题入狱，已故。他主要作品有短篇小说集《奋飞》，内收《吉生》

《颓败》《莫里》《皮箱》《昼夜》《玻璃叶》《变金》《暗》《小巷》和中篇《原野》，长篇小说《平沙》，杂文集《一知半解集》《谭》，散文诗集《沉浮》。作品均以农村、城市为背景，人物也以底层的浮世群像及纨绔子弟为主。他写过一个短篇历史小说《竹林》，描述魏晋文人风骨，当是另有含义，文字也潇洒飘逸：

……

在狱中作了一首很长的幽愤诗，来表现他的本意。他很后悔：多余管这些闲事。诗中还望着"采薇山呵，散发严岫，永啸长吟，颐性养寿"的生活。

……

终于临刑的日子来临了。

东市人山人海，等着看嵇康临刑。

从囚车里拉出来嵇康，神气不变，只是向他的哥哥说了一声："七弦琴拿来了没有？""拿来了。"他的哥哥有些战栗，他将七弦琴递给了嵇康。

嵇康照例调好了琴弦，当啷当啷地弹起来，人群里的吵嚷的声音，便立刻压制下去，只听得当啷当啷啷当啷啷当啷啷……仿佛千古的哀歌。

有人小声叹道：《广陵散》从此绝了！

当啷啷……琴声戛然而止。

他还写过许多犀利锋锐的杂文，批驳文学创作上的庸俗现象，也富有特色。

爵青，原名刘佩，东北沦陷时期写过许多作品，有较大的影响，所作小说的艺术风格，很受当时一部分读者的喜爱。著有中短篇小说集《欧阳家的人们》，内收《哈尔滨》《斯宾塞拉先生》《某夜》《巷》《男女们的塑像》《青春冒渎之一》《青春冒渎之二》《青春冒渎之三》《荡儿》《大观园》《溃走》和中篇小说《欧阳家的人们》《青服的民族》，还有长篇小说《黄金的窄门》等。行文富于技巧，构思也颇奇诡，有"鬼才"之称。解放后因历史问题服刑，后在吉林大学工作，已故去。

东北沦陷时期的文学，应该说是一个比较复杂的问题，提出这些看法，希望能有助于关于东北沦陷时期文学现状的研究。

东北现代散文史的浓缩

这些年来，在中国文学史的研究领域里，有关古代、近代、现当代的著作层出不穷。以地域为限，或就某一文学形式为主的专史，如小说、诗歌、评论、散文等等，也多有所见。但令读者感到遗憾的是，反映东北地区的现代文学史，还是有凤毛麟角之憾。尽管前些年北京和沈阳的出版社，曾经出版过不同版本的《东北现代文学史》，读后总觉得有些语焉不详。特别是对 1919 年至 1949 年这 30 年，叙述得不够详尽，而这个时期又正是东北现代文学发展的关键时期。因此感到对东北现代文学史的研究，尤其是对东北沦陷时期文学的公正评价，尚有阙如和空白，亟须加以弥补。

近读张毓茂先生主编《东北现代文学史论》（沈阳出版社 1996 年版）一书，虽然是以论代史，但是资料丰富、论点鲜明，成为东北现代文学发展的"图略"。以文学样式区分，便有了《小说史论》《散文史论》《诗歌史论》《戏剧史论》《文学理论与运动史论》等 5 个方面的专论，其中颇见功力的是李春燕的《散文史论》。作者致力于东北沦陷时期文学研究有年，她曾经卓有胆识地编选出版《古丁作品选》；而这仅4万余字的《散文史论》，更能见出她断简零章的辑佚，独抒己见惨淡经营的艰辛。文中对1919年到1949年这一时期，东北境内散文创作的现状，做了全景式的鸟瞰，并用四节概括其全貌，即：

第一节　东北现代散文整体观

　　一　历史走向：觉醒、救亡、解放

　　二　时代特质：改革、抗争、歌唱

第二节　散文现代形式的变革

　　一　艰难的过渡期

　　二　拓荒者的贡献

第三节　愤怒与抗争的散文

　　一　民族危亡中的散文现代革命

　　二　思乡曲与抗战歌的交融：东北作家群的散文

　　三　匕首与投枪式的战斗风格

　　四　曲折隐晦：特殊历史时期的散文笔法

　　五　哀婉低吟的情调

第四节　呼唤胜利的散文

　　一　悲喜交集时刻的迷惑

　　二　英雄岁月的记录

这些题目，可以说是对东北现代散文创作的全貌精确入微的高度概括，又可以说是一部浓缩了的东北现代散文史。

《散文史论》作者李春燕，以全新的视角，把现代 30 年东北散文创作的发展，归结为三个时期：从 1919 年到 1931 年，为东北现代散文的变革时期，完成了由文言到白话的转化过渡，兼有启蒙觉醒的意义；1931 年至 1945 年，是东北现代散文在沦陷区为抗日救亡而呼号奋争的时期；1945 年东北光复后到 1949 年前夕，集中体现出群众翻身的喜悦，誓要打倒蒋介石、解放全中国的雄心壮志。在详述三个不同时期，展示不同的散文创作成果的同时，作者还介绍了东北现代散文的渊源所在，以及所接受的日本与苏俄文学的影响，这一点作者也有精辟的论述："……况且，当这种影响和民族母体文化发生撞击和矛盾时，母体文化就显示出不可抗拒的威力。因此，无论是日本还是其他国家的文学，在渗透中国这块土地上之后，改变的并不是中国文学的自身，而是它们自己的本来面貌。"

《散文史论》还用较多的篇幅，细致评价了三个阶段的重要作家和作品，如第一个时期起先河作用的是穆儒丐、金小天、林霁融等；第二个时期流亡关内的东北作家群中的萧军、萧红、罗烽、白朗等，同一时期留在沦陷区的李季疯、古丁、山丁、吴瑛、田琳（但娣）等，均用曲折隐晦的笔法，表达了沦陷时期群众的爱憎，吟哦出东北人苦难的悲歌；第三个时期写《人民与战争》的刘白羽，写《东北散记》的陈学昭，写《英雄的十月》的华山，为人民解放战争唱出一曲曲振奋人心的颂歌。翔实的叙述，中肯的评价，流利的文笔，是李春燕行文的特色，因而使这篇浓缩了东北现代散文发展轨迹的《散文史论》，更具有学术价值。

漫漫长夜的萤火

　　1986 年 6 月中旬，沈阳文学界召开了一次别开生面的座谈会，为的是祝贺《长夜萤火》这部书的出版。东北沦陷时期女作家杨絮同志曾出面邀我参加，可惜因故未能赴会。后来梁山丁老师来信介绍盛况，说座谈会开得相当隆重。

　　《长夜萤火》是一部女作家小说选集，是东北沦陷时期作品选中的两种。编者梁山丁是驰誉文坛的老作家，在东北沦陷时期的作家群中，他所写的小说《绿色的谷》影响很大。现在，他已经七十多岁高龄，依然孜孜以求地挖掘整理和编选东北沦陷时期的文学作品，《长夜萤火》是其中的一种。八位女作家的作品分别代表两个阶段，悄吟、刘莉代表抗战以前，梅娘、但娣、吴瑛、蓝苓、左蒂、朱媞则代表东北沦陷以后。萧红、白朗的作品毋庸赘言，梅娘的《蚌》、但娣的《安荻和马华》、吴瑛的《墟园》、蓝苓的《夜航》、左蒂的《窄巷》、朱媞的《小银子和她的家族》，均以女性特有的细腻笔触，深刻地表现了东北沦陷时期人民所经历的血雨腥风，尽管有的作品反映的只是个侧面。正如书名一样——《长夜萤火》，是漫漫长夜的萤火，虽然光束微弱，也曾照亮与温馨过读者的心房。

　　在我国的文坛，特别是东北文坛，尤其是沈阳的文学界，从 20 世纪 50 年代到 70 年代，曾存在过一种很深的偏见，不承认东北沦陷时期的文学是中国抗战文学的一个组成部分。《长夜萤火》的出版，说明东北沦陷时期的文学"而今始得碧纱笼"，人们重新评价这一时期的文学创作，"汉奸文学"的帽子也已摘掉。由此我们不难理解，一些"曾经沧海"的东北老作家，为什么以一种激动难言的心情，来祝贺《长夜萤火》这部书的出版。编者梁山丁在《晚晴报》上赋诗：

> 漫漫长夜有哀鸿，
>
> 点点萤火耀眼明；
>
> 千里春风苏大地，
>
> 繁花重放更峥嵘。

　　这就绝不单单是一个人的感慨了！

梁山丁及其作品

从 1931—1945 年这 14 年间，我国东北地区沦于敌手，人民群众在日本帝国主义铁蹄的践踏下，生活于水深火热之中，境况苦不堪言。作为反映社会现实的文学创作，也涌现出一批真实写照生活的优秀作品，可是迫于当时密布的文网，重重压榨的殖民统治，这一时期的文学作品不得不蕴怒于怨之中，显得隐约和含蓄。如何正确评价这一特定历史时期的作家与作品，还是个有待探讨的问题。东北沦陷时期出版过长篇小说《河流的底层》的老作家王秋萤，把这个时期的优秀创作称之为"暗夜弥天中的异彩""岩石重压下的强音"。曾经在东北沦陷时期从事文学活动的梁山丁，就是这样一位当之无愧的作家。

梁山丁，原名梁梦庚，原籍辽宁省开原县。中学时代就编辑出版过以发表诗歌、散文为主的刊物《红蓼》，也开始以"菁人"为笔名发表新诗。第一篇小说《火光》是 1930 年写的，发表在《现实月刊》创刊号上（《现实月刊》是 1930 年东北大学学生李政等编辑出版的大型刊物，只出一期就停刊了）。《火光》

受当时"普罗文学"的影响，以农村为题材，写1929年东北农村遭灾，农民交了地租就没有吃的，于是他们在秋收的夜里，将地主场院的庄稼垛分了，然后放火烧了场院。可以明显看出作者初登文坛，便有着鲜明的进步思想倾向。

梁山丁真正走上文坛，大量发表作品是1933年的夏天《夜哨》文艺周刊出版前后。《夜哨》是《长春大同报》的副刊，由萧军集稿、陈华编辑，共出21期（1933年6月至12月），梁山丁用"梁倩""小倩""山丁"等笔名发表了小说《一个犯人》《天快亮了》《象和猫》《臭雾中》等，诗《男子汉》《你也有良心》《锤》《没饭吃的人》《夜行》，散文《九月夜》《山沟杂记》《星和香》《怀乡病》等，另外，针对当时文坛上一些现象，有感而发，写了连续性的《小倩随感》，其中有这样的话：

我们的文坛是一块距离寒带不远的沙漠……文学家是要担任起像在沙漠中跋涉的健壮的骆驼。

文学家的态度要和炭坑里与生死奋斗的工人一样，自然能产生好作品。

作者面对人生、面对现实生活的态度是不言而喻了。

梁山丁从《夜哨》上，结识了萧军、萧红、罗烽、白朗、巴莱（金剑啸）等进步作家，1934年被刘莉（白朗）特邀为《文艺周刊》（哈尔滨《国际协报》的副刊）特约撰稿人，陆续发表了小说《银子的故事》《无从考据的消息》《山沟》，诗《五月》《石城道》《新鲜的悲哀》《年轻人的病》《一双幽默的眼睛》，散文《臭虫》等。通过以文会友，他结识了金人、杨朔、温佩筠等作家、诗人、翻译家。梁山丁是从哈尔滨走上文坛的，哈尔滨是他"文学的故乡"。

1940年，梁山丁出版了第一部短篇小说集《山风》，共收入9篇短篇小说:《岁暮》《臭雾中》《银子的故事》《山风》《北极圈》《织机》《狭街》《壕》《孪生》。1941年出版了诗集《季季草》。1942年开始写作长篇小说《绿色的谷》，是为大同报专刊写的连载，每天写2000字，4个月才载完，共计20多万字。小说描写作者的家乡狼沟寇河一带农民的生活，从地主林家的衰落写起，写地主林家后人的觉醒，写地主与佃户之间的矛盾，写农村与南满站买办之间的纠葛，写修铁路之前狼沟的变化，是一部时代风云变幻的编年史。特别是描写了农民武装（实际是抗日义勇军）小白龙部在掳走林家后人的同时，也掳走了他的同学日本姑娘美子，但是小白龙很快就派人把美子护送回来，从侧面描述了小白龙的义重千秋，这是一个形象化的无言颂歌。林家后人也从小白龙身上受到教育，最后将土地分给农民，结束了这部小说。

《绿色的谷》这部长篇小说，在梁山丁早期的著作中，是一个有重要意义的里程碑。写作此书时是1942年，正是日本帝国主义加紧对东北沦陷区的文化统治，发布"艺文指导要纲"，作家的手脚都受捆绑的时候。但是梁山丁没有慑于统治者的淫威，笔法虽然含蓄、隐约，但还是不忘创作的初衷，在后记中他这样说：

……过去，我就喜欢果戈理和肖洛霍夫的作品，我想这里的农民虽然并不是《死魂灵》和《静静的顿河》里的农民，然而他们却有着性格上和生活上的共同点。我很放肆地想，倘能用

《静静的顿河》那样伟大的艺术构思，用《死魂灵》那样骇人的笔法，描写满洲浑厚的农民生活，该是北边文学者的最高尚的任务！我只不过是这样放肆的想想而已……

这样的创作思想，已经充分蕴含于作品之中，小说出版单行本时即遭到厄运，伪满弘报处给这部书削除处分，就是扯掉十几页之后才允许发售，并在封面盖上"消除剂"的大红戳子，弄得残缺不全。梁山丁为了避祸，远走北平去找袁犀。

梁山丁离开长春之前，将第二本短篇小说集《乡愁》的原稿，交给张辛实编入"新现实文艺丛书"出版。这本集子共收入10篇短篇小说：《乡愁》《一天》《熊》《镇集》《城土》《伸到天边去的大地》《猪》《峡谷》《残缺者》《梅花岭》，在序文中作者这样写：

这里的几个短篇，是我近三年写的，原打算题名《如晦集》，在文前，还写着《国风》上的诗句"风雨如晦，鸡鸣不已"。

虽然是我的第二个短篇小说集，那乡土气味还是很浓厚，我想，说不定什么时候我能离开文学的故乡，甚而作它的浪子，那一定是很愁苦的事情。

梁山丁离开东北，流浪北平，没有工作。在袁犀的"怂恿"下，他又编集了一本短篇小说集《丰年》，由北平新民印书馆出版，作为"新晋作家集"之一，收入9篇短篇小说，即《丰年》《残缺者》《一个喜欢讲故事的人》《赌徒的经典》《朋友》《金山堡的人们》《祭献》《在土尔池哈的小镇上》《北京》，第三本短篇小说集印出不久就再版。在《丰年》的后记中作者写道："这册书是我在偶然中印出来的，也许偶然的再印下去，也许就偶然的离开北平，那全是未来的事！"第二年，梁山丁和袁犀一起参加党的地下工作，不久到了解放区。

1945 年秋天，梁山丁回到光复了的东北大地，曾经担任过第一任洮安联中的校长，后来到《生活报》和东北人民出版社当编辑。以后的境况愈加不堪，他成为"文化汉奸""历史反革命""右派分子"，在这头衔繁多的厄运中，艰难苦痛地度过 20 多年的岁月。在那个年代，当时的文艺界思想极"左"自不待言，尤其是对东北沦陷区的作家与作品，更缺乏实事求是的公正评价。

梁山丁是东北沦陷时期有代表性的作家，他开始写作就深受"普罗文学"的影响，第一篇小说《火光》就是思想激越的作品，以后一直坚持乡土文学创作，以农村为题材，反映农民的困境和不幸的遭遇。短篇小说《残缺者》中三位主人公的悲苦命运，就集中凝练地概括了那个时代农民的典型形象。在长篇小说《绿色的谷》中，梁山丁所描写的农民对土地执着的爱，狼沟的少主人最后在农民面前焚烧地照，把土地全部还给土地的真正主人，对农民武装小白龙部的颂扬性的描写，现在看来不仅在艺术表现上非常出色，而且作品的思想倾向也是相当进步的。《绿色的谷》写作于东北沦陷时期最黑暗的年代，尽管思想幅度上尚不够广阔，缺陷与不足在所难免，但是作者的苦心孤诣是应该得到肯定的，需要加以公正地看待与评价。福建人民出版社编印的《上海孤岛时期文学丛书》，已经出版了 30 辑。如果用梁山丁的作品来加以比较，内容上也是毫不逊色的。那么可否编一套《东北沦陷时期文学丛书》呢？以李克异（袁犀）、梁山丁为首，还可以纳入但娣、疑迟、秋萤、金音诸多人的作品，这样就会反映出我国抗战文学的一个整体面貌，因为东北沦陷时期的文学是一个不应摈弃的重要部分，也是对我国现代文学史一段空白的填充。

出于这样的心情和愿望，切盼梁山丁的《绿色的谷》能够早日付梓再版。

梁山丁的诗

梁山丁先生以长篇小说《绿色的谷》名重一时，在东北沦陷时期文坛影响很大。梁山丁在文学创作上堪称多面手，还出版了散文集《东边道纪行》，诗集《季季草》，尤其是他的诗歌作品更独具特色，表现出鲜明而强烈的民族意识。

《季季草》所收的诗歌，大部分写于 1933 年至 1943 年，正是作者逃亡关内的前夕，日伪统治最残酷的年代。诗虽然写得隐晦，但是仍可看出山丁先生对敌伪统治的愤懑，请看《鱼肆》：

几尾几十尾几百尾江鱼，

几十颗几百颗几千颗血渍，

鲜亮地透过紫褐色的鱼肆；

它们匍匐在粗糙的榆篮，

鼓鳃（并非哀求）摇尾（并非乞怜），

毫无叹息地任屠者遴选；

它们同有一条被斩决的宿命，

那浮在篮上的先被煎烹，

压在苇底的窒息着残存；

我每天行过紫褐色的鱼肆，

犹如嗅到憎恶的恐怖的气息；

当我触到每一尾僵固的鱼脊。

诗中的寓意既明显而又深刻，诗人借此形象地说明，东北人民就像待宰割的一条条鱼，屠者就是侵略国土的日本军国主义。

梁山丁先生还写过一首较长的诗《炮队街——献给无墓的阿金》。阿金就是当年被日寇杀害的金剑啸（笔名巴莱），他是一位共产党员，著名诗人、小说家、画家。在他牺牲之后，梁山丁先生写的诗，可说是具有非常的胆识，来表达自己的怀念与悲愤。在这首诗的最后几段：

如今，大地是一抹肃穆，

喜鹊的啄嘴也加了约束。

我默默忆起纪德的一本书题：

"麦粒不死仍为一粒！"

倘使我能寻到一块岩石，

我愿刻一首无字的悼诗，

在这条街上，没有声息，

权让你的故居作你的墓地。

休言你的故居已变姓氏，

……

"生命的记录"

中国青年出版社印行的长篇小说《历史的回声》，是作家李克异同志的遗著。小说原计划写四卷，年代从 1881 年到 1934 年，涉及许多历史上重大的事件，如中日战争、中俄密约、义和团运动、日俄之战、辛亥革命以及"九一八"事变。所反映的生活面广阔，描写的人物丰富多姿，称得上是大时代风云变幻的长幅画卷，也是当时社会风土人情的真实写照。可惜的是作者只写完了第一卷，便遗憾的溘然长逝了。李克异同志的爱人姚锦，以"生命的记录"为题，在书的卷末记述了创作的艰辛历程。

《历史的回声》的作者，在青年时代（20 世纪 30 年代末 40 年代初），曾用袁犀的笔名出版了四部短篇小说集，写作了一部中篇小说，两部长篇小说。他的第一部短篇小说集《泥沼》，似沉沉长夜中的燐火，在东北沦陷区读者的心房，曾经闪烁过点点微光。作者在 40 多年的创作生涯中，一直是"诚实地创作""认真地探索"，力求从自己的"壳"中解脱出来。这种凤凰涅槃式的寻求，自然是不无痛楚的。1947 年他用笔名"马双翼"，写作了反映农村土地改革的短篇小说《网和地和鱼》，在《东北文艺》上发表后即遭到批评。这部作品，李克异同志是怀着满腔热忱，力图反映新的时代，歌颂新的生活，这种精神是理应得到肯定和赞许的。但同时也反映了惯于暗夜彳亍的旅者，乍见到阳光时的一种迷离、困惑！这之后读到也是署名"马双翼"的《欲知亡国恨多少？红似乱山无限花》，题名像长长的一句联语，描写了东北人民沦为亡国奴后的痛苦生活，发表在萧军主编的《文化报》上。1949 年以来，我们只看到改署李克异名字，刊于《人民日报》《新观察》上的一些特写，以及由他翻译出版的日本无产阶级作家小林多喜二的小说《党生活者》。后音讯渺渺，绝迹文坛。

这位勤奋的作家，这位积极的探求者果真消沉了么？当然不能。为从 1946 年便已开始了的创作计划，他时刻准备着，并于 1965 年写作了中篇小说《一个城市的诞生》。这部中篇小说正是《历史的回声》的雏形，是一部"涉猎宏丽、气势磅礴"的长篇小说的试笔。但是真正着手写作则开始于 1974 年。作家以惊人的毅力进行着创作，历史风云、笔下波澜，一个个血肉丰满的人物扑面而来。铁骨铮铮的魏家祖孙三代、宁家成、赵七板子、齐宗，乃至刘顺、郑老疙瘩等都刻画得性格鲜明、有血有肉；那些卑琐的小人张广升、曹洪福、张罗罗、夏一跳、徐小利等也写得各有特征，绝不雷同。成功塑造了那些沙俄时代的俄国人，每个俄国人都有鲜活的生命，诸如埃斯金的老谋深算，福采夫的专横跋扈，连斯基（绰号黄皮子）的残酷成性，几达呼之欲出、塑之有形的程度。《历史的回声》在风格和语言方面，均富于古典特色，却又不是简单低劣地模拟章回体，而是融会贯通在作品的气质（风格）和文字（语言）上。第一章的第四节"铜盆碰见铁扫帚的一段往事"，就可看出浓郁的民族风格来。对于一些浩大场面的描写，气势之雄伟竟如银戟划破天空，颇多神来之笔。作者善于把惊心动魄的场景，凝聚于冷峻之中，引出读者更深的思索、更多的联想。

世间的文学作品浩如烟海，有的是用墨写成的，有的是用血汗交融而终篇的；前者尽管写得轻松惬意，作者也不乏才情，但华丽炫奇的辞藻总是掩饰不住内容的苍白；后者尽管写得朴实无华，但作者拼尽生命的力量，作品写得敦厚、扎实，虽非字字珠玑也犹如金石之声。《历史的回声》应该是属于后者。作者熟思、孕育这部作品达三十年，三十年来的日日夜夜，三十年来的厄运当头，都未能使李克异同志的创作欲望稍释。在写作这部长篇小说的时候，笼罩着"四人帮"文化专制主义的黑云浓雾，他抄录唐代诗人刘禹锡《浪淘沙》诗九首之一以自勉：

> 莫道谗言似浪深，
>
> 莫言迁客似沙沉。
>
> 千淘万漉虽辛苦，
>
> 吹尽狂沙始到今。

这么贴切的自况，这么深切的感怀，也激发、蕴蓄了作家更加炽烈的创作热情。

《历史的回声》虽然没有全部完成，但是它已经取得很高的艺术成就，是一部备受赞赏的优秀作品。它是李克异同志竭尽自己全部的生活积累、全部的智慧与才华，耗尽心血而完成的艺术结晶。书未完成作者即殁于岗位上，倒在写字台旁，不能不令人感到怅惘和哀伤。继而一想，这种结局对一位作家来说，本身就是一首庄严的颂歌。《历史的回声》是李克异同志奉献给人民的一颗虔诚的心，是他毕生思索的总结，是一部生命的记录。

城春草木深

　　继长篇小说《历史的回声》(中国青年出版社)、短篇集《晚晴集》(北京出版社)之后，已故作家李克异的又一部遗著——长篇小说《城春草木深》最近由沈阳春风文艺出版社出版了。

　　《城春草木深》是两部长篇小说(《贝壳》和《面纱》)的合集。现在的书名由李克异的夫人姚锦同志改定，取杜诗《春望》之意，寓意是贴切的。因为这两部长篇小说都写于抗日战争胜利的前夕，亦即"黎明前的黑暗"时期。《贝壳》1943年出版，《面纱》出版于1945年年初。两部小说写的是一个连续的故事，描写了一群沉溺在动乱时代的青年男女。这些人虽然有知识与教养，但却自甘堕落，灵魂可鄙，有如行尸走肉；有的则在困境中努力自拔，出淤泥而不染，人物形象闪光生辉。那几位迎着时代曙光的女性——徐仪、金采、李瑛都让读者过目难忘。就是郝铸仁、白澍、吕桐的卑劣，李玫的性格与心理的重重矛盾，均写得淋漓尽致。最可贵的是作家于书中婉转地反映了"一二·九"学生运动的一个侧影，在文网密布的当时，作家的胆识是值得肯定的。

　　李克异属于东北沦陷时期进步作家之一，曾用笔名"袁犀"先后出版过短篇小说集《泥沼》《森林的寂寞》《时间》，中篇小说《结了冰的海》《释迦》《狱中记》，长篇小说《贝壳》《面纱》。1979 年李克异逝世之后，又出版了《历史的回声》和电影文学剧本《归心似箭》和《杨靖宇》。对于这样一位长期从事创作的作家，把自己的作品当成"标枪"和"羽箭"投向敌伪统治下的社会，他的大智大勇自然是可嘉的。《城春草木深》的出版，就提供了这样一组历史的画幅，供我们鉴别和深思。与此同时，不能不提到的是，需要认真鉴别评价东北沦陷时期的作家和作品，像李克异（袁犀）这样曾在血与火的炼狱中奋斗、抗争的作家不乏其人。那些曾在岩石缝隙中生长的小小花朵，正待重新开放。据闻春风文艺出版社即将重印一些这样的作品，对于弥补我国现代文学史的这段空白，出版者堪称功德无量的有心人了！

李克异的《网和地和鱼》

　　作家李克异逝世已经 10 周年了，1985 年 5 月 26 日是他的祭日。人的生生死死，原本是一种自然规律，人力无可挽回。李克异却是猝然而终，死在作家的岗位上。当时他正在写作长篇小说《历史的回声》，写字台的稿纸刚写到"这难道是命吗"，问号还没有写上，人就歪倒椅子上，就此长眠不醒了。

　　李克异就是袁犀，他用这个笔名，在黑云密布、文网森严的伪满，写出过许多"岩石重压下的强音"的作品。他的长篇小说《贝壳》《面纱》，短篇小说集《泥沼》《森林的寂寞》《时间》，均为脍炙人口之作。1946 年，他在黑龙江省桦南县担任过副县长。1947 年 11 月 20 日，他写过一篇至今已渐被人淡忘，又亟须重新评说的短篇小说《网和地和鱼》。

　　《网和地和鱼》发表在当时由白朗主编的《东北文艺》第 2 卷第 6 期，用的名字是"马双翼"。小说写的是土地改革中农民和渔民的团结，既写出了劳动人民的思想觉悟正在逐渐提高，又写出了反动阶级的阴险毒狠。小说写得很别致，笔调轻灵，作品的开头，也打破了那种套式的写法：

> 在这个屯子里，种地的瞧不起打鱼的，打鱼的也不大瞧得起种地的。可是年轻的渔夫谭元亭，和一个种地的女儿，俩人偷偷地好起来了——这事人人都不知道。……

写得多么简练明快！小说结尾又是那么含蓄而耐人寻味：

> 割地时候，魏素英在前头，他在后头。一面割着，魏素英低声问他："这回，你不想拿地换网了吧！""我真没想到你爹答应啦……"谭元亭答非所问。"这话，你说多少回啦？"女的轻声笑起来。"你倒是一面网，我是鱼，鱼打到网里啦。"

小说就此结束，余韵无尽。这只是开头和结尾的部分，中间谭元亭揭示内心世界的独白，孙把头女儿的"美人计"，以及他觉醒的过程，写得非常真实感人。

李克异，无论是在东北还是在华北，对敌人没有丝毫的奴颜媚骨，无论是文品与人格，他都无愧一位有民族自尊心的爱国作家。他写《网和地和鱼》是拼尽全力去表现新的生活，尽管对这种崭新的生活，他也许尚未完全理解，认识上也许还有些模糊，可是应该积极地扶持，热情地肯定，再指出其不足之处。

《网和地和鱼》之被批评，是40年前的往事，今天应该怎样去看待、评价呢？

风风雨雨话梅娘

曾经生活于东北沦陷区的长春，在文坛上从事写作的作家中女作家原本就不多，近几十年来她们中已有几位先后谢世。出版过短篇小说集《两极》的女作家吴瑛（吴玉英）20世纪60年代病故于南京；以长篇小说《安荻与马华》闻名世间的但娣（田琳）也在20世纪90年代后期逝去；另一位重要的女作家蓝苓（朱昆华）前些年也在北京逝世；据友人告知，女作家杨絮（杨宪之）辗转病榻多年，数月前已在沈阳告别人世。现在"长春作家群"硕果仅存的女作家，仅有梅娘和朱媞了。

梅娘本名孙嘉瑞，1921年出生于长春一个巨富之家，其外祖父曾任长春镇守使，他的父亲虽为富绅但不忘爱国，在那风雨如磐的岁月中，在经济上曾不遗余力地支持过抗联。故乡长春给梅娘留下终生难忘的印象，她在20世纪90年代初写的《长春忆旧》中谈道："……我家住在名为西三道街的大道旁。这条大街东起大马路，西连通往郊区的木桥，宽阔笔直，是当时仅次于柏油路的路面，那正是张学良将军力图振兴东北之时修建的。街上可以说是百业兴旺：典当铺、绸布庄、米粮店、五金杂品店，等等，鳞次栉比，十分热闹。在靠近木桥的边上，还有一家整天燃着红彤彤炉火的铁匠铺，店面前竖着大木架，不时地拴有马匹为它们挂掌。……"

长春给了梅娘毕生难忘的印象，尤为难忘的是她的老师孙晓野先生（又名孙常叙，甲骨文研究学者、语言学家，已故）。她在《我的青少年时代》中这样写道："……使我永生不忘的是国文老师孙晓野的授课，他为我们讲汉语的结构和特点；为我们讲文学史，启迪我们学习并欣赏祖国璀璨的文化成就。他为我们讲楚辞的时候，不仅带领我们欣赏楚辞那优美、贴切、生动的词句，还把我们引进到屈原那忧国忧民的高尚情操之中……"1937年，梅娘17岁，老师还帮她编辑成处女作《小姐集》，由益智书店出版，扶植她走上文学之路。

1939年梅娘已去日本读书，长春益智书店又出版了她的短篇小说集《第二代》（收入《第二代》《六月的夜风》《花柳病患者》《蓓蓓》《最后求诊者》《在雨中的冲激中》《迷茫》《时代姑娘》《傍晚的喜剧》《落雁》）；1942年从日本归国后，迁居北平，小说集《鱼》（收入《鱼》《侏儒》《旅》《黄昏之献》《雨夜》《一个蚌》）于1943年由北平新民印书馆印行；1944年继出小说集《蟹》（收入《行路难》《动手术之前》《小广告里的故事》《阳春小曲》《春到人间》《蟹》），由华北作家协会出版。此外尚有未完成的长篇小说《夜合花开》。在创作之余梅娘还致力于翻译工作，曾翻译出版日本石川达三的长篇小说《母系家族》（由北平马德增书店出版）。

梅娘当时创作、翻译双管齐下，影响之大不亚于张爱玲。梅娘具有自己独特的艺术个性。她是以高超的艺术技巧、瑰丽生动的文学语言，赢得众多读者的喜爱。她用流光溢彩、细腻传神的文笔，曲婉多姿地描叙生活，特别是小说所反映的社会内容，固然多是个人身边感遇，但是倾注出对劳苦大众的深切同情，奋力鞭挞着人间的不平。她的中篇小说《蚌》《蟹》流露出"无可奈何花落去"的哀怨，是对封建大家庭必然解体的真实写照；一系列短篇小说《侏儒》《黄昏之献》《动手术之前》，均以自己的心态视角，映照反衬底层人民深重的苦难。在东北和华北沦陷区，梅娘的许多作品，都力图揭示现实生活的丑恶，尽一切所能含而不露地痛斥黑暗统治，这些足可证明她是一位有民族良心的作家。由于梅娘小说创作取得的艺术成就，在当年中国文坛就已同张爱玲并驾齐驱。1942年北平马德增书店和上海宇宙风书店联合发起"读者最喜爱的女作家"调查活动，上海张爱玲和北平梅娘双双夺魁，从而形成中国现代文坛"南玲北梅"的说法。

梅娘在文坛身负盛名，但个人生活遭遇极其不幸。自幼失去母爱（笔名梅娘即"没娘"之义），嗣后不久又丧父，富甲一方的经济生活，并不能慰藉苦寂的心灵，朱门冷寥与闲适，也没有些许温情可言。她把自己的感情投入到无涯书海之中，既阅读古今中外文学名著，也读鲁迅先生和进步作家的文学作品，这些都孕育了她爱国主义的情怀，培养了她做人立本的一身正气。但是她的文字生涯太短暂了，如果从《小姐集》的出版算起，到1948年由台湾回大陆，也不过是10年的时光。她丈夫柳龙光先生，也是位有影响的作家，主持过一些文学期刊的笔政。当时许多新进作家的作品，就是经过他的选拔才登上文坛。1948年他接受地下党的委派，在去台湾途中不幸海上遇难。那年梅娘刚交28岁，她谢绝"台湾"亲友的挽留、日本同窗的邀请，带着儿女们义无反顾地投奔北平，迎接这座古城的解放。

梅娘回到解放了的北京，开头几年的工作、生活尚称平顺，1957年突然降临的磨难，头上凭空戴了"右派""历史反革命"两顶帽子。连原在农业电影制片厂任编剧的工作也没有了，需要自己去"自食其力"。她一个出身名门世家的小姐、日本留学生和著名女作家，开始了艰难苦痛的跋涉。20余年岁月里，她做过保姆、推过货车，在街道工厂糊纸盒、绣花，和男工干同样的体力劳动，梅娘都坚强地熬过来了，为了哺养自己的儿女，她无愧为一位伟大的母亲、生活的强者。

梅娘这位成长于长春西三道街的女作家，倘若1957年不被注入另册，她在创作上将会有更大的成就。但就现有的情况来看，其作品也都成为现代文学的经典，与所有东北籍现代女作家相比较，说她名位仅次于萧红，确是当之无愧的。她写于20世纪40年代的旧作，自20世纪80年代以来重新被编入各种选集和"大系"。1986年，梁山丁编、春风文艺出版社《东北沦陷时期文学作品选女作家卷·长夜萤火》选进4篇小说；黄万华编、广西人民出版社《新秋海棠》（抗日战争沦陷区小说选）收入小说1篇；山东明天出版社的《中国现代文学补遗书系》小说第三卷，收入小说3篇；《1937—1949中国新文学大系》短篇小说卷，也辑入小说1篇。1992年，刘小沁编、海天出版社出版《南玲北梅》(《40 年代最受读者喜爱的女作家作品选》)辑有《蟹》和《夜合花开》。1997 年北京出版社出版《梅娘小说散文集》，以及 1998 年加拿大中文版明镜出版社出版的《寻找梅娘》，几乎是全部作品的总和。

近年来梅娘作品重印工作方兴未艾，销售势头仍然看好。据悉，华夏出版社的《中国文艺百家·梅娘代表作》已经换过 3 种不同封面，先后印过 3 版。由冰心、柯灵主编，上海古籍出版社出版的《虹影丛书·民国女作家小说经典》也收有一本梅娘的专集。以上所录恐怕还只是不完全的统计。如今梅娘已经 85 岁，每日读书写作并接待国内外研究者的探访，这一切可说是"而今始得碧纱笼"了。可是，对于大半生的人世冷暖、文坛沧桑，她有什么感触呢？于是想到 1991 年在长春召开的东北沦陷区文学国际学术讨论会上，梅娘发言的最后几句话："……我只想约略地说说我们当时的处境是多么复杂与艰难，这其中的酸甜苦辣岂是汉奸文人那纸糊的冕旒所能涵盖得了的？这是一种锲而不舍的民族之魂，当然这一切都是逝波了……"这番话是梅娘倾诉的心曲，她淡然而无怨无悔地看待自己的过去，包括她承受的半生磨难，终能在当今的昌明盛世一吐为快了！

千呼万唤：《梅娘小说散文集》始见

《梅娘小说散文集》一书，1997年9月由北京出版社出版，作者梅娘先生非常迅速地寄来一部，让我先睹为快，附信中谈到她的无限感喟："千呼万唤，文集终于出来了，我刚拿到样书，规格还算可以，只是封面封底都与我的情绪不合，我很遗憾。我是走出朱门的，封底的仕女从装束来说，应该是我的母亲一代。据说，美术编辑很费了一番苦心，北京出版社事先没有给我看封面，也许要给我个惊喜吧！可惜我没有那么浓的闺阁气，唯一的感觉是外包装不该是这样。我也只有向你发发议论了……"读罢梅娘先生来信，又珍重地翻阅新书，深感作者对自己作品爱之深、情之切的心情，完全能够理解。但是无论怎么说，书还是摆在读者面前了，总体来看印得尚称可以，装帧、用纸、版式均很不错。特别是达到万计的印数，以当前出版发行状况来说，实在令人感到欣慰。梅娘先生言及的"千呼万唤"，我想除去感慨如今出书艰难外，对这位"曾经沧海难为水"的著名女作家，恐怕还包含自己的作品终能"始得碧纱笼"的浩叹吧！梅

娘的文名，今天的读者已经略感陌生，加之某些文艺作品人物
名字的混淆，如田汉先生早期话剧《回春之曲》中的梅娘（剧中
还有《梅娘曲》的插曲），近年小说《梅娘日记》的掺杂，更使人
有些莫名所云。实际上在二十世纪三四十年代，梅娘已是红极
一时的女作家，曾同张爱玲并称"南玲北梅"。她本名孙嘉瑞，
1920 年生在长春一富有之家，自幼丧母，其笔名便是"没娘"
的谐音。少女时代就酷爱文学，且显示出不凡的才华，1936 年
益智书局出版她的处女作《小姐集》时，她还不到 17 岁。1940
年出版短篇小说集《第二代》，以后一度去日本，又到北京定居，
这正是她文学创作的高峰期。中篇小说《蚌》《鱼》《蟹》相继问
世；她的一些著名短篇小说《侏儒》《黄昏之献》《行路难》《春
到人间》连续发表；未完成的两部长篇小说《小妇人》《夜合花
开》先后连载，为她在中国文坛奠定了坚实的基础。可惜的是
梅娘文学生涯太短暂了，总算起来不到 20 年时光，政治上便被
注入另册，开始尝尽"朱门小姐"难以承受的苦难，艺术上璀璨
的"开端"，竟成了不幸的"顶点"。

　　因此，《梅娘小说散文集》的出版，又怎能不让作者"千呼
万唤"，又如何不感慨重重呢？

　　这次编入文集的作品共 40 万字，计有中、短篇小说 15 篇，
散文 25 篇。小说都是 1944 年前旧作，散文除《我没看见过娘
的笑脸》为 1944 年所写，余皆 1979 年"蒙难结业"后的作品。
散文中的《长春忆旧》《情到深处》《寒夜的一缕微光》《绿的遐
想》等，都在故乡的《吉林日报》《长春晚报》《作家》等报刊上
发过，读者又得以欣赏梅娘清隽的笔致和绰约的文采。说到梅

娘的才气，人们常把她与张爱玲相提并论，其实她们无论是对生活道路的选择，或者对艺术趋向的追求，都有着本质的不同。张爱玲是1952年，才借故去香港转道台湾，还写出像《秧歌》《赤地之恋》那样的反共小说，最后居留美国终其天年。1948年柳龙光在去台湾的途中于海上遇难，梅娘当时正在台湾，本可以长期留下或去日本，但她毅然携儿女回来，迎接北平的解放，这完全是两种不同的人生选择。艺术上更是不尽相同，张爱玲的作品犹如象牙之塔透出的灵秀之气，对人生表现出孤高与冷漠，梅娘却是和芸芸众生相依共栖，对人间不平充满同情关注，不乏重压下的哀吟。为艺术而艺术，为人生而艺术，这是她们作品截然不同的分水岭，也是检验她们各自创作思想的试金石。

《梅娘小说散文集》由张泉编选，张中行先生作序。张先生知人评文之论，尤其是最后四点"实感"，是对梅娘创作公允而客观的评价，不可不录："……实感之一是，也是值得惊诧的，作者其时是个大姑娘，而竟有如此深厚而鲜明的悲天悯人之怀。我一向认为，走文学的路，面貌可以万端，底子却要是这个，她有这个，所以作品的成就高，经历的时间长仍然站得住。实感之二是，她不愧为'北方之强'，遇多种不如意不是感伤落泪，而是有毅力改，以笔为刀兵，奖善惩恶，能够这样，所以作品有具体时代的社会意义。实感之三是，以小说而论，题材、情节、发展变化，以及描摹的一言一笑、一草一木，都能于常中有变、平中有奇，突出主旨而又合情合理。我个人认为，才女的才情，尤其明显地表现在这个方面。还可以加个实感之四，是语言或文笔，能够求绚丽而不平淡，求丰腴而不忘简约，就作者是个既女而又年轻的人说，也是颇为难得的。……"张中行先生简括精深的"导论"，对我们重新认识和评价梅娘作品，当有很大的裨益。

云天万里寄遥思

　　梅娘先生数月未通音讯，1996 年 6 月 30 日从北京来信，称其 7 月 2 日将飞往加拿大探亲。收读大翰那一天，已经是 7 月 4 日，捧着先生惯用的 16 开信笺，由那一行行娟秀清晰的字迹，想到云天阻隔，不禁遥思万里，颇有些怅然。

　　我与梅娘先生相识，开始于读她的小说，大约是 1944 年。萧红以及梅娘、但娣、杨絮等，都是东北沦陷时期我很崇拜的几位女作家，我那时十三四岁，像梅娘的中篇小说《蚌》，虽然读了也是食而不知其味，但是洁白如纸的心田，留下经年难忘的印象，所以对这些心目中的女作家，至今犹感亲切。真正看到梅娘并有幸结识，那已是近 40 年后的 1990 年，这年 9 月在长春召开"东北沦陷时期国际学术讨论会"，梅娘、但娣、梁山丁、王秋萤先生都来参加会议，这些人全是我童年时代就仰慕的"韩荆州"，我怎能失去难得的机缘？虽然那时即将年交花甲，虽然还有着羞见名人的怯懦，我还是抑制住心跳，敲响梅娘先生下榻房间的房门。

先生应声来开门，多少年渴望一见的梅娘，就出现在我的面前。看面容和行动的敏捷，不像年已 70 岁，待人态度非常平易。一见之下勾起多少陈年往事，清楚地记得，我 6 岁（1936年）时梅娘就在长春益智书店，出版了她的第一本书《小姐集》，而她是一位名副其实的小姐，出生在既有资望又豪富的大家庭，父亲是长春镇守使的女婿。梅娘曾去日本求学，深受中国古文化与西洋文化的熏陶。1938 年以后，陆续写出家庭婚姻爱情生活三部曲——《蚌》《蟹》《鱼》，名动文坛，备受读者激赏。还有一些反映社会生活、同情下层劳动人民的短篇小说，如《侏儒》《黄昏之献》《春到人间》《傍晚的喜剧》等，均具有撼动人心的艺术感染力。特别是梅娘创作的一系列都市社会风情小说，尤为读者热切欢迎。1942 年，北平马德增书店和上海宇宙风书店，联合发起"读者最喜爱的女作家"调查活动，结果上海张爱玲与北平的梅娘双双得选，形成中国现代文坛上"南玲北梅"之说。但是梅娘的文学生涯，从 1936 年算起，只有 10 余年的辉煌岁月，便被坎坷的政治生活所湮沉，直到 1979 年复出文坛，已经是年近 60 岁的老人了。

梅娘焕发出文学的青春，她的早期作品又重新受到读者的欢迎，几近绝尘之作，也陆续再版问世，1988 年梁山丁编"东北沦陷时期文学作品选·女作家卷"《长夜萤火》收入她的《蚌》等 5 篇小说，《1937—1949 中国新文学大系》（小说卷）收入她的《黄昏之献》，《中国现代文学补遗丛书》（小说卷）收入她的中篇《蟹》及一些短篇小说，还有一些报刊也选载了她的小说。海天出版社在 1992 年以《南玲北梅》为书名，合出了梅娘、张爱玲的小说选，收入她未完篇的小说《夜合花开》等，至此几乎热潮又起。

自相识梅娘以来，书信往还，我多次请教东北沦陷时期和华北文坛的故事，承先生不弃详尽作答，并不断寄来她在香港发表的散文新作，几年来受益匪浅。如今倏然得知去国的消息，很有"莫把他乡作故乡"之念，可是我知道女儿柳青是她唯一的亲人（她在港报发表文章常署名柳青娘），暮年相依也算是"叶落归根"吧？我只有祝愿天降好运于梅娘先生了！

戈禾与《大凌河》

东北沦陷区作家戈禾（张我权）的短篇小说集《大凌河》出版于1940年，共收入9篇作品，即为《隄》《夜潮》《残蚀的高粱》《废井》《枣岭之春》《三迁》《金买虎》《杏花村》《大凌河》，后一篇稍长一些，似应为中篇小说。戈禾是当年的乡土文学作家，书中的9篇小说就有6篇为农村题材。

山丁先生所做的序言，对戈禾小说创作的艺术特征，说得中肯而精辟。全文字数不多且又资料难得，现引录于下：

读戈禾的小说，能使我们嗅到强烈的土巴味，在满洲有他这样描写能力的作家是很多，但能像他那样文如其人的却很少。

熟识他的朋友，全知道他是个从乡下走出来的人，是个生活经验很深刻的人，是个被生活压扁了的、也可以说是能征服生活的人。

他的为人圆通而缺乏冷酷，他的文章也熟练而缺乏棱角，他常在谈话中发挥他的幽默技巧，他的文章也处处显露着讽刺的才能，收在这文集中几篇小说，便是很好的实证。

我一向不大喜欢那般"手势的言语"的小说，而对于充满了乡土色香的作品，却执拗地偏爱！我想，一个作家，在他底时与时地不能提出好底货色，并非作家本身的罪过，倘使堕落的走入邪道，才是可痛可怜的事。

戈禾倒是无言的文学的卫士，他从文十年，一向是走着文学的本道，近来虽不常为文，而卫道的精神并未稍减，我颇爱着他这种高尚的精神。他也并非没有他的弱点，他还缺少文学者的殉道的决心。

如果能克服所有的弱点，努力写去，戈禾的文学修业是有着丰富的明日。我以友人的热情愿他以此文集为修业的基石，更新地开拓着文学的本道，未来文坛的开花结实是可以预卜的。

对于戈禾创作的小说，山丁先生的序言可说是非常精确的评断，不仅仅是文字的外在装饰，充溢着泥土气息，就是反映的生活内容，也深含对农民悲苦命运的同情。《杏花村》和《大凌河》都描写了地主豪绅对农民残酷的压榨。本来是安善的地户，被欺凌得不得不背井离乡，最终还含恨而亡。这些细微的描写虽然笔触平易，读后自会感到作者的无言愤怒。

正像山丁先生所评价的，《大凌河》作者是来自农村的人，他的笔下描绘的正是身边发生的乡间故事，运笔写来既异常真实，又保持了农村的泥土芬芳与醇香。尤其表现在小说的语言上，传达出自然形态的清鲜，同时又有艺术上的凝练，颇受读者的推崇。遗憾的是写得不多，小说创作唯此一部而已。

东北沦陷时期，戈禾在"满映"任编剧，写过的几部电影剧本皆已拍摄，如《时来运转》《有朋自远方来》《花和尚鲁智深》，不过署名却是他的真名：张我权。这几部电影剧作无积极的思想意义可言，除采自《水浒传》的历史题材，描写现实生活的也只是对人生的感叹与调侃。公允地说来，在东北沦陷区的特定历史条件下，戈禾敢于面对农村生活，大胆地予以揭露那些阴暗面，不去粉饰"王道乐土"，是应该得到肯定的。

哀　田　琳

突然接到友人电话，说是著名女作家田琳逝世了，心情顿时沉重起来。

我同田琳虽然有过书信往来，1990年秋天在长春还匆匆见过一面，又曾趋前致意；但由于她久已失聪，就未见得能知道我是谁；既谈不到是朋友关系，也说不上是熟人。严格说来，她应该是我的师辈，少年时代正是她和东北沦陷时期一些进步作家，包括山丁、梅娘、秋萤、疑迟等，使我受到文学的启蒙教育，并且逐渐走上半生忧患的文学道路。受益良深，终生难忘，所以说这也是一种特殊的情缘，骤闻仙逝不免凄然。

田琳在20世纪40年代初以笔名"但娣"发表过许多作品，主要是小说和散文，都写得气息清新、文笔逸秀，短篇小说《风》《售血者》《砍柴妇》《呼玛河之夜》《安荻和马华》（中篇），散文《樱花时节》，等等，后来结成小说和散文的创作集《安荻和马华》，由当时作家金音主持的五星书林出版。她的作品无论是小说还是散文，内容都是反映下层群众的苦难与不幸的。《安荻和马华》里的主人公——一对在苦难中挣扎的夫妇的生活惨状，描写得令读者哀哀欲泣。这部小说我少时读过，自然对作家及作品，均非常崇敬并且印象深刻。1947年刚开春，我们在兴山的东北电影制片厂，拍电影纪录片《民主东北》第二辑，休息时在大厅墙壁报上看到署名田琳的文章，题目好像是《从一颗图钉谈起》，内容似乎是关于增产节约的。只见一页页绿格的稿纸上，一行行娟秀的小字，文笔相当洗练。据周正悄悄告诉我，此文作者就是但娣，心头不禁惊喜与惊奇交加，可惜未能当时谋面。这之后的数年，听说她已调至黑龙江省文联从事专业创作。

我真正同田琳有书信交往是1983年以后。因为写过几篇关于东北沦陷时期文学的文章，还想就某些问题寻根究底，就向她致书求教。田琳很快复信，热情地一一作答。书来信往加深了了解，得知田琳的一生，政治与生活都是不幸的。她1916年生于黑龙江省汤原县，1937年到日本奈良女子大学读书。1942年归国后在开原女高教书，旋即因反满抗日被捕入狱。1945年参加革命工作，也许是"文章憎命达"的缘故吧，此后的政治处境和个人命运都很不幸。青年时代的婚变，中年时的丧夫，老年时的孤寂无依，再加上"十年动乱"蒙冤入狱。这坎坷的生涯，不能不危害她的心灵，减损她本应是旺盛的创作力。

近几年的田琳倒有些否极泰来。据说她远涉杭州重结喜缘，她早期的作品也日渐被看重。《长夜萤火——东北沦陷时期作品选》收入她的5篇小说；《1937—1945中国新文学大系》（小说卷）选进她的《安荻和马华》；《中国现代文学补遗丛书》（散文卷）也选入她多篇散文。应该说田琳的老境甚佳，足慰平生矣；可是她在此际谢别人世，不能不令人哀之何其匆匆了。

成弦：被遗忘的诗人

　　东北沦陷后的文坛，小说创作似乎盛于诗歌，小说家自然就多于诗人。在为数不多的诗人中，我们首先记得成弦（成雪竹），有《青色诗抄》《焚桐集》行世。其次就是冷歌（李文湘）出版过诗集《船厂》，外文（单庚生）有《十年诗抄》，杜白雨（王度、李民）有《樱园》，流亡关内的徐放印行过诗集《南城草》，以及金音（马骢弟）出版过诗集《塞外梦》《人格的塑像》，韦长明（李正中）也有诗集《七月》《春天一株草》问世。还有虽然出版过诗集，像山丁（梁孟庚）的《季季草》，小松（赵孟原）的《木筏》，但诗名为小说家盛名所掩而不彰。但在东北沦陷时期的诗坛，诗歌创作具有较高艺术成就者，还是成弦的《焚桐集》，可惜的是这位诗人几乎被遗忘了。

　　成弦的《焚桐集》出版于 1944 年 11 月，由新京大地图书公司发行，印数 3000 册，这在当年可谓相当不少了。《焚桐集》出版于诗人第一部诗集《青色诗抄》问世 6 年之后，而这 6 年在诗人笔下，仅得长、短诗 26 首，既看得出诗人创作态度的严谨，也衬托出诗人的别有情怀。《焚桐集》中的诗分两辑，第一辑的 10 首诗是由《青色诗抄》里精选的；第二辑的 26 首则系新作。因此，如果说《焚桐集》就是诗人成弦诗作的自选集，那么这遴选标准是相当严格的。成弦在《焚桐集》后记中曾说："……一挥而就的高才，将为我永生之憾了。便是灵感所至，诗笔不可遏止之际，我也从未摇笔可得。一字的安排，常使我坐卧不宁地推敲数日；一句的不适，常使我放弃了粗成的大体；力所不及的好题材，竟有苦思经年才得完成的事实。这般过分地雕琢也使我非常苦恼，我为什么不能粗枝大叶地兼得葱茏之势呢？我为什么频成斧钺的戕害着真情的血肉呢？……"

成弦写诗，很注重语言和意境，可以说是位技巧派诗人。从他的许多诗篇中，更能够看出他所接受的诗歌艺术影响，诸如中国传统的诗词，"五四"以来的徐志摩、闻一多，乃至于卞之琳，在这方面表现得极为明显。《焚桐集》中有首《旅愁》，现将全诗抄录于下：

你说你客燕十载了

你说今朝的天色

让你想起来江南

你说你想家了

你想家了，我能说什么呢

我也正仰首望天

呵，如今又是黄昏了

这苍茫的暮霭

我是有点眷恋

我明天就要走了

我明天就要走了

可怜这一句话

我却说不出来

我说不出来

怎能告诉你呢

这倒不是一个隐秘

我们再蹓蹓吧

你看，好一天锦绣云霞

长安街风景如画

虽然你是走腻了

我今天却觉得它

古旧而新鲜

呵，夕阳如梦如烟

话不尽兴亡恩怨

残光正泣血

洒在龙钟的朱颜

我什么也不想

我什么也不想

听御沟的流水潺潺

蹒跚的来自深锁的宫苑

白发的宫女都老死了

你也没有悲哀，也不疲倦

天地自悠悠

你也永张着昏花的老眼

你看行云，看过客

看盛世之銮舆

乱世之烽火

你看日月之长明

也看我这一瞬之行踪

可是我明天就要走了

唉，就是明天

　　山海关外草才黄

　　山海关外草才黄

我们再蹓蹓吧

且到稷园的红灯下

看一回新放的牡丹

　　诗白如话，话白成诗，语言毫无雕琢粉饰，行云流水自然浑成，无言的哀怨，深重的凄楚，是诗人成弦的感情寄托吧？

　　诗人成弦生活的年代，他两部诗集出版的前后，正是日本军国主义侵略中国东北的时候，他的诗没有片言只语，去点缀升平与歌颂"王道乐土"。我们只要略加注意《焚桐集》中的诗题，便会看到《晚秋》《招魂》《无眠夜》《答客问》《黄昏》《等待》《哭灵非》《忆旧游》《墓前思》《访旧》《送葬行》《肺病院》等等，满纸灰暗的色彩，字里行间充满对梦境的追寻。读成弦这些诗，很容易让人想到李后主的词——忧思故国的哀音。成弦几首很短的小诗，如《晚秋》：

昨天买的蝈蝈今天就死了

空剩下寂寞的小草笼

无可如何的

无可如何的在屋檐摇荡

日头也要落了

唉，日头也要落了

西风吹抖了满院的夕阳

这种无可如何的心境，一声"唉"的悲叹，不能不说是寄寓了诗人的心曲，所以在他的诗中多处可见"我欲梦中寻故旧 / 可怜今宵酒也太淡"，或者是"还问什么年来心事 / 我去长街沽酒"。这些都不能看作诗人生活上的颓唐，正是"欲知亡国恨多少，且听杜鹃泣血声"，表露了他痛心家国沦亡的愁绪。因此说，成弦的诗，不仅语言上清丽圆熟，思想上也富有蕴含，哀怨是不失民族之心的抗争，表达了对敌伪统治的愤懑。

1949 年以后，成弦一直没有离开故土沈阳，在中共东北局文化部与《戏曲新报》，从事"推陈出新"的戏曲研究工作。他已经改用"成骏"的名字，从此再也没见写诗，整理过传统京剧《挑滑车》。经过数十年一言难尽的苦涩岁月，他"改弦"而用"成玄"之名，出版了一部长篇历史小说《张作霖演义》（春风文艺出版社 1984 年出版）。此书落笔不凡，一经面市便洛阳纸贵，前后两版就印行 54 万册。小说是章回演义体，共 27 回，从荒村出世到皇姑屯被炸，概括了张作霖这位枭雄的一生。成弦少年时有机缘进过大帅府，亲自接触过张家父子，具有亲见亲知为他人所不及的优势，兼采野史，广泛搜集资料，再进行虚实双备的艺术处理，所以比较成功地塑造出张作霖血肉丰满的形象，也栩栩如生地刻画了同时代传奇人物冯德麟、郭松龄等，成为一部将历史真实与艺术真实结合得较为完美的作品。成弦虽然很自谦，在书前题诗《西江月》中说："……助谈茶余酒后，试写野史稗官。评说功罪吾岂敢，历史明镜高悬。"到目前为止，在同类题材作品中，《张作霖演义》仍然不失为最优秀的。

成弦先生已经作古多年，他的诗歌创作精粹《焚桐集》，逐渐鲜为人知，甚至被遗忘了。近年对东北沦陷区文学的研究，只见到皎菲（杨絮）一篇回忆文章，连《东北现代文学史》里，也没有提及片言只语。这不应有的冷寂现象，需要有所改变了。欣闻张毓茂主编的《东北现代文学大系》即将出版，希望在诗歌卷中，对于成弦的诗歌能予以充分重视。

春秋笔写张作霖

　　成玄的遗著《张作霖演义》是一部 30 万字的历史小说，由沈阳春风文艺出版社印行 50 余万册，已经是"洛阳纸贵"的畅销书了。从民国以来，关于张作霖的野史、笔记不在少数，这些年来有关张作霖的小说传奇，或者曰传奇小说，也有近十种之多。但是比较而言，都有些"小巫见大巫"，更显出《张作霖演义》是此类作品之冠。所谓历史小说，实质就是继承我国传统讲史、演义形式，敷表新的内容，艺术风格更加民族化、大众化，自然就会得到广大读者的欢迎。

　　历史小说既是历史，又是小说，这就需要既特别注重历史的真实，又要加以合理的虚构和夸张；分寸更应适度，不增之一分，也不减之一寸。对于张作霖这个妇孺皆知的一代枭雄，怎样在艺术上准确地表现，似乎更难一些。作者成玄以他的春秋史笔，在广泛搜集史料的基础上，又杂以民间传说，不仅生动地描绘出张作霖的形象，也穿插地写出冯德麟、郭松龄以及吴俊升（吴大舌头）、张景惠、汤玉麟（汤二虎）等绿林豪雄的群像。由于作者运用的资料准确，表现面较为广阔，所以这本书很有史料价值，可以说是一部东北近代风云录。

《张作霖演义》由张作霖 1875 年在海城县西小洼屯出生写起，写他从一个闯荡江湖的土匪头子，受招安当了营官，渐而成了奉天督军和东北巡阅使的封疆大吏，又穷兵黩武扩充自己的实力，两次发动直奉大战，最后登上了陆海军大元帅的宝座。其中既写了他和其他军阀之间的勾心斗角，也写了他与日本军阀方面的勾结，最终被炸死于皇姑屯，结束了"乱世枭雄"的一生。小说还描写了张作霖的某些生活侧面，如对盟兄杜立三的叛卖，对冯德麟的排轧，以及强娶谷幽兰的丑剧，并与五太太婚媾的经过，生动、细微地刻画了张作霖的精神境界。

《张作霖演义》文笔多姿、沉郁凝练，回目对仗工稳。第一回的西江月，第二十七回作结的"歌"都写得铿然可颂。摘录一段以飨读者：

铁臂山，浑河水，山环水绕郁郁苍苍。当年卜地起佳城，犹说可期霸业长。元帅陵阙半未成，风云变色仓皇。强敌压城将军走，铁蹄踏处国土亡……吁嗟乎，荒坟何处是？西风下落叶，衰草抖夕阳。扰攘枭雄终尘土，历史无情亦寻常。

歌坛文苑说杨絮

大约是 1988 年，我正在省内某通俗文学月刊编辑部工作，一位年约七旬的老太太来访，她满头银发，精神怡然，微胖的脸上洋溢着笑容。我不禁有些疑惑：究竟是哪一位呢？只听到一句声音清脆，显得非常年轻的自我介绍："我是杨絮啊！"顿时缩短了我们之间的距离。杨絮是我心仪有年、东北沦陷时期卓有影响的女作家，同时还是当年著名的女歌手，歌坛文苑皆有所成。杨絮女士道明来意，说我在《东北沦陷区文学侧影》文章中曾经提到她，所以从沈阳来长春顺路探望。

杨絮原名杨宪文，1918 年 5 月生于辽宁省沈阳市，回族人。1938 年在沈阳大东关坤光女子高级中学毕业，同年她因为反抗父母的包办婚姻，孤身逃到长春，开始了职业女性的生活。她先后当过银行职员、杂志社编辑、歌手等。她有一副先天的好嗓子，唱的主要是当年的流行歌曲，还曾经去朝鲜演唱。杨絮还做过话剧演员，在"新京"文艺话剧团扮演过曹禺话剧《日出》中的陈白露。她的话剧艺术生涯，在她后来出版的散文集《落英集》里，有专文《我与话剧》述及她和话剧的 8 年情缘。而最使她心痴神醉的还是文学，她热衷于散文、诗歌的写作。

杨絮从 1934 年起，陆续在沈阳的《盛京时报》《晶画报》《新青年》《沈阳民报》等诸多报刊，发表散文、诗歌等作品，后期偶尔也写小说，曾用过"杨絮"的笔名，还用过"皎菲""阿皎"。1943 年精选散文 38 篇、诗 10 首结集编成《落英集》，由开明图书公司出版。1944 年由满洲杂志社出版散文、小说的合集《我的日记》，内收散文《异地书》《流浪者的心》《老妈子日记》《怀念》，小说《落花时节》《相逢心依旧》《公开的罪状》《海滨讯》《我的日记》。此外还有作者的《自序》附于书前，书后还有尚秋荷的《记杨絮小姐——〈异地书〉读后》。由于书中流露出不满现实的情绪，此书出版即被日伪检查机关扣压，直到 1945 年才正式面世。除这两部书外，满洲杂志社曾出版过她编译的阿拉伯童话集《天方夜谭新编》（《一千零一夜》）。

杨絮的散文表现出深重的个人感情色彩，散发着浓郁的抒情气息。虽然是反映自己的心灵世界、生活中的不幸与哀伤，恰如她一篇散文的题目《夜行者的哀吟》，但是也抒写了人生世路的彷徨、坎坷，暗夜中对晨曦的期冀。这在许多篇章里如《憧憬的归来》《寂寞的声音》《梦见了亡兄》，等等，作者的"微言"隐约可见。就是某些篇章对景色风物的描述，也暗喻着山河变色的苦痛，像《忆昭陵》《秋晨》《流浪者的心》等无不如此。杨絮的文笔优美，在散文写作中得到完美的体现，同时非常泼辣大胆、直陈心底的秘密。她的《异地书》无畏地袒露她同诗人成弦（成雪竹，即文中的笠）的一段恋情，这不幸的没有结局的爱，无妨看作杨絮的心灵倾诉，实际上是对社会的控诉。而于小说的艺术成就，也是情景交融潇洒传神，与散文有异曲同工之妙。

杨絮盼来了祖国的光复，也迎接了东北的解放。1951年从长春回到沈阳，一直在新华印刷厂做文化教员。对于"文化大革命"十年的遭遇，她避而未谈，我也不想触及她的这些伤痕。杨絮说她在寻觅《落英集》和《我的日记》，表示要重新审视自己的过去。在这次晤谈的数年之后，我们第二次相见，那是1991年秋在长春召开的"东北沦陷区文学国际学术讨论会"。杨絮女士一见面就告诉我，《落英集》已经找到，只是《我的日记》尚无讯息，言下不胜感慨。后来我在东北师范大学教授吕元明先生处，借来《落英集》的复印本，看见杨絮在原书上题写的几句话：

> 难相见，今日又重圆。
>
> 你飘零四十余载，是好心的故乡人
>
> 又把你送到我的身边。
>
> 你历尽千山万水，
>
> 岁月在你脸上刻下了印痕，
>
> 你默无一言，
>
> 望着我这灌溉过你的园丁。
>
> 似曾相识吗？
>
> 你这褪了色的花朵。
>
> 说什么逝者如烟，
>
> 说什么年华似水，
>
> 苦乐辛酸皆枉然。

且看今朝的景色呵，

晚霞映苍翠，高歌耸云端。

充分表露了杨絮女士内心的衷曲。在后来陆续出版的《东北现代文学大系》《中国沦陷区文学大系》的散文卷，都收入杨絮的一些散文作品。近年我终于搜求到杨絮的《我的日记》一书，并且复印下来，多想寄送一册给书梦未圆的作者；可是她已于2004年仙逝，留下难言的遗憾了！

韦长明与朱媞

在东北沦陷期间，曾经活跃于长春文坛的夫妇作家，为数不少且均有较高的文学成就。仅我所知就有：吴郎（季守仁）与吴瑛（吴玉英），山丁（梁孟庚）与左蒂（罗麦，原名左希贤），柳龙光与梅娘（孙嘉瑞）。

这其中除梅娘先生健在，已经 85 岁高龄，在北京颐养天年，余皆先后辞谢人世。时至今天，当年的东北沦陷区老作家，也只剩陈隄（哈尔滨）、杜白雨（原名王度，现名李民，居长春）。而硕果仅存的夫妻作家，就是曾经由长春走上文坛的韦长明（李正中）和夫人朱媞（张杏娟），现居沈阳。

韦长明 1921 年生于吉林省伊通县，1941 年毕业于吉林省法政大学。学生时代就发表诗歌、散文、小说，分别署名韦长明、常春藤、柯炬，陆续出版了中篇小说《乡怀》，诗集《七月》，短篇小说集《笋》，诗集《春天一株草》等。光复后一度在长春主编文学杂志《东北文学》，并且选编出版短篇小说集《炉火》（收入韦长明《炉火》、石莹《记忆草》、方华《小巷里春天》、淖沙《文敏》、金贝《尼塞河之梦》、张志远《黄昏之歌》、姜山《女儿的影子》、郊野《羊牧场》、秦怀《张开了的鹏翼》、金婴《紫丁香》共10篇），从编著人韦长明写于1945年8月20日的后记中得知，此书在光复前已经编好，但出版时已是"八一五"之后了。

韦长明虽然是小说、散文、诗歌等诸多形式均所精擅，但是在文坛影响最大的，还是他笔下的诗歌。诗集《七月》是他的处女作，也是成名作与代表作。在这部诗集的诸多篇章里，表现出作者追求人间正义、憧憬光明的愿望，在《七月》的出版后记中，隐约地道出心底的声音："……什么时候，我能够远离了我抑郁的思绪，向太阳底下放纵全盘的欢乐，忘掉了昨日，忘掉了那许多无用的心念，拥抱那毫无疑虑、毫无畏惧、挺然而至的幸福呢？……"而《霜花》这首诗，在国破家亡之际，更是感时伤怀有所寄寓：

> 我和你是小小的
>
> 凝在人家窗板上的霜花
>
> 从开始了小小的生命
>
> 小小的心里充溢了恐怖
>
> 你说咱们要融化
>
> 要为人一嘘就融化
>
> ……

这首诗写在日伪统治的特殊年月里，明眼的读者当会有所意会，进一步理解诗人的本意所在吧！

韦长明夫人朱媞，1923 年出生在北京，幼年迁居吉林市，毕业于吉林女子中学，后以小学教师为业。学生时期就开始练笔，先后发表了短篇小说《大黑龙江的忧郁》《小银子和她的家族》，内容关注底层人民苦难的生活，揭示社会上不平等的现象，受到读者赞许。1945 年由国民株式会社出版了她的小说、散文合集《樱》（收入小说《大黑龙江的忧郁》《梦与青春》《生命的喜悦》《邻组小景》《我和我的孩子们》《远天的流星》《小银子和她的家族》，以及散文《雁》《荡》《樱》）。书的扉页有作者照片，还有题为《自己的歌吟，自己的感情》的几行诗：

> 我不过是大地涯涘的一条小河
>
> 我不过是榛莽丛中的一棵小草
>
> 一任潺湲地流和寂寞地生长
>
> 没有谁知道也不必谁知道
>
> 只要永远涸竭不了河床
>
> 只要绿色的叶子上还留有一点点芳香

如此的歌吟，如此的感情，是朱媞对人生对文学的心灵之音；尽管有些苦涩，涂抹一层灰暗的色彩，却像涓涓的细流，流泻在自己的作品之中。《樱》一书的出版，正是日本侵略者灭亡的前夕，也是东北沦陷区文坛最后一部文学作品。

岁月悠悠几十载，韦长明、朱媞后来从长春迁居沈阳，各自都有不同的辛酸遭际，作为当年历史的见证人、东北沦陷区长春文坛的参与者，他们活到"望九"之年是多么的不易！令人高兴的是这两位"硕果仅存"的夫妻作家，现在都是耳聪目明不见老态。特别是李正中（韦长明）先生，近年精研书法，作品还常拿去国外展览，并且享誉西欧。多么希望韦长明、朱媞夫妇健康永寿，为东北沦陷区文学史料的钩沉，做出新的贡献！

东北沦陷区夫妇作家

东北现代文学发展进程中，曾经有过一个特殊而有趣的现象——许多夫妇作家联袂写作。如20世纪30年代初期，活跃于哈尔滨文坛的萧军、萧红夫妇，罗烽、刘莉（白朗）夫妇。后来这两对作家夫妇双双远走上海，参加大后方的抗战活动，东北沦陷区仍然有着几对作家夫妇，仅我所知就有：

山丁（梁孟庚）与左蒂（左希贤）

吴郎（季守仁）与吴瑛（吴玉英）

柳龙光与梅娘（孙嘉瑞）

韦长明（李正中）与朱媞（张杏娟）

山丁先生是沦陷时期有民族意识的进步作家，先后出版短篇小说集《山风》《乡愁》，散文集《东边道纪行》，长篇小说《绿色的谷》等，尤其《绿色的谷》是一部史诗性的作品，描写狼沟一带农民对土地执着的爱，含蓄地反映出保卫家乡，与土地共存亡的精神。1943年前后，为躲避日伪搜捕，山丁只身逃到华北后与作家袁犀一道奔赴解放区，迎来祖国大地的黎明。1949

年后在编辑岗位上，为扶植文学新人奋发地工作，遗憾的是竟被"莫须有"罪名，冤屈20余载，夫人左蒂（1949年后改名罗麦）迫于压力，与山丁先生离婚后不久郁郁逝世。左蒂是位有才能的女作家，沦陷期间写有小说《柳琦》《没有光的星》等多篇，同情下层人民的苦难，还编有《女作家创作选》，首篇即是萧红的《镀金的学说》，可见用心之良苦。山丁先生1978年后开始其第二个文学的春天，奔走呼号为沦陷区进步文学正名，编印《东北沦陷区作品选》，先后出版《烛心集》（男作家小说选），《长夜萤火》（女作家小说选），《萧军纪念集》等多种，1987年逝世。

吴郎、吴瑛夫妇均为沦陷区重要作家。吴郎（当时用名季守仁）长期主持《新满洲》的编务工作，在原编辑长王光烈告老之后，继任《新满洲》编辑长，但他是"身陷曹营心在汉"的"面从腹背"者，写有大量文艺评论以及诗文，没有媚日言辞。根据美籍华人葛浩文在台湾查到一份伪满警察厅特秘文件所载，吴郎的诗歌《千里食客》和散文《绿荫随想》均被"检举"，并且分析认为，"文章描写了满洲事变当时流亡到华北人们的痛苦生活和作者对它的悲愤心情，用以表现对现实社会的反抗"。吴瑛是当时著名女作家，1939年短篇小说集《两极》由益智书店出版，备受读者欢迎。之后陆续发表中篇小说《缰花》《墟园》，短篇小说《坠》《欲》《翠红》《秋天的故事》《六月的蛆》等。吴瑛文笔泼辣、叙事生动，直陈人间疾苦。沦陷后期离开东北去北平，吴郎情况不详；吴瑛1949年后曾在南京建业区文化馆工作，1961年因病逝世，终年47岁。

　　柳龙光在东北的时间不长，他和梅娘从日本归来结婚后，在长春（当时的"新京"）停留一个较短时期便共同去了北平。柳龙光是文艺批评家，写过许多文学论文，还参与《中国文艺》《华文大阪每日》的编辑，扶植培养了众多青年作者，并且参加了刘仁同志领导的党的地下组织，1948年去台湾做统战工作，因海上沉船而牺牲。梅娘的小说创作艺术成就很高，先后出版有《小姐集》《第二代》《鱼》《蚌》《蟹》等多部单行本，20世纪40年代中期曾被读者评为"最喜爱的女作家"，同张爱玲并驾齐驱，有"南玲北梅"之誉。20世纪60年代以来虽屡遭坎坷，今天朗然健在，已经85岁了。

　　韦长明、朱媞夫妇于1943年前后活跃于东北沦陷区文坛，出现得比较晚。韦长明是李正中写诗时所用的笔名，写散文、小说则用名柯炬。1943年出版中篇小说《怀乡》、诗集《七月》，1945年出版短篇小说集《笋》、诗集《春天一棵草》。似乎他的诗歌更为读者所熟悉，依稀记得我少年时代读过他的一首诗，题目已经忘记，大意是说：我们都是栖息别人窗上的霜花，日头一出便把我们照化。"日头"一词耐人寻味，忧国之情跃然纸上。夫人朱媞（张杏娟）1943年发表第一篇小说《大黑龙江的忧郁》，继写《小银子和她的家族》《渡渤海》，曾被日伪检查机关撤销与撕页。1945年结集短篇小说多篇，用书名《樱》在长春出版，这是东北沦陷区公开出版的最后一部文学作品。韦长明、朱媞夫妇都已80多岁的高龄，正享受着"夕阳无限好"的温馨暖照。

我们提到的上述夫妇作家，都在日伪面前迂回曲折地表达出自己的愤慨，正如已故东北沦陷区女作家但娣所说："我扬起那一盏盏萤灯，飞的灯把黑夜划破，使这漫长黑夜发出璀璨的光……"

东北沦陷区"日系"作家

东北沦陷区在日伪统治的十数年中，涌现出许多作家与作品，所谓"盛世有文学，衰世也有文学"，自然免不了形形色色，庄严与无耻并存。由于特殊情况，出现了一种特殊现象，就是"日系"作家。这些人与访问作家不同，他们在"五族共和"的招牌下，也拥有"满洲"国籍，而访问作家在伪满初期，都先后来观光，旋即归国。

与此不同的是，在东北沦陷时期曾经较长时间居留沦陷区，但又返回了日本，这样的作家，其中较为著名的有菊池宽，以及为日本侵华战争鼓吹的火野苇平。菊池宽是日本"新思潮派"代表作家，同时也是著名剧作家，他的传世长篇小说《珍珠夫人》《新珠》《第二次接吻》《结婚二重奏》，尤其是短篇小说《贞操问答》引发了关于道德伦理的思考，震撼了众多读者的心弦。而在中国读者中影响广泛的，是他写于1916年5月的独幕剧《父归》，此剧于我国"五四"前后，专业与业余话剧团都曾经上演。田汉先生领导的"南国社"，把它当成保留剧目。东北沦陷后的长春（新京）大同剧团、哈尔滨的哈尔滨剧团，都演出过。

至于说到"日系"作家，也就是具有日、伪满双重国籍的作家，在东北沦陷区人数众多。仅在"满映"从事编剧者，就不在少数。而当时日伪倡导的"国策电影"，许多此类标本之作，大多出于"日系"作家手笔。像美化伪满国军的《壮志烛天》（坪井与编剧）、歌颂伪满警察的《大陆长虹》（重周松编剧），还有牛岛春子编剧的《王属官》、中村能行编剧的《烟鬼》，等等，皆为美化"王道乐土"，粉饰"日、满一德一心"的"国策"影片。我们着重介绍的"日系"作家，有山田清三郎、牛岛春子与大内隆雄。先说山田清三郎，他在伪满中期来到东北沦陷区，参与"日满文化协和"的领导工作，直到"八一五"前夕。他曾为日本共产党员，后来"转向"。什么叫"转向"呢？说明白些就是日共的叛徒。他推出的第一本书就是臭名昭著的《满洲建国列传》（第一部）。此书与穆儒丐《福昭创业记》同出一辙，都是为日本的侵略寻根觅迹，为"大东亚圣战"辩白。日本战败后山田清三郎情况不详。

与山田清三郎有相同思想倾向的，是"日系"女作家牛岛春子。牛岛春子于大正二年（1913）二月，生于日本福冈县久留米市。伪康德十二年（1945）十一月，随丈夫牛岛晴男来到中国东北，先后居留在奉天（沈阳）和拜泉县。后来迁至"新京"，直到日本战败。她的处女作《王属官》（原为三幕十场话剧）在伪康德五年（1938）获第一回"建国纪念征文"文艺奖，并由刘贵德译成中文，满洲图书株式会社收入"东方国民文库16编"出版，很快由牛岛春子改编成同名电影剧本，"满映"拍摄成影片。《王属官》的内容同其后发表在《新满》上的短篇小说《祝廉天》中的人物，都殊途同归地刻画出中国人的败类——汉奸的丑恶奴才嘴脸。如果说"日系作家"可以分为两个类型，那么山田清三郎和牛岛春子的作品，就是属于不折不扣的文化侵略，起到精神鸦片的作用。

倘若说在"日系"作家里，也有稍具良知者，那么大内隆雄就该属于这一类型。大内隆雄来中国东北较早，一直做文化交流方面的工作。他是汉学家，笔译水平略高于口译，他译过东北沦陷时期出版的很多小说，像山丁的《绿色的谷》、古丁的《平沙》、爵青的《欧阳家的人们》等一些有影响的作品，都用他信达的文笔转述出来。他同很多中国文人有交往，已故的山丁先生在生前对我讲过，大内隆雄译《绿色的谷》时，于字里行间发现有悖"王道乐土"内涵的，他都做了文字变通，把意思改得似是而非。

上述三个"日系作家"中，山田清三郎、牛岛春子的创作实属为虎作伥的文化侵略，而大内隆雄表现的则是良知未泯。

"白俄"作家拜阔夫

东北沦陷时期，日伪推行"王道乐土"，提倡"五族协和"，即所谓"满系""日系"，还有时称"蒙疆"的内蒙古，以及号称"间岛省"（延边）的"鲜系"，等等。逃亡哈尔滨的俄国贵族，属于"五族协和"之外，就直呼其为"白俄"，拜阔夫即为"白俄"作家。拜阔夫居留哈尔滨时间较久，这中间创作也颇高产，而其生平活动诡秘，经历扑朔迷离，具有浓厚的传奇色彩。

拜阔夫 1872 年生于基辅市，毕业于彼得堡第一古典中学，旋即考入齐夫利斯军官学校，自该校毕业后至 1900 年，一直在第十六明哥莱尔联队服务，后又加入阿穆尔军管区国境警备队。1914 年至 1917 年，因参加第一次世界大战而负伤。俄国大革命时投效白军狄维金麾下。1920 年至 1922 年，旅行非洲及印度等地，1923 年定居于我国的哈尔滨。这之前曾经进入我国东北，探查与搜集动物学、植物学等方面的资料。1923 年被选为哈尔滨博物馆建立委员，并为满洲研究会终身名誉委员。

拜阔夫一生著作等身，虽然有许多是自然科学方面——动物学、植物学——专业性很强的考察，却也不乏文艺作品，主要是长篇小说。从下列书名中，读者自可区分：

书名	出版年月	出版处
《满洲森林》	1915 年	彼得堡
《满洲之虎》	1923 年	哈尔滨
《鹿与猎鹿》	1924 年	哈尔滨
《人生》	1925 年	哈尔滨
《远东熊》	1926 年	哈尔滨
《满洲的狩猎》	1930 年	哈尔滨
《满洲的树海》	1934 年	哈尔滨
《伟大的王》（虎）	1936 年	哈尔滨
《白光》	1937 年	哈尔滨
《呼啸的密林》	1938 年	哈尔滨
《燎火》	1940 年	天津
《牝虎》	1940 年	长春
《我们的伙伴》（儿童文学）	1940 年	哈尔滨
《满洲猎狮手记》	1941 年	哈尔滨
《黑队长》	1943 年	哈尔滨

上面列出的书目，自然不是拜阔夫的全部著作，仅就小说而言就缺少中、短篇小说作品，如在《艺文志》（第一卷·四号）就发现其短篇小说《母亲》（刘郎译），恐非只此一篇吧！

在拜阔夫的小说里，既是成名作又是代表作的，当属长篇小说《牝虎》，1940 年由新京书店刊行。有日本人大内隆雄写的序言，大内是位中国通，能用中文写很流畅的文字，文中极少"协和"用语，我们稍加援引：

　　拜阔夫先生是满洲国的白俄作家。不只是作家，也是一位自然科学学者。他的作品是从满洲的雄大的大自然中产生出来的，作品中常有种种满洲大自然中的动物。《伟大的王》是此种作品之代表者。

　　《牝虎》也有它的独自性。《牝虎》中出现的是像牝虎似的女人。作者描写这女人的笔致很有色彩。此外的人们也都有野性。北满小村落的这样的人们所构成小社会的情况，在这小说里活生生地给描写出来了。

　　现时满洲文学的作家，有满系，有日系，也有几位白俄作家。随着个性，他们写的东西都有它们独特的地方。题材也是很丰富，各有差异。可是，综观他们的作品时，我们可以发现满洲文学的显著的特色，那就是雄大性，是强逼的性格。拜阔夫先生作品的特色也是一样。

　　大内的评价中肯，概括出拜阔夫小说写作的艺术特色，体现出作品艺术风格的雄浑与苍劲。

　　读拜阔夫的小说，常令读者想起美国著名作家杰克·伦敦，还有俄国经典作家屠格涅夫。拜阔夫小说中描写中国东北的沃土，显出无比瑰丽、无比厚重。苏联20世纪五六十年代曾出现一位擅长写狩猎生活的小说家阿拉米列夫，不知是否与此有一脉相承的关系。拜阔夫在中国哈尔滨居留的时间最长，其作品在哈尔滨各书店出版的也最多。他同日伪关系表面上也很亲近，还代表伪满作家参加了1942年11月3日在东京举行的第一次"大东亚文学者大会"。其行为种种，都难免有"俄奸"之嫌了。

可在 1945 年中国东北光复之后，他不但未遭逮捕，还立即到苏联红军驻哈司令部协助工作。那时他已近 70 岁，还佩戴上校肩章，随着苏联红军一起回国。这实在让人有些匪夷所思。所以有人说拜阔夫是间谍，是也非也难于定论，不过是更增添拜阔夫一生的传奇色彩了！

不应被忘记的王则

在东北沦陷时期，王则先生既是有影响的作家，又是著名的电影导演。从文学创作来说，他属于当时两大文学派别之一的"艺文志派"（另一文学派别是"文选派"），并且在《艺文志》的创刊号上发表了中篇小说《烈女传》，后来陆续写出短篇小说《醉》，刊载于 1940 年 4 月 1 日的《满洲经济》。已故东北老作家梁山丁在一篇文章曾经提到"……《我们的文学》上王则的《债》……这些小说都是我记忆中的佳作，可惜，我一直没有查找到……"由于"文化大革命"对图书典籍的毁灭，王则的文学作品也成为雪泥鸿爪，很难寻觅。因此可以说王则先生被遗忘了。偶尔某些回忆文章中提到他，又大多是语焉不详。

但日本的学术界没有放弃对王则的研究，前些年日人山口猛先生撰长文《哀愁的满洲映画》，从"在满洲被虐杀的艺术家"的角度，较为详尽地叙述了王则的一生。他认为"满洲和其他殖民地一样，警察、宪兵等治安组织和抗日组织间的反复斗争一直持续到最后。因此，具有力量优势的统治国家日本，利用关东军和警察组织对反日的人们实行镇压和压制是自然的。王则就是牺牲者之一……"并且认定王则先生是"国民党员"，是耶非耶？我们且从王则的生活经历略作考释。

王则（1916—1944），祖籍山东蓬莱，辽宁营口县东郊侯家油坊人，原名王义孚。经家乡小学、县中学毕业后，1931年考入沈阳商科学校，在众多考生中名列前茅。课余时间酷爱文学，开始有诗、文之作见于报刊。经过毕业、求职、结婚，于1938年考入"满映"演员养成所第二期。不久进入《满映域报》当编辑，旋即被派往日本"东宝映画"学习导演，开始了他从事电影编剧的艺术生涯。同时涉猎小说创作，此时发表的《烈女传》当为他的处女作，也是成名作。此时同"满映"女演员张敏同居，并生子"大宝"。据当时《满映画报》称"这是王则与张敏的爱情结晶"。如果王则先生是位毫无民族气节的人，也许会安于现状、随波逐流，甚至如同当年附逆的无耻文人曾今可那样"国家事管它娘，打打麻将"了。

当然，王则先生没有这么做。作为一个中国人，他要"于无声处听惊雷"地进行反日伪的斗争。所以日本人山口猛在他写的文章中，有如下的看法："王则加入'满映'的前一年刚刚爆发了卢沟桥事变，这也是日本军陷入和中国军队泥沼战争的开端。像王则这样的中国人是不会对当时的社会形势漠不关心的。况且王则加入的又是日本国大力支持的'满映'会社，有人认为他别有用心也是很自然的。我们能想象得到的原因，与其说是为了躲避日益警戒的宪兵耳目才加入生活安定的'满映'以求通过电影做点什么，倒不如说是为了人身安全和保持作家品性而选择了'满映'。"

正因为如此，王则先生在"满映"期间，尽管日伪声嘶力竭地叫喊什么"国策电影"（包括所谓娱民、启民电影），而他导演的6部影片，却没有一部来响应这种号召，更多的是反映社会家庭生活，以及沦陷区人民的命运。王则先生从没有过"电影报国"的言论，也从不称自己是"满洲国民"，可是在有些文章里极力渲染自己的灰暗情绪："郑板桥有名句：'难得糊涂'，我一年来糊涂却渐渐的糊涂了，但仍然，不时感到'要糊涂'的哀愁，看起来还不曾糊涂干净，因为不时还有哀愁，还怕哀愁……不愿向观众提供毒素的花好月圆的梦的恋爱，因之，我彷徨，我迷惘，我不知道那一种题材会不违肯自己的艺术良心……"（引自王则《结算和预计》，1941年12月电影画报）这是比较含蓄地意在言外了。与此相映照的是笔锋激烈的抨击，例如《满洲电影的剖视》所言"满洲电影制作者的立场，如同大家庭中的丑女，不仅是赔钱货，而且容貌还叫人可憎……满洲电影的诞生，不但不曾拓宽满洲观众的视野，反而倒把他们拉到迷魂阵中去了"。什么是王则说的"迷魂阵"呢？不言而喻是指"国策电影"；因此王则先生导演的6部影片，内容上都是对其远离、回避，甚至是背道而驰的。他拍摄的6部电影——《大地的儿女》（王则编导）、《酒色财气》（王则编导）、《家》（王则据巴金同名小说改编兼导演）、《满庭芳》（张我权编剧）、《巾帼男儿》（梁孟庚编剧）、《小放牛》（张我权编剧），其中《大地的儿女》《酒色财气》未被通过，公开放映的只有4部。

从上述种种不难看出，王则先生反抗日伪的斗争手段，或明或暗地表现了对敌的反抗精神。此时已引起警特的注意，王则不得不于 1942 年辞职，远走北平到《武德报》暂时栖身。但仍然经常回转"新京"，为了看望妻儿，可能还身负抗敌的使命。1944 年 3 月，王则不幸被警察密捕，出卖他的是"满映"演员徐聪（1949 年后被处决）。据《长春党史》有关长春人民抗日斗争的史料称："王则在严刑审讯下，坚贞不屈，什么也不承认，经过 6 个多月的酷刑折磨身患重病，死在狱中时年 28 岁。"实际王则之死，并非是瘐死，而是被日伪投毒所致。王则先生也不是所说的国民党员，他只是一名爱国者。强烈的民族意识蕴成他由衷的爱国热情，为此甘洒碧血，"我以我血荐轩辕"。有证可查的倒是王则同我党地下组织有联系，因为著名作家柳龙光、梅娘夫妇参加了党的外围组织，王则先生与之关系密切，其参与抗日活动是不言而喻的了。

令人遗憾的是，关于王则先生的许多原始资料，包括著作等现在都已很难查找。好在先生的后人——女儿王波、女婿杨秀森、侄孙王家祥均不遗余力，才寻觅到虽说片片断断，但不失珍贵的资料。深望多方继续努力，以期能促成较为详尽的《王则传》问世，纪念这位伟大的爱国者王则先生。

李季风和《杂感之感》

在东北沦陷区文坛，从事各种文学样式写作的作家众多，如小说、散文、诗歌、戏剧、文艺评论，可说是大有人在。而写杂文的作家则有些稀见，比喻为凤毛麟角并不为过。屈指可数的是季风和古丁两位，但这两位的杂文风格不同。古丁的两本集子《一知半解集》与《谭》，笔触大多指向文人；季风的《杂感之感》却是揭示社会的丑恶现状，弘扬做人的风骨，隐喻含蓄地昭示着民族大义。

季风的杂文集《杂感之感》，1941 年由宋逸民先生主持的益智书店刊行后，便一纸风行读者争相传阅，尤其是在青年中影响很大。作者在《杂感之感》的"代序"中最后谈道："……在今日成为时间的贫乏的现空间，我们决不祈祷（除非是丧心病狂）一个文化人（所谓文化人）一个文化纸（所谓文化纸）的没落和灭亡；而是希望它怎样成为有用以供作精神饥渴的青年的珍贵的食粮。我们就是不愿（毋宁说是不忍）自己在封建势力里兜着圈子，同时也给别人套上笼头。这就是我们之所以要望于一般作家的，要望于一般作品的缘故。"

　　《杂感之感》出版至今已将近 70 年，现已很难见到原书，为略窥此书之风貌，现将全书目录移录如下：首篇《杂感之感》（代序），以下分别是《消闲谈》辑文 25 篇：《闲与忙》《艺术与生活》《公平与真理》《拜金主义》《言与不言》《听了放送话剧》《写给一个失恋的青年》《恋爱与生活》《托尔斯泰与尼采》《答一未面的青年》《怎样作人》《再答一个未面的年轻友人》《真理的牺牲》《写在大同剧团公演〈巡按〉之前》《又答我未面的青年友人》《工作的信心》《信仰什么呢》《灵魂之献》《怎样兴建满洲话剧》《所感》《沉默的人》《又是答一个未面的年轻友人》《人生是什么呢》《一点自白》《谈到本题我说些什么呢》；次为《促膝谈》辑文 9 篇：《前言》《呆子的生活》《我们要忘掉我们自己》《关于批评》《我们的友情》《哲学是什么》《答史介先生》《我们需要真真实实的下照工作》《答乡汉先生》；其三是《消闲随笔》辑文 13 篇：《为什么》《文学一题》《人生最快活的》《幸福与快乐》《人我之间》《剧专的话》《关于剧专》《季节的文学》《怎样写作》《送别一个友人》《一友人之死》《抄几段书》《屠格涅夫的话》；其四是《消闲而已集》只有两篇同题的文字：《也是诗话》《也是诗话》；其五是《关于家庭》辑文 7 篇：《要家作什么》《新家庭的建设》《何以家为》《人生三部曲》《别了一个友人》《为了什么》《怎样缓和"父与子"的冲突》；其六是《生活之书》辑文 6 篇：《生活与书》《真理之辩》《习惯的摆脱》《不以成败论英雄》《有志者事竟成》《灾病中的感情》。

　　《杂感之感》辑录的杂文，都写得精深狂放，有如投枪匕首直入读者心灵深处，虽然不得不隐晦含蓄，但读来依然具有撼人魂魄的力量，就此应该说他是一位热爱祖国的作家，他同日伪巧于周旋，两次被捕又两次逃脱，就充分说明了他的爱国精神。李季风原名李福禹，1917 年生于辽阳的农村。曾经在沈阳一家私人医院当过司药，后来进关在北平流浪，回东北后在长春《民生报》当校对，再入《大同报》任编辑。除《杂感之感》之外，还有长篇小说《昙花一现》在《大同报》副刊连载，长篇小说《夜》在《新满洲》月刊上连载，还写过广播剧《在地下室中》。1941 年因"一二·三〇"事件，遭伪首都警察厅特务逮捕，两次成功越狱的经历使他成为颇具传奇色彩的爱国作家。

李季风是一位国民党地下党员，但是他追求真理、明辨是非，特别是在与共产党地下党员田贲（作家）有较多接触之后，受到影响与感召，内心早已"转向"。祖国光复之后多次提出退出国民党，并要求张宝慈（国民党地下负责人）给予"书面证明"，竟被特务暗杀于沈阳大东关处，年仅 28 岁。李季风为了抗日救国曾经九死一生，最后竟遭到国民党分子暗杀，不禁使人悲痛又深深地惋惜。

一言难尽说古丁

　　古丁是东北沦陷时期有重要影响的作家，同时又是争议最大的作家，争论的焦点集中在古丁究竟是文化汉奸还是进步作家上。问题就这样长期存疑，不能统一。甚至在东北沦陷时期文学的研究中，古丁也很少有人敢于问津。在这种情况下，李春燕女士所编《古丁作品选》(春风文艺出版社，1995年)的出版，就非常及时而又必要，我很同意编者的看法："……古丁是东北沦陷时期文学中成就较大的一位作家，沦陷十四年中有争议，解放之初有争议，现在仍然有争议。但因资料难找，争议者也未必能读到古丁的主要作品。这不能不说是很大的遗憾。不读该作家的作品，就不能具体细微地了解这位作家，就很难对其做出恰如其分的评价。"李春燕女士有鉴于此，力排众议，编选出这部《古丁作品选》。尤为可贵的是此书保存了作品的原貌，不为弥补当年某些思想缺陷，而作今日"削足适履"的文字更动。书中选收古丁的6部作品：杂文集《一知半解集》、散文集《谭》、短篇小说集《奋飞》(含中篇《原野》)、短篇小说集《竹林》、长篇小说《平沙》，如果加上未收的长篇小说《新生》、散文诗集《浮沉》，可以说古丁于沦陷时期创作的文学作品已尽收于此了。

对于一位作家的评价，或者政治定性，离不开他所写的作品，看待古丁先生的是非功过自然也是这样。《古丁作品选》中的小说，共是 3 部集子：短篇小说集《奋飞》，收录短篇小说《吉生》《颓败》《玻璃叶》《变金》《莫里》《皮箱》《小巷》《昼夜》《暗》；中篇小说《原野》；短篇小说集《竹林》只收 5 篇作品：《镜花记》《盘中记》《花园》《竹林》《哈哈镜》（系电影文学剧本），以及长篇小说《平沙》。作家笔下揭示的社会生活面，既有城市也有农村；描写的人物，形形色色：受重利盘剥的农民，风尘卖笑的妓女……一个个悲惨的命运，一个个在死亡线上挣扎的人物，向读者直面扑来。从作品铺展的氛围、刻意营造的背景环境上，都不难看出古丁先生的微言大义，更能意会到他表现的就是日伪统治下的东北农村。《玻璃叶》中蚕农的天灾磨难，《变金》里农民葛福受到的人祸压榨，都发生在日伪宣扬的"王道乐土"上。短篇小说《暗》和中篇小说《原野》，故事有连续性，《暗》中的太平村并不太平，佃农吴小辫子被逼死，妻子也被抢去抵债，村长小尖子、村副杨秧子、粮户钱财神、豪绅张大爷，都是一群欺男霸女的丑类，这就让读者活鲜鲜地看到日伪标榜的是什么样的"共存共荣"了。古丁先生的曲笔还表现于几位知识人士身上，无论是《颓败》中的那几个大学生的剪影，还是《莫里》中莫里的"鸦片哲学"，《原野》中的钱经邦，《平沙》中的白今虚，他们从现实到虚幻，从奋进到颓唐，沉沦在"大寂寞"

里苦闷彷徨，到底是为着什么？这恐怕与作者自己的心境一样，是对侵略者的一种消极抗议吧！小说创作如此，他的杂文集《一知半解集》和《谭》，笔锋犀利，语言入木三分，大有鲁迅之风。古丁先生青年时代到北京求学，参加过左翼作家联盟的活动，并任组织部长，为左翼刊物撰写文章，1933年返回长春，但接受过的思想影响毕竟难以泯灭，所以在小说创作上能够不忘自己的民族，能够反映社会各阶层蒙受的痛苦，其杂文写来更能得心应手。《闲话文坛》和《评〈红楼梦别本〉》矛头直指"大主笔"（穆儒丐）和写武侠小说《双剑侠》的教授陶明浚，对于"点缀升平"和腐蚀读者的现象，做了尖锐的批评，又公开提出反对创作的"感谢情调"，表示不为日伪歌功颂德。在当时日伪文网森严之际，这得需要多么大的勇气呢？

　　尽管过去和今天，对于古丁的评价有着较大的分歧，但有一点是一致的，包括反对者也不否认他的文学成绩，他的作品中找不出片言只语的奴颜媚态。异议只是着眼在他任过的伪职（伪满国务院统计处事务官）和他与日本人的一些关系上。从职务上说无足轻重，而且他1940年便辞官从文，经营艺文书房。至于他结交的日本朋友，大内隆雄译过古丁的《平沙》和山丁的《绿色的谷》；城岛舟礼则出资助其筹建艺文书房，等等。在这些交往中古丁先生并未忘掉民族大节，日本人浅见渊劝他用日文写作，他明确表示了"我是绝对不想用日文写作"的态度，又非常鲜明地写了赠诗："今夕复何夕？我乃黄帝子；君爱大和魂，我爱黄帝裔。"中华人民共和国成立后历经三查五审，也未查出古丁有任何叛卖民族的活动。再说古丁先生主持的艺文书房，主要是出版中国古典文学作品，如《忠义水浒全书》《官场现形记》《老残游记》（版本很好，1957 年人民文学出版社重印此书，依据校订的善本就有"艺文书房本"），时刻不忘弘扬自己民族的文化。

艺文书房还出版了日人小田岳夫的《鲁迅传》和《一代名作全集·鲁迅集》，不仅向读者介绍鲁迅，还译写了《鲁迅著书解题》，又收辑新进作家的创作作品，定名为《骆驼文学丛书》出版，这些书籍对东北沦陷区读者的影响、所起的作用，似乎无须赘言。因此说古丁先生确实是一位比较复杂的作家，至今尚有人指斥他为"汉奸"，但当年的敌伪档案又将他列入左翼文人的黑名单。日本研究东北现代文学的学者，认为他是"面从腹背"（表面顺从，内心抗拒），是"身在曹营心在汉"，概括得比较客观准确。我认为他是在日伪统治下，在血与火炼狱般的文坛上，默默跋涉的骆驼。近年黄玄（秋萤）、冯为群、李春燕、黄万华诸先生，已有态度持平、立论公允的评价。究竟应该如何看待，现在李春燕编《古丁作品选》足资参证，完全有条件让客观事实说话，来一番新的评说。

拨开迷雾看古丁

一部精装本约有 50 万字，相当厚重的书籍放在桌上，这就是东北沦陷时期影响最大的作家古丁先生的《古丁作品选》，近由春风文艺出版社出版。凝视着这本书，心中充满慨叹和感奋。说慨叹是历史的尘封与误解，终于被突破，说感奋是编选者李春燕，敢于面对论坛溅起的污泥浊水，以学者的慧眼卓识，以书代评公正评价古丁先生的文学成就。因为多年来在研究东北沦陷时期文学的领域，对古丁先生当年的所有作品，仿佛是一个不可跨越的禁区，究竟是文化汉奸，还是爱国进步作家，观点歧异，众说纷纭。如果说客观是检验真理的标准，那么李春燕编选的《古丁作品选》，就提供出可资研究的依据。

进而想到我对古丁先生肤浅的了解，以及有幸同他有数面之识的接触。1944 年大约我 13 岁的时候，就读过《谭》（杂文集）、《竹林》（短篇小说集），固然有些"猪八戒吃人参果——食而不知其味"，可是《竹林》那篇历史小说，"竹林七贤"的放浪形骸，嵇康从容就义时那铮铮琅琅的琴声，总是余音绕耳袅袅不绝，留下回味无穷的印象。参加工作，特别是 1948 年冬进入沈阳后，我与古丁先生同属中共东北局文化部领导，常在一个会场听政治报告。那时他已改原名徐长吉为徐汲平，出于他早年的文名，人们不免有所议论。我的老上级、已故著名剧作家柯夫说过，土改时古丁写过一部中篇小说《福》，反映农民翻身后的喜悦，语言、文字技巧都很好，惜未能出版。这说明古丁先生虽然遭受非议，但是创作热情不减，还在力图用自己的笔，描写崭新的农村生活。面对这位我童年时期崇敬的作家，一次听报告的间隙，在休息大厅我趋前致意，表述自己的仰慕。古丁先生微微苦笑，极其恬淡地说："那都是应该批判的！……"批判什么呢？我有些愕然！这句话堵住我的下文，接下来便是一阵难言的沉默。古丁先生那时已经不再从事小说写作，全力投入戏曲的"推陈出新"和编辑《东北戏曲新报》。他改编的评戏《新马寡妇开店》刚在沈阳评剧院上演，我写了一篇《评〈新马寡妇开店〉》，题目虽然堂而皇之，实际是小小的"豆腐块"。由于当时我的年少无知，不懂剧中的含蓄艺术处理，说了许多可笑的外行话。但是古丁先生亲自修改编发了此稿。以后偶尔看到他，总是那样平和、肃穆，又似乎在苦苦地思索着什么。不久东北大区撤销，我调离沈阳，不断听说他改编、创作了许多好戏，如评剧《折聚英》《王贵与李香香》《新蓝桥会》《气贯长虹》《小姑贤》《牛布衣》等 20 余出，其中《小姑贤》还被拍成戏曲艺术片。还看到他翻译的日本影片《箱根风云录》（根据日本著名作家高仓辉同名小说改编的），翻译出版了叶山嘉树的《生活在海上的人们》。工作如此勤恳努力，颇多有益的贡献。1964 年古丁辞谢人世。

《古丁作品选》收录6部书稿:《一知半解集》(杂文集)、《谭》(杂文集)、《奋飞》(短篇小说集)、《竹林》(短篇小说集)、《平沙》(长篇小说)、《鲁迅著书题解》。最后一部是辑译的文评集。

这些写在东北沦陷区血火炼狱中的作品,尽管艺术表现上有所隐晦,但让读者感到具有无畏的勇气。首先是杂文笔锋犀利,无论是反对"感谢情调"的创作思想(实则是不为敌伪歌功颂德),以及鞭挞"大主笔"(穆儒丐)和教授(陶明浚)等点缀升平粉饰现实的倾向,鞭辟入里,富有鲁迅之风。在短篇小说集《奋飞》中,《玻璃叶》《变金》《暗》描写的农村和农民遭受的磨难,揭示出"王道乐土"的真实面目。反映知识阶层的《莫里》《吉生》《颓败》,写出他们内心深重的痛苦,写"竹林七贤"的《竹林》更是伤心人别有怀抱。《鲁迅著书题解》是古丁先生辑译日本进步文人(如增田涉、小田岳夫等)关于鲁迅作品的论述。他主持艺文书房时,还出版过《一代名作全集·鲁迅集》和小田岳夫的《鲁迅传》,致力弘扬鲁迅,也弘扬中国的民族文化,古丁先生的爱国行动是不言而喻的。

从作品看古丁,没有一字一句的奴颜媚语,他用曲笔、用隐喻,大义微言"面从腹背",始终未忘自己是中国人。当日本人浅见渊劝其用日文写作时,他回答汉语最适于自己,绝不用日文写作,并写诗述怀:"今夕复何夕?我乃黄帝子;君爱大和魂,我爱黄帝裔。"上述种种都说明古丁先生没有失掉民族大节,而是在进行着反抗日伪的斗争。

《古丁作品选》的出版,让我们可以重新看待与评价古丁先生了。

闲话爵青

爵青是东北沦陷区著名的小说家，当年领衔文坛的"艺文志派"四大主将之一（其他三人为古丁、小松、疑迟），因为创作风格酷近法国文学大师纪德，哲思绮蕴富有文采，故被誉为"鬼才"。爵青原名刘佩，笔名有可钦、辽丁等。1917 年 10 月 28 日生于吉林省长春市，1962 年 10 月 22 日病逝于长春，终年 45 岁。生命虽然短促，却留下了不菲的文学业绩，他的主要作品近年多次重印，中国现代文学馆编的"中国现代文学百家"丛书辑入《爵青代表作》一书，并由华夏出版社出版。

1938 年列入"城岛文库"出版小说集《群像》；1941 年由艺文书房出版小说集《欧阳家的人们》；1943 年由艺文书房出版《归乡》。此外还有长篇小说《黄金的窄门》《青服的民族》《梦》等。《欧阳家的人们》收入中、短篇小说 9 篇：《哈尔滨》《斯宾塞拉先生》《某夜》《巷》《男女们的塑像》《青春冒渎之一》《青春冒渎之二》《青春冒渎之三》《荡儿》，中篇小说《欧阳家的人们》；《归乡》收入短篇小说 7 篇：《喜悦》《恶魔》《香妃》《长安幻谭》《归乡》《遗书》《恋狱》，以上两部书是爵青的代表作，完全体现了他创作的基本特色。当年时人的评论，称其"在无光的蜘蛛网底下，静静地构想那些在生活上不易碰到的奇特的景象""爱好诡异而沉湎于想象，擅长于描写超乎常人以上的独奇的性格与非俗的故事"。

爵青的笔，写尽形形色色人物的情态——土匪、流浪儿、妓女，风尘中的男男女女，落魄天涯的小市民，芸芸众生各呈一面。在许多小说中，作者爵青都隐约表现出，在痛楚地拷问苍天，留下满纸的神秘色彩。长春解放之后，爵青曾在吉林大学图书馆做过资料员。爵青的为人，常给人留下漠然无解的印象。《艺文志》第三辑，有署名 I·M 的一则小评，论爵青当年的为人，资料难得且又极短不可不录下：

他不反对谁，也瞧不起谁。"生活至上主义"是他的口头禅。书读的很多，文写的很多，口里却不断自称着懒。喜欢英雄，偏爱变态，好喝茶但并不是小松式的喝茶，乃是一大碗一大碗猛喝一个点。酒能喝，话能谈，跟他在一起是不会寂寞的，谈得正经的时候，就大发妙语，转移话题。直译式的文脉，令性急的读者发燥，但是输入这文脉的功劳，却不能不属于他。《梦》足以看出他努力的结晶，写小说，他总自称并不是一生的事业，然而，他确实写了数年小说。来到"新京"之后，更加努力起来，这个文章家、文学家，曾被百灵誉为"鬼才"，就是反对他的人，也不能不承认的罢。北条文雄的癞文学能使他神往，可以说明他的一小半；纪德的《新粮》也是他的座右铭。就是生活得太圆了。

这无疑是为当年的爵青，勾画出一个大致的轮廓，使我们能够进一步的求索。

爵青这位东北沦陷区的作家，因其文学创作成就较高，可以说是当年有影响的文化名人。虽然在日伪统治下的文化机关任过职务（满日文化协会职员），但他没有"文章卖国"的行为，所写的全部作品，没有丝毫的媚日与歌颂"王道乐土"的文字，所以直到今日能经得住推敲与考验，仍有重新出版的价值。这就是当年读者心目中的爵青，一个应该得到公正评价的爵青。

且说小松

小松（赵孟原）为"艺文志派"中的多产作家，同时还是一位出版家。东北沦陷期间，他曾主持过艺文书房的编务出版。光复以后，一直是营口市某印刷厂的厂长，可说是为创作、印刷、出版奉献了一生。说他是多产作家，在同代的文人中他写得最多，有长篇小说 2 部、中短篇小说集 4 部、诗集 1 部，尚有诸多散篇零页不在计算之内。

小松的长篇小说《无花的蔷薇》（12 万字）、《北归》（20 万字）篇幅虽然不算太长，但是描写的幅度宽阔，形形色色人物众多，着墨于时代的激流、世间的风云起落。4 部中短篇小说集《人和人们》《蝙蝠》《野葡萄》《苦瓜集》，均写出市井民俗的众生相，无妨录下 4 部小说集的篇目以窥一斑。《人和人们》计收 12 篇：《人丝》《铃兰花》《李博士》《赤字会计》《低檐》《男与女》《施忠》《夜谈》《部落民》《飘渺》《一群》《陌生人和一个女侍》；《蝙蝠》收入 9 篇：《夕刊的消息》《病患》《津村》《走失》《南行》《月亮落了》《双曲线》《妻》《洪流的荫影》；《野葡萄》

收入 3 篇中篇小说：《野葡萄》《蒲公英》《白栅栏》；《苦瓜集》收入 13 篇：《爱情病患者》《港湾里的暴风》《乐章》《秋夕》《春季旅行》《都市风景》《法文教师和他的情人》《褚魁陈远和小珍珠》《花》《火》《不像是春天》《高级烟蒂》《书生》。

《苦瓜集》里有"自序"一篇，由此可看出作者短篇小说创作的某些情状，故摘要录下：

最近写小说，显然是不规律了，有时候写，多半是写不几页就放下，但是并不因为放下就忘记。

忘不掉的东西，在脑中越积越多。

这小册子，多半是不得不写，写来丢下，丢下又写，终于完成的。最初我想题名《未央草》，后来才改为《苦瓜集》的。

其中有两篇，使我写来很吃力，读来很苦涩，当我找到了这个集名，为这巧遇我很欣然。

写的力量，远不及从前，体力与思维，也互相减弱。从前写短篇是一气呵成，现在却要接力了，虽然写得快并不一定写得好，但是写得慢也并不能使自己满意……

小松致力写作小说之外，还写散文、杂文、评论。尤为出色的是还涉笔歌吟，特别耀人眼目的是在 6 部小说之外，又出版过一部抒情诗集《木筏》，充分说明小松是位文艺全能的多面手。他在诗集《木筏》"自序"说过："……影响我最深的，是十九世纪的英国抒情诗。"他创作的全部诗歌，抒情气息浓郁，具有明快、欣悦的艺术风格，而凝练的诗风、淡远的意境，融入了整个诗篇。如下列两首短句，就写得情景如画，颇像早期的卞之琳。

昨夜一点小事

又把血压昂高两度

低语夜风不要响

静悄悄贴在窗帏

——旅途四重奏

早晨的太阳透出来一颗砂

给我一点欢喜,一股力

我虽然是像秋天的蓼花

但是我不再说一声寂寞

清淡的怀想——遥远

还有一个春天

——心灵的补白

小松以小说创作著称于当年,而写诗不过是小试牛刀,但《木筏》中的诗作又完完全全表现出他在艺术上的成熟,驾驭各种样式文字均已达到炉火纯青的程度。

疑迟的乡土小说

东北沦陷时期的文坛，曾经涌起一阵"乡土文学"热，仅小说方面就有山丁的长篇小说《绿色的谷》、石军的《沃土》、辛实的《荒火》，以及戈禾的短篇小说集《大凌河》、励行健的短篇小说集《乡间的事》等。其他如小松、田兵也用力甚勤，多有创作。但最早的倡行者是疑迟先生。

疑迟（初期曾用名"夷驰"）是东北沦陷时期著名小说家，他的乡土小说，影响过一代文学青年的成长。我省著名小说家韩汝诚、王汪，就不同程度地受到他的潜移默化的启迪。直到今天，谈起疑迟短篇小说《酒家与乡愁》、中篇小说《雪岭之祭》，王汪、韩汝诚（也包括笔者本人）仍然眉飞色舞，口有余香，赞叹不止。

从1938年到1944年，疑迟共出版4部集子：短篇小说集《花月集》（月刊，满洲社出版）、《风雪集》（益智书局出版）、《天云集》（艺文书房出版），长篇小说《同心结》（艺文书房出版）。另有一部长篇小说《松花江畔》，在报纸连载过未见付梓，其中片段《江城》载于《满洲作家小说集》。《花月集》收短篇小说 10 篇，《风雪集》收短篇小说 11 篇，《天云集》收短篇小说 8 篇。3 个短篇集子中的 29 篇小说，就每一篇内容看，不完全是乡土小说，描写城市生活的也占半数左右。但是综观疑迟的小说创作，在艺术上较为成熟，又深得读者好评，能够经受时间考验者，还是他的乡土小说。

疑迟的乡土小说（也包括写市民生活的作品）受到读者嘉许，这与他的生活经历、严肃的创作态度，是完全分不开的。疑迟原名刘玉璋，为辽宁省铁岭人，1913 年 1 月生。很小的时候就随家迁往哈尔滨市，在道外粮业工会私立职业学校、东省特别区第三中学、中东铁路车务专科学校读书并毕业。之后在中东铁路东线的小九站、二层甸子、密峰站当过练习生、扳道员、副站长等。由于思想苦闷，经常阅读中外文艺书刊，同时较为熟练地掌握了俄语，渐渐对文学创作有了浓厚的兴趣，开始写起小说来。1937 年出版的《花月集》书前有代序《关于我的创作》，倾吐了他的苦闷和彷徨："……在这个以前的一段时期里，我怎样被无聊的妄想缠住了自己的灵魂，又怎样吞吃着麻醉的药品来驱逐荒原般的寂寞。但是，这对我的灵性和肉体都没益处！而徒然使自己的身心感受到无边的痛苦。……同时我的听觉里，充满着那些被寒冷逼迫的哀号和哭叫。再加上自己心里的疑惑与服药的痛苦，情绪便几乎整个地陷进了没顶的深渊里。……然而谁又甘心永远这样地活下去呢！"疑迟先生的这段自白用了曲笔，因为当时的日伪思想文化统治极为严酷，面对民族敌人，疑迟显然没有"在呐喊里寻生"，但也未泯灭民族良心，所以他的许多小说，不乏潜在大义，能够正视人民群众遭受的磨难。他的第二部短篇集《风雪集》首篇小说《黄昏后》，取材于一位朋友的旧稿《黄昏》，原故事描写一个在夜校读书的青年，经常为其兄到小杂货铺买酒，结识了一些酒徒。每天黄昏时分，在这条大街上，总要发生由钱与酒引起的纠纷。而作为街景流动陪衬的，是一群经常走过的女工。疑迟将其改写成《黄昏后》，鲜明地突出了女工生存的苦难。一个包装烟草的青年女工，为了保住工作被工头诱奸，又由于失去贞操竟失掉工作。把原故事的闲情逸致，变成对社会丑恶现状的揭露，对女工寄予深切的同情。其他几篇城市题材的小说《雨夜记事》《圣诞风雪》《门铃》《浪淘沙》，都莫不如是。

倘若说笔涉人间的不幸，是疑迟市民小说的基调，那么他的乡土小说，就更深一层地撕下"王道乐土"的面纱。《乡仇》写的是一青年回乡为父复仇，看到放高利贷者逼得仇家遗属走投无路，结果杀掉放高利贷者，引领仇家兄妹二人远遁。《丰收之夜》中的地主齐三爷杀猪宴客庆贺丰收，正在推杯换盏之际，忽然"却在这一刹那，打下屋那边隐约传来几声哭叫和粗暴的吵骂，哭叫是那样地悲惨和凄凉，粗野的吵骂可越来越响亮了"。原来是扛活的伙计，因病来索要一年的劳金，这个插曲，画龙点睛地说明地主欢宴的酒席，就是穷人一年的血汗。《八月的浮云》表现得更为直接有力，大地丰收在望，庄稼就要收割，可是佃户黄老爹却怎么也高兴不起来：种种名目的苛捐杂税，难以承受的出荷粮，一年到头入不抵出。正在犯难之际忽有人报，他的大儿子跟警察打起来，还动了镰刀，这个不言而喻的结尾，带给读者无限的思索。《酒家与乡愁》内容稍同于《乡仇》，却更富于艺术特色。中篇小说《雪岭之祭》略具传奇色彩，猎户周庆失踪，妻子被行商车福臣奸骗，而后下嫁猎户张富。但在一个雪夜周庆忽然回来了，救他的似是抗联，写得隐约异常，明眼读者自有灵犀。

　　疑迟小说中表现的这些"微言"，现在读来似乎颇不足道；可是不要忘记当年敌伪的文网森严，正面抗击固然可贵，伤痛呻吟也是难得。因为疑迟的笔刺穿了社会，流出来的不是琼浆而是苦水。疑迟乡土小说受到读者欢迎的地方，还在于他所运用的语言泥土气息浓烈，笔触朴素明净，《雪岭之祭》开头写兴安岭的大风雪，宛如一幅雄浑的大自然画卷，状写的人物也是神采尽出，令读者感到非常亲切。如果提到疑迟在 1949 年后的用名，人们便不会陌生，他就是长影翻译苏联、东欧诸多优秀影片的刘迟。1949—1965 年不足 20 年时间，他就译出一百余部，其中《列宁在十月》《政府委员》《静静的顿河》尤其受到观众热烈欢迎。疑迟先生在不同时期做出的不同艺术奉献，将是人们美好的记忆。

刘迟与《新民胡同》

　　《新民胡同》是一部反映东北沦陷区社会生活的长篇小说。作者刘迟先生在东北沦陷时期，曾用笔名"疑迟"，先后出版过短篇小说集《花月集》《风雪集》《天云集》，长篇小说《同心结》，是当时最负盛名的乡土文学作家，也是"艺文志派"的主将。

　　刘迟先生创作的中、短篇小说，多以塞外荒野和破败的农村为主要题材，诸如中篇小说《塞上行》《雪岭之祭》，短篇小说《山丁花》《乡景》《村仇》《丰收之夜》《八月的浮云》《酒家与乡愁》，从不同的生活侧面反映出在日伪统治下的"王道乐土"给农村乡民带来的苦痛。面对日伪严酷的文化统治，文笔自然需要隐约含蓄，但在小说的字里行间，依旧能够看到作者的"潜台词"和苦心孤诣之所在。就像《八月的浮云》中黄老爹的儿子，不堪压迫竟同伪警察动起镰刀；而在《丰收之夜》里，非常鲜明地描写地主豪绅们庆丰收的酒宴，实则是穷人们一年劳动的血汗。正是这种当时生活的真实写照，加上艺术技巧很高，近年来他的小说分别选入《中国沦陷区文学大系》《东北现代文学大系》《现代短篇小说钩沉》等。

"光复"以后，刘迟先生因为精通俄文，根据当时工作需要，暂时放弃了文学创作，立即投身到东北电影制片厂（长影前身）苏联影片的译制工作中。许多优秀的苏联电影，像《列宁在十月》《乡村女教师》《静静的顿河》（上、中、下），等等，都是通过他精湛优美的文笔传达给广大观众的。为此，他竟有45年再没有写小说，45年创作的沉寂，45年文坛的辍笔，历经近半个世纪之后重新试笔，还是宝刀不老，艺术功力毫不弱于当年。长篇小说《新民胡同》写成于1990年，那时刘迟先生已经78岁，离休也有十数年的光景了。《新民胡同》运用雅俗相间的写法，更显得贴近昔年的生活风貌，自然而浑厚，朴实且深沉。

长篇小说《新民胡同》共分15个章节，刘迟先生用极具浓缩生活、高度概括生活的艺术表现力，以三元酒店和四海茶社作为集中渲染的焦点，写尽新民胡同的历史沧桑，又从新民胡同的人世浮沉，全景式再现出"伪满"的亡国痛史。作者笔下的人物，一个个血肉丰满独具性格，形象鲜明呼之欲出。三元酒店曹掌柜，他的妻子"大同姐"，四海茶社的孙福贞母女，评书艺人申庆岚，京剧演员樊永泽，都刻画得令人读后难忘。特别是"大同姐"这位普通的劳动女子，却具有不平凡的爱国情怀，敢作敢当不让须眉。申庆岚的感时忧国，樊永泽的急公好义，都被描写得栩栩如生。应该说明的是，申庆岚和樊永泽，都曾经是生活里实有的人物，真实的名字是金庆岚和樊永在。金庆岚较长时期在"新京"东四马路宝山茶社、新民胡同四海茶社等处，演说长篇评书《水浒传》和《大宋八义》，后迁至沈阳，

1949年后不知所终。樊永在是著名的架子花脸，以《黄一刀》等剧目闻名于世。1949年后在长春市京剧团工作，在舞台上不争名分甘做人梯，被称为德艺双馨的老艺人，20世纪60年代时辞谢人世。小说中的其他人物，包括日伪的宪、警、特，鱼龙混杂、人兽两栖，作者用妙笔将其组成一幅惟妙惟肖的浮世绘，东北沦陷区生活的画卷，形形色色的人物，宛在读者眼前浮现。

长春的新民胡同，如同沈阳的北市场一样，是"伪满""新京"的杂八地，它像一个时代的晴雨表，反映着政治风云变幻。作者擅以"一粒沙石看世界"的艺术手段梳理生活，"取千狐之白缀而成裘"，使小说《新民胡同》更具有厚重的历史感与典型意义。刘迟先生年届百岁，是那个特殊年代生活的亲历者，也是历史的见证人，笔下自有真知真见。所以他的小说实属"原汁原味"，读来真实可信、亲切感人，较之同类题材的作品高出一筹。尤其是如今新民胡同已逐渐成为"老长春"的陈迹，小说《新民胡同》在本身所具有的艺术价值外，又增加了史料价值。所以说《新民胡同》是一部"银戟划破天空"的力作，是近年来难得一见的优秀长篇小说。

冷歌和《船厂》

　　冷歌（李文湘）是东北沦陷时期著名诗人，其代表作《船厂》是一部很有影响的诗集。《船厂》初版于 1941 年，由长春益智书局刊行，1991 年台湾大化书局再版。经过整整 54 年的光阴，今日读来，深切地感到诗人冷歌，是用一种寄寓隐喻于诗情，表露激愤在笔端，向日伪统治者宣泄了自己的民族义愤。

　　1991 年 5 月，冷歌为新版本所写的自序曾说："这本集子里的 33 首新诗，发表的时间是 1932 年至 1941 年。这是一段苦难的日子，即东北沦陷时期的惨痛岁月，由于当时事态严重，有些诗出于忌讳，不免以隐喻形式表现之。今已时过境迁，历史早有定论。拙作重刊，对原诗某些篇章特加注解，也对误排或过于晦涩的字句稍加修正。回顾人处逆境，生活不安，诸如激愤、怅惘、求索、自励等情绪，时而波动于诗作之中。诗和其他文艺创作一样，不能摆脱社会现实的制约，但是情感的升华，确能为复杂的心象活动，予以传真……"

　　冷歌诗作的这种"情感的升华"，这种"心象活动"及它的

"隐喻形式"，比较集中地体现在《狐群》这首短诗中："风雪漫荒郊／你们的空腹叫号／踏荆棘抓住一只山兔／一气填满了你们的肚／在旷野，你们是患难的好友／依偎着，顺着崖边走／蓦地，开始撕斗／因为谁多吃了一口肉／——半空里响来一声吼叫／你们的末日就此来到。"为了隐喻发微，冷歌一改清纯的诗风，"讽喻日、伪勾结践踏东北时既合作又矛盾，终不免彻底覆灭"（作者自注语）。

收入诗集中的《船厂》是一首长诗，"船厂"是吉林旧时别名，冷歌以沉郁的诗笔，吟咏自己成长的故地，诗的字里行间流露着深厚的情感，可是即使是风光如画的第六章，也嵌蕴着"乡愁"和"哀思"："江水滔滔／南岸青山，北岸堤／两岸遥望／络绎有舟楫／初春柳丝垂金线／盛夏临流好钓鱼／黄昏里／水手苦乡愁／长啸当歌／哀思散在晚风里／西天余晕映江树／晚钟敲破紫黛雾／渔舟闪星火／镶入黄昏深深处。"其乡愁、哀思何来？是面对被侵略的江河，面对灰暗的残山剩水，诗人发自内心的怅愤之声！

诗集《船厂》的出版距今已半个世纪，诗人冷歌先生也早过80岁高龄，在纪念中国人民抗日战争胜利50周年之际，重温诗人冷歌的《船厂》，当有一番新的思索吧？

沦陷时期的吉林文坛

　　吉林是一座山清水秀的古城，俗传歌谣"火烧船厂、狗咬沈阳"，"船厂"就是吉林的旧称。吉林不仅仅风景优美，还是一个文化艺术的发源地。对中国京剧事业做出巨大贡献的北京喜（富）连成京剧科班的创始人牛子厚先生，就长期居留在吉林。特别是"五四"新文学运动的思潮，最早影响到吉林，许多著名的诗人与作家，先后来到吉林。文学研究会的徐玉诺，曾于1923年五六月间，在毓文中学教过书；原籍伊通的穆木天先生以及沉钟社的陈翔鹤，后来成为我国著名历史学家的尚钺，都参与和领导过吉林文坛的活动。一时之间，吉林涌现许多文学社团，如白杨社、火犁社，等等，显得空前活跃。可以说吉林是东北现代文学的发源地。

　　这样的好景并不长，"九一八"事变爆发后，吉林文坛也开始冷寂凋落。一方面是大多数文学青年目睹国破家亡的惨状，纷纷走上抗日救国的道路；另一方面是敌伪文网森严，《吉长日报》不得不奉命停刊。文学青年纷纷离开故土，有些作品也转移到外地发表。当时"新京"（长春）的《斯民》杂志，就刊出过"吉林特辑"，执笔者有陈芜、崔伯常、乙卡（女）、金马等4人。《新青年》刊有《吉林诗家特辑》，执笔者有邓东遮、汛西、罗绮、庄穆然、柳石、曾予隽等人。在哈尔滨的《大北新报》还刊过"吉林诗专页"，撰稿人为崔伯青、罗绮、叶朱行、邓东遮等。

后来日本人经办的《吉林新闻》面世，并有副刊《松江浪》出版，虽然持续了一两年时间，但发表的作品内容非常贫弱，经过一段时间的改组，副刊《松江浪》易名《松木》，内容稍见充实，同时涌现出大批青年学生层的作者。值得提及的小说、散文作者有里阿、金婴、林子双、欣生诸人；诗歌方面有林孤、丹羽、徐弗、方华、陶铃、培夫、白辛、刘发，等等。在长春《康德新闻》副刊《新文坛》经常发表作品的吉林作者，就有凌文、南吕、云翎、乔赛、奚子矶、纪直、琴子、林子双、欣生、柴戈诸人，作品的艺术水平日渐成熟。据我所知，其中"硕果仅存"的两位作者，一是女作家南吕，1949年后在长春电影制片厂做编辑工作，是长篇小说《荒火》作者张辛实的夫人；二是林子双，1949年后用名林大成，福建闽侯人，系桐城派古文大家林琴南的嫡孙，约在20世纪30年代末来吉林定居，20世纪40年代初期以林子双为笔名，发表大量散文随笔，散见于《康德新闻》《麒麟》《新满洲》诸报刊，内容多为闲情逸致之作，隐喻"故国"之思，1949年后在吉林市文联编辑部工作，多有散文新作发表，文字老到，技巧也更炉火纯青。

当年东北沦陷时期文坛，某些重要而有代表性的作家，有很多人属于吉林原籍。如女作家吴瑛（益智书店版短篇小说集

《两极》作者）以及晚进的女作家朱媞（短篇小说集《樱》作者）均由吉林市走出。著名女作家梅娘，也曾在吉林女子师范读过书。此外在长春各刊物上，吉林人作品也随处可见，应该提到的就有杨野、宋华、流萤等。但是最有代表性且艺术成就较为突出者是诗人冷歌先生。诗人冷歌虽然出生在辽阳，却成长在吉林。此后冷歌到长春主持益智书局的编务，出版过众多先进作家的著作。还以特殊方式出版过丁玲的小说集《梦珂》，书的封面及内文均不见作者名字，这在当时算得是"偷得圣火济人间"了！

　　这一时期冷歌的文学活动，除主持益智书局的编务，还主编纯文学刊物《学艺》，又在 1941 年出版诗集《船厂》，其中收长诗和短诗 32 首。1991 年 5 月，《船厂》一书经台湾大化书局重印，作者自序中说："……回顾人处逆境，生活不安，诸如激愤、怅惘、求索、自励等情绪，时而波动于诗作之中。诗和其他文艺创作一样，不能摆脱社会现实的制约，但是情感的升华，确能为复杂的心象活动，予以传真……"冷歌这种"情感的升华"以及"心象活动"，都是一种隐喻的表现方法，比较集中地体现在《狐群》这首短诗中："风雪漫荒郊 / 你们的空腹叫号 / 踏荆棘抓住一只山兔 / 一气填满了你们的肚 / 在旷野，你们是患难的好友 / 依偎着，顺着崖边走 / 蓦地，开始撕斗 / 因为谁多吃了一口肉 / ——半空里响来一声吼叫 / 你们的末日就此来到。"为了隐喻发微，冷歌一改清醇的诗风，"隐喻日、伪勾结践踏东北时既合作又矛盾，终不免彻底覆灭"（作者自注语）。

　　诗集中的《船厂》是首长诗，作者以沉郁的诗笔，吟咏自己成长的故地，可是即使是描绘风光如画的第六章，也嵌蕴着"乡愁""乡思"的哀怨:"江水滔滔／南岸青山，北岸堤／两岸遥望／络绎有舟楫／初春柳丝垂金线／盛夏临流好钓鱼／黄昏里／水手苦乡愁／长啸当歌／哀思散在晚风里／西天余晖映江树／晚钟敲破紫黛雾／渔舟闪星火／镶入黄昏深深处"。诗中乡愁、哀思从何而来呢？是面对被侵略的江河，面对灰暗的残山剩水，诗人发自内心的怅愤之声吧！

　　《船厂》出版已有60余年，诗人冷歌于20世纪90年代中期仙逝，他与他的诗作，以及沦陷区吉林文坛的流光遗影，对于我们今天也是可堪纪念的！

东北沦陷区长春作家群

　　提起东北作家，很容易想到东北作家群，也就是流亡到关内，在大后方坚持抗战的东北籍作家，诸如萧军、萧红、罗烽、白朗、舒群、骆宾基、李辉英、端木蕻良等。而长春作家群，则是指身在沦陷区的作家。由于当时长春（日伪傀儡政府伪都新京）的特殊位置，大批青年文学工作者纷纷从各地——沈阳、哈尔滨、吉林、大连等城市，来到长春进行文学活动。

　　柯灵先生曾经有言"盛世有文学，衰世也有文学"。从1931年到1945年，这14年间尽管充满亡国的惨痛，日伪统治文网森严，但是也涌现出许多作家与作品。自然这些文学作品是庄严和无耻共存，抗敌与媚敌同在，但是更多的文学作品是"于无声处听惊雷"，隐约地表现出东北人民同仇敌忾的不屈精神。为了能把问题谈得概括集中一些，我们不妨从主宰当时"满洲文坛"的两大文学流派说起，这就是以山丁为代表的"文选派"和以古丁为领衔人物的"艺文志派"；两大文学流派均以各自主办的"同人刊物"为标志与分野。

"文选派"主办的文学杂志（文选），由作家秋萤（王之平）任主编，刊物原在沈阳出版，经费系民间自筹，后因财源难继即宣告停刊。"文选派"的文学主张，以描写"暗的文学"为己任，实际就是暴露社会生活中的黑暗现状。在这样的创作思想指导下，"文选派"作家的作品力求反映人民大众的不幸，从他们笔下所写的长短篇小说，均已得到验证。首先是山丁（梁梦庚）创作和出版了长篇小说《绿色的谷》、短篇小说集《山风》《乡愁》、诗集《季季草》、散文集《东边道纪行》。逃亡到华北后，又出版了一部短篇小说集《丰年》。山丁的作品，无论是小说还是诗文，都能面对生活现实，表现农民对命运的抗争。1943年《绿色的谷》出版，就被日伪弘报处在封面印上"消除剂"的字样，内容也被撕去几页。山丁很快又上了日伪通缉的黑名单，为避祸不得不远走北平与袁犀会合，后来一同去了解放区。

如果说山丁是"文选派"中具有领衔意义的作家，那么另一位重要的作家就是秋萤了。秋萤（王之平）的创作以小说为主，1940年出版了第一部短篇小说集《去故集》（文丛刊行会版，收入小说9篇），1941年又出版短篇小说集《小工车》（文选刊行会版，收入小说8篇），1942年大连实业洋行出版部印行他的长篇小说《河流的底层》。秋萤笔下反映的生活与山丁不同，不是关东大地的农民，而是挣扎在饥饿线上的工人、市民，还有走投无路的青年学生们的生活，写出了一幅幅市井的人生图画。秋萤的小说创作，不仅是客观地描述，且能画龙点睛地深刻揭示，引起读者心有灵犀的思索。《血债》讲述的是发生在乡间的血案，而真正的内涵，则是含蓄地表现了群众抗日的意向与行动，小说里的两个人物，最后杀死李把头。在"太阳刚刚升起的时候""进山"，实际是投奔抗联了。在日伪统治的当年，创作这样的作品需要作者具有多么大的胆识和勇气啊！另两篇小说《小工车》《矿坑》更是鲜明的血泪控诉。秋莹此后不得不逃离长春，在关内颠沛流离地迎来祖国光复。袁犀（郝庆松，1949年后改名李克异）虽然较早地离开长春，只由文选刊行会出版了短篇小说集《泥沼》，但集子里的《一只眼齐宗》，却成为这一时期文学的经典名篇。此外，诗人冷歌（李文湘，有诗集《船厂》行世）、女作家梅娘（孙嘉瑞，有短篇小说集《第二代》，后去华北）、女作家吴瑛（吴玉英，曾于益智书店出版小说集《两极》）、女作家但娣（田琳，中篇小说《安荻与马华》是她的成名作），等等，均应是"文选派"的外围成员。

"艺文志派"在当时的文坛，与"文选派"形成两峰对峙、双水分流的局面，但是他们的文学主张和艺术追求，与"文选派"存在明显的不同（这种不同表现在对艺术和人生的态度上）。先说稳坐"艺文志派"第一把交椅的古丁（徐长吉，1949年后用名徐汲平），他是一位沦陷区长春作家群中具有举足轻重地位的作家（高丕琨《伪满人物》里有他的小传），先后出版的作品有杂文集《一知半解集》《谭》，长篇小说《平沙》《原野》，中篇小说《新生》，短篇小说集《奋飞》《竹林》，散文诗《沉浮》等，在读者中有较大的影响。他文笔犀利的杂文，所论多有针对性，如《大作家随话》诸篇。他的小说作品里的人物，既有城市彷徨的知识分子，也有农村破落的农民，都表现出芸芸众生无奈的悲哀，反映出作者心境的种种矛盾。"艺文志派"影响仅次于古丁的是爵青（刘佩），其小说创作艺术成就较高，其冷峻的心理剖析、深刻的细微描写，赢得当年读者交口赞誉，被称为近似法国纪德的"鬼才"。他的长篇小说《欧阳家的人们》《青服的民族》《黄金的窄门》《麦》，短篇小说集《归乡》，虽色彩斑斓但无媚日的言辞。还有多产的小松（赵孟原），他的文笔绚丽，小说洋溢着唯美的情调，著有长篇小说《无花的蔷薇》《北归》，中篇小说集《野葡萄》，短篇小说集《蝙蝠》《人和人们》《苦瓜集》，以及诗集《木筏》等。居"艺文志派"第四位的疑迟（刘玉璋）系著名的乡土文学小说家，结集出版的小说集有短篇小说《花月集》《风雪集》《天云集》，长篇小说《同心结》《松花江畔》，大多以农村生活为题材。作者笔触明净淡远，泥土气息浓郁，许多作品堪称佳篇，其中中篇小说《雪岭之祭》，是这一时期的难得之作。"艺文志派"除这四大主将之外，尚有诗人成弦（成雪竹，诗集《焚桐集》）、诗人外文（单庚生，诗集《十年诗抄》）、女作家杨絮（杨宪之，散文集《落英集》，小说、散文、诗歌合集《我的日记》）、辛嘉（陈松龄，散文集《草梗集》）、杜白雨（王度，诗集《樱园》）。"文选派"与"艺文志派"两大主流文学派别，可谓势均力敌、旗鼓相当，彼此的分歧、成见较深，很难调和与统一。总之二者属于殊途同归，共同留下一份特殊年代的文学财富。

我们简要地介绍了在东北沦陷时期，活跃于长春文坛的两大文学流派，自然还不能概括全貌，这之外还有许多重要的作家，令读者记忆长存。第一位就是杂文作家李季风和他的杂文集《杂感之感》，寄嬉笑怒骂于笔端，议论泼辣、思辨深长，撼动了读者的心灵，以及从齐齐哈尔迁来长春主办五星书林的诗人金音（马寻）有诗集《朝花集》《塞外梦》《人格的塑像》，散文集《灌园集》和长篇小说《明珠梦》，短篇小说集《教群》《牧场》，以写知识分子著称；雅俗两栖的作家陶明浚，推出神怪小说《吕仙外传》，武侠小说《双剑侠》；赵任情的历史小说《浔阳琵琶》，短篇小说集《碗》；童话作家李光月、何霭人，童话作品散见于当年的报纸杂志；童话作家杨慈灯有童话《月宫里的风波》、短篇小说《老总短篇集》《一百个短篇》；还有关山的民间故事集《海底捞月》。一时之间文学形式丰富多彩，在沦陷时期，这些作品自有隐晦的"微言"。

尤其是 1943 年前后，青年夫妇作家韦长明（李正中）、朱媞（张杏娟）犹如一股清风涌进沉寂的文坛。韦长明的长篇小说《乡怀》，短篇小说集《笋》《走向旷野去的人们》《绿色的松花江啊》《炉火》，诗集《七月》《春天一株草》，等等。朱媞的短篇小说集《樱》问世，是东北沦陷区长春作家群出版的最后一本书。当然这一时期的长春文坛，也有一些民族败类，写了些充斥奴颜媚骨的作品，所谓"国策电影""献纳诗""感谢情调的小说"，等等，不一而足，早被时代大潮冲刷，在唾弃声中不知所终；而沦陷区长春作家群的作品，却应该受到重视，成为中国现代文学史的补遗。

续说长春作家群

对于我写的《长春作家群》一文，朋友们建议我应写进萧军与萧红，认为他们是最有影响的作家。在前一篇小文中，对"东北作家群"与"长春作家群"的区分，我曾有过明确的解释，前者系流亡到关内大后方抗日，后者则是居留东北沦陷区在长春进行文学活动。萧军 20 世纪 30 年代初短暂居留于长春，后来到了哈尔滨；萧红从未涉足长春。所以说长春作家群，有着严格的地域理念，丝毫不能混同。

不过由此也想到，这篇文章确有许多不足之处，主要是缺乏文学形式的广泛性。因为当时文坛不仅仅是小说，还有散文、随笔、杂文、诗歌等。前文介绍的那些以写小说为主的作家，其中有些人也兼写散文，像山丁就出版过散文集《东边道纪行》，抒写了关东的风土人情；古丁的《一知半解集》《谭》《鲁迅作品题解》等书，融汇了散文与杂文的特点，显示出自己的文字锋芒。现在要介绍的是当年非常有影响的散文作家。

首先是女作家杨絮。杨絮 1921 年生于长春，本名杨宪之，常用笔名杨絮、皎菲，在当时的文坛艺苑是个极其活跃的人物。她在放送局（广播电台）做编辑也当播音员，业余时间还唱歌，是长春歌坛的著名歌手。她的散文、诗歌集《落英集》出版于1943年，此后又出版小说集《我的日记》，二书均由开明图书公司出版。她的笔锋泼辣，敢于公开坦示自己内心的隐秘，包括爱情生活的失意，比如她与诗人成弦（成雪竹）之恋，就曾用皎菲笔名多次回顾这段难忘的感情经历。1949年后移居沈阳，一直在新华印刷厂工作，是东北沦陷区作家仍健在者之一，已84岁高龄。

辛嘉（陈松龄），系艺文志派重要成员，散文《草梗集》于1944年由兴亚杂志社出版，为新现实文艺丛书中的一种，主编辛实（张辛实）。辛嘉的散文不同于杨絮的纯情之作，是学者型知识性的论说散文。与此相映生辉的是匡昨非的《匡庐随笔》，这是一部类似小品的散文集。匡昨非原名匡扶，曾在《满洲学童》社和吕公眉一起任编辑，除说古论今杂谈风俗的散文外，独擅长填词吟诗，结集《匡扶诗存》出版，为吕公眉所激赏，有"何人海内不知名，未近中年诗已成"之句颂之。匡扶后去甘肃，曾任西北师范大学教授，1996年病故，享年85岁。

也许是出于日伪文网森严的缘故，杂文在沦陷区长春文坛出版的专书较少。我们所看到的《诸相集》虽然由长春开明图书公司出版，且又是杂文、散文的合集，但是作者刘汉系大连《泰东日报》的编辑，不应在长春作家群之内，因此说李季风的杂文集《杂感之感》，就有些凤毛麟角了。这部杂文集于1940年由益智书店出版，作者署名季疯，可能是出于"疯言疯语"的自谦吧，计收文 62 篇，分为"消闲谈""促膝谈""消闲随笔""消闲而已集""关于家庭""生活之书"等六编。这些杂文针对中国人某些劣根性，言无禁忌地予以针砭，在读者中起到振聋发聩的作用，隐约影射日伪的统治。不久李季风被捕，但并未死于日伪狱中（近日某报文章谈及死在日伪监狱，不确）。事实是李季风越狱逃出，受到《青年文化》主编王天穆的掩护，祖国光复后被国民党特务暗杀于沈阳。李季风除《杂感之感》一书，尚有长篇小说《夜》，话剧《激流》《成功之夜》等诸多作品行世。

当年长春诗坛极度活跃，就连两位著名小说家也有诗集出版，山丁的《季季草》（益智书店）、小松的《木筏》。在艺术风格上二者各有千秋。山丁的诗沉郁苍凉，《炮队街》是纪念牺牲在日伪屠刀下的革命作家金剑啸（巴莱）的，虽然是隐喻发微，也颇具胆识，担着极大政治风险；小松的诗风深醇，含蓄隽永。诗人外文（单庚生）的诗选《十年诗抄》在读者中影响也非常大。而韦长明、杜白雨是两位诗坛后起之秀，韦长明（李正中）是较晚出现的多产作家，用笔名"柯炬"写小说，用笔名"常春藤"写散文，"韦长明"是他写诗的专用笔名，陆续出版了《七月》《春天一株草》等多部诗集，诗笔激越，抨击黑暗，礼赞光明。与韦长明前后出现在诗坛的杜白雨（原名王度，现名李民），是一位文学创作的多面手，中篇小说《金泰客栈》载于《艺文志》，短篇小说《老黄》刊于《新满洲》，还有许多文艺杂论不时见诸报端。诗歌更是他的"主项"，二十世纪三十年代在日本求学时即用本名王度，出版过日文的诗集。署名杜白雨的《樱园》也是新现实文艺丛书的一种，1944 年由兴亚杂志社印行。杜白雨先生现仍健在，曾任某高等学院教授，并有周易方面的专著及旧体诗《杜白雨诗选》出版。

那时在长春作家群中，从事通俗小说写作的人并不多见，书店里大量行销的主要是关内作家的作品，社会言情小说是张恨水、刘云若、李薰风等的作品，武侠小说则是还珠楼主、郑证因、白羽等的作品。本土武侠小说作者寥若晨星，仅有的一位是吉林文坛名宿陶明浚。他的成名作《红楼梦别本》，虽然读者褒贬不一，最终还是获得"盛京文学赏"，继之又出版了两部武侠小说《双剑侠》《陈公案》，为此受到责难，有"教授写武侠小说"之讥。公正客观地讲，对文学形式不应存在偏见，问题在于如何去写。他写的武侠小说《双剑侠》，没有"飞剑斩人头"的流弊，用"京味"语言叙写，极其流利生动；主要人物是明清八侠的甘凤池，并及刺杀雍正的吕四娘，不着眼于打斗，尽写北京风物，兼及习俗市井人情，读来引人入胜。他还出版过一部神魔小说《吕仙全传》，由专印花皮彩封的广艺书局出版。为什么要写这些"俗不可耐"的作品呢？他曾在沈阳出版过一本诠释《孟子》的《孟子教法》，自然会引起人们好奇与思索，最好的解释就是对日伪文化统治的回避，不涉及现实问题说侠论仙而言他了！

至于从事侦探小说写作的作家，也不是为数很多，只有李冉薄薄的一本短篇小说集《车厢惨案》，还有寒庐的三部曲《三星党》《剑血忠魂》和《万花镜》。这后一部书前有序写道："……《万花镜》不但是一部侦探小说，并且详细描写了社会的情况，人与人之间、物与物之间，勾心斗角、争强夺胜、诸色诸相、诸情诸景，无不活现于《万花镜》之中。于消闲助兴之外，更增加了不少涉世知识"。这方面著作仅此而已！

　　按文学分类，对东北沦陷区长春作家群的文学作品，做如上的补充，可能是独缺戏剧这一形式了。鉴于当年许多著名剧目的作者（如李乔、安犀）均居留沈阳，不便迁移本地。容当另行叙述了。

沦陷区文学钩沉

　　柯灵先生 1981 年为《上海孤岛文学回忆录》写序言，开宗明义地说：“思想领域没有真空，人民的心没有真空，表达人民心声的文学也没有真空。因此盛世有文学，衰世有文学，甚至在外国的欺凌和统治下也有文学。”这里所指的文学即沦陷区文学，也就是抗日战争时期，日伪曾经统治过的我国东北、华北、华东，还包括日军占领时间较长的台湾地区。因此沦陷区文学应该是中国现代文学的重要组成部分，或者还可以说是不能缺少与替代的部分。对于这一极为独特的文学现象，国外一些学者在努力探索和研究，并且有了显著的成果。遗憾的是我们很长时间未能予以重视，直到近年才开始对其有了正确的评价。

　　首先是自 1982 年起，福建人民出版社陆续推出 3 辑共 30 册的《上海抗日战争时期文学丛书》，收录了郁达夫、郑振铎、巴金、钱锺书、师陀、程造之、许杰、郑定文、周木斋的小说、散文，以及阿英、于伶、杨绛的戏剧作品。也许是囿于当时文艺气候有些“乍暖还寒”，丛书对上海当时一些影响较大的作家

"视而不见",如张爱玲、苏青、施济美、予且、周楞伽,等等,不免使读者略有遗憾。1988年广西人民出版社出版黄万华编选的《新秋海棠》,实际上这是一本抗日战争时期沦陷区小说的选集,辑收上海、华北、东北、台湾沦陷区小说29篇,选择的作品范围比较宽,但是以鸳鸯蝴蝶派名家周瘦鹃续写的《新秋海棠》(此书创作于苏州沦陷时期)为书名,多多少少起了误导读者的作用。1991年山东的明天出版社出版了14卷的《中国现代文学补遗书系》,虽然不是沦陷区文学专书,但是选收了东北、华北沦陷时期的小说,其中有东北沦陷区爵青的长篇小说《欧阳家的人们》、秋萤的长篇小说《河流的底层》;华北沦陷区梅娘的短篇小说《行路难》《春到人间》、中篇小说《蟹》,说明沦陷区文学作品已经受到学者与专家的关注。

1997年沈阳出版社的《东北现代文学大系》出版,选入1919—1949年30年间东北的文学作品,沦陷时期占了相当的比重。单以长篇小说而论,就收入小松的《北归》、疑迟的《同心结》、爵青的《麦》、古丁的《平沙》、杨慈灯的《入伍》,中篇小说则有小松的《铁槛》、古丁的《原野》、秋萤的《矿坑》、梅娘的《蟹》、疑迟的《雪岭之祭》、但娣的《血族》、马加的《登基前后》;短篇小说就更多了,仅在1931—1945年的作品,就选有山丁、小松、古丁、疑迟、石军、田兵、田琅、袁犀、励行健、金音,等等,计有90篇之多。为研究者提供了难得的资料,也令今天的读者扩大了视野,了解到沦陷时期的生活状况与社会风貌。而1999年广西教育出版社《中国沦陷区文学大系》的出版,更使这一特定时期的文学作品蔚为大观。《大系》为8

卷本，按先后顺序分别是《新文艺小说卷》（上、下）、《通俗小说卷》《散文卷》《诗歌卷》《戏剧卷》《评论卷》《资料卷》。读过两套卷帙浩繁的《大系》，也有不满足之处，即作品的收入与存目，似乎不完全妥当。《东北现代文学大系》中篇小说卷所收的《登基前后》（马加著），20世纪50年代中期曾由辽宁春风文艺出版社以《寒夜火种》书名出版，印数逾万，现在也不难寻求，完全可以存目。而石军的长篇小说《沃土》、田琅的长篇小说《大地的波动》，都是当年颇有影响的作品，目前又无处寻觅，为何不收入而是存目呢？再说《中国沦陷区文学大系》中张爱玲作品，现在书店或书摊俯拾即是，师陀的长篇小说《荒野》倒不多见，也不应存目。

对于中国沦陷区文学作品的钩沉，当务之急是抢救和研究，亦即对原作的抢救与作家的研究。由于十年浩劫对典籍造成的损失，尤其是对敌伪资料的焚烧，沦陷期间的书刊自不能幸免。现在即使是省级以上的图书馆，藏书也都残缺不全。尤令研究者困惑烦恼的是，许多文学作品只闻其名不见其书，像东北沦陷区作家小松的第一部长篇小说《无花的蔷薇》，最后一部短篇小说集《苦瓜集》，还有疑迟压卷之作《天云集》，在表现技巧上愈加圆熟，思想内容也更为深邃丰厚。这些研究东北沦陷区文学重要书籍，一直遍寻不得，致使某些研究文章只好"盲人摸象"。因此，必须进一步加强钩沉、搜集、抢救的工作，与此同时还要进一步地加以研究，细致地评价具体作家和具体作品。

暗夜弥天的异彩

自 1931 年以来，东北三省沦为敌占区，完全处于日伪统治下，3000 万同胞生活在水深火热中，亡国惨痛苦不堪言。特别是日伪当局颁布的"艺文指导要纲"，使文化统治已经达到极限，文学艺术创作必须体现所谓"国策精神"。当年的伪满"首都新京"，虽然有几家集出版与销售一条龙的大书店，但在译介外国文学方面，只能出版日本作家夏目漱石、谷崎润一朗、森鸥外、岛崎藤村、芥川龙之介、德富芦花、志贺直哉等人的作品（当然这些都是日本近代优秀作家），后来连这些作家的小说也不再出版。只有随日本关东军来东北的菊池宽和鼓吹侵略战争的火野苇平，还有日共的叛徒山田清三郎的作品，山田清三郎的《满洲建国列传》就是按照日方侵略意图写成的。文化侵略，精神统治，日伪无所不用其极，使得东北文化领域一时之间变成漆黑的暗夜。可是良知未泯的出版商与书店经营者，以及具有民族意识的作家们，在这方面做出了不同形式的抗争，在暗夜弥天中呈现出冲破日伪樊篱的异彩。

　　首先是大力宣扬中国传统文化，大量出版中国古典文学作品，以此变相加以抵制。像安东诚文信书局、奉天（沈阳）关东印书馆，新京（长春）大陆书局、博文印书馆，均先后出版《古文释义》《古文观止》《幼学故事琼林》《随园全集》，以及不同版本的《三国演义》《忠义水浒全书》《西游记》《儒林外史》《红楼梦》，等等。值得一提的是大陆书局本《红楼梦》，纸面精装，附有人物绣像，用仿宋字排印，显得非常美观。其他如李文湘（东北沦陷区著名诗人冷歌）主持的益智书店，还从上海千辛万苦地贩运来世界文学名著，以及中国现代著名作家的作品，诸如托尔斯泰、陀思妥耶夫斯基、屠格涅夫，以及高尔基的三部曲和《母亲》，肖洛霍夫的《静静的顿河》，此外还有巴金的《家》《春》《秋》《灭亡》《新生》，冰心、叶圣陶、老舍、沈从文的作品等东北沦陷区极难一见的书籍。

　　最为奇特的是，益智书局在伪康德八年（1941）出版了一本丁玲的小说选《梦珂》，收其 4 篇作品——《梦珂》《一月二十三日》《团聚》《莎菲女士的日记》。1941 年，丁玲女士已由抗日大后方到了革命圣地延安。之所以说这本书奇特，是因为这本书的封面、扉页、版权页，全没有署作者丁玲的名字。当然，这是李文湘先生有意瞒天过海、遮人耳目的良苦用心。

　　与此有异曲同工之妙的是，当时对鲁迅先生作品的出版。作家古丁（徐长吉）主办的艺文书房，一开业便率先推出《一代名作全集·鲁迅集》，它是《呐喊》《彷徨》《故事新编》三本小说的合集。尽管经过敌伪弘报部门审查，许多文字都打上了删除的黑杠，如《阿 Q 正传》中"假洋鬼子"的称呼等，但毕竟是允许发售了。文艺书房又巧妙地翻译出版日本人所写的原著，如小田岳夫的《鲁迅传》，增田涉、鹿地亘、松枝茂夫、山本初枝等人的赏析文字，集译为《鲁迅著书解题》出版。既弘扬鲁迅先生的思想真谛，又能够避开森严的文网，这不能不说也是弥天暗夜中的异彩。

东北沦陷时期的文坛，小说创作也多有异彩，正如岩石缝间生长的野草，显示着强劲的生命力，说明某些作家还是不忘"暴露真实、描写真实"的天职，微言大义耐人思索。秋萤的两篇短篇小说《小工车》《血债》，就用鲜明的笔触、血腥的细节，揭露了"王道乐土"的真面目。山丁的长篇小说《绿色的谷》，以小小山村狼沟为背景，反映出时代的风云变幻，众多农民的生死拼争。书中对农民义勇军头领小白龙进行了歌颂，尤其是写到南满站通车时说："它以怪兽一般的铁蹄，震碎了这个市街的春梦。谁都知道，使这市街繁荣的脉管，便是一年比一年更年轻更喜悦的火车，它从这里带走千万吨土地上收获的成果和发掘出来的宝藏，回头捎来'亲善''合作''共存''携手'……"真正是"此时无声胜有声"地道出侵略者的本质。还有疑迟的中篇小说《雪岭之祭》，短篇小说《丰收之夜》《八月的浮云》，不单是艺术水平达到一定高度，思想深度也令人振聋发聩。《雪岭之祭》含蓄地写出义勇军的活动，《丰收之夜》则表明那喜庆丰收的酒肉就是农民的血汗，《八月的浮云》更写出农民不堪欺压竟同伪满警察动起了镰刀。这些虽然只不过是暗夜弥天中的点点萤火，却是应予以看重的纷呈异彩，是人民反抗意志的表现；就连那本故意不署作者名字的丁玲小说选《梦珂》，也让东北沦陷区的广大读者"于无声中听惊雷"了！

伪满时的长春书房

书房就是书店，也就是售书之处。不过在东北沦陷时期，长春（新京）的书房与书店都兼营出版业务，因为那时还没有单独的出版机构，书刊出版经销，均由书店承揽，可谓是出版销售"一条龙"了。更为独特的是，书店经营者又多为当时著名的作家，像古丁（徐长吉）主持艺文书房，冷歌（李文湘）主持益智书局，金音（马家骧）主持五星书林。这三家是当年影响较大的书店，出版的书籍也较多。此外还有大陆书局、博文印书馆、开明图书公司以及由日本人经办的满洲图书株式会社。

古丁为东北沦陷区代表性作家，长篇小说《平沙》、短篇小说集《奋飞》，尤其是杂文随笔集《谭》《一知半解集》，文笔犀利，直言不讳，在读者中影响很大。他创办艺文书房是在 20 世纪 30 年代后期，书房成立伊始首先出版了《一代名作全集·鲁迅集》和日本作家小田岳夫的《鲁迅传》；同时出版中国古典文学作品《忠义水浒全书》（120 回本）、《老残游记》《官场现形记》，还有华广生编的明清俗曲集《白雪遗音》。《忠义水浒全书》

配有一个木制雕花小书架,《老残游记》开本是当时稀见的大 32
开,附有续集 6 回及作者刘鹗后人的长序,直到今天还被学术
界认为是此书版本中的善本。同时出版一套"骆驼文学丛书",
选收东北沦陷区作家的文艺作品,诸如爵青的长篇小说《欧阳
家的人们》《青服的民族》《黄金的窄门》《归乡》,小松的《野葡
萄》(中篇小说集)、《人和人们》(短篇小说)、《苦瓜集》(短
篇小说集),疑迟的长篇小说《同心结》、短篇小说集《天云集》。
还有文艺期刊《艺文志》,也由艺文书房出版。

冷歌是东北沦陷区著名诗人,诗集《船厂》曾经传诵一时。
他在益智书店"编辑人"的地位,相当于现在出版社的总编辑。
在他的主持下,确实出版了一些好书。著名女作家梅娘的小说
集《第二代》,吴瑛的短篇小说集《两极》,秋萤的短篇小说集《小
工车》,慈灯的童话集《月宫里的风波》,等等,都是在他的主
持下出版的。他还编选了许多现代文学名家的散文、小说选集,
甚至出版了左翼女作家丁玲的一本书,书名《梦珂》,但在版权
页和封面上都没印作者名字,共收 4 篇短篇小说:《梦珂》《一
月二十三日》《团聚》《莎菲女士的日记》,真是用心良苦,担着
很大的风险。所经营的书店也有些与众不同,店内有很多从上
海运来的进步书刊,有上海良友图书公司印行的良友文学丛书,
文化生活出版社的文学丛刊,开明书店的中外书籍,等等。

金音是诗人和小说家,著有长篇小说《明珠梦》,短篇集《教
群》《牧场》,诗集《人格的塑像》。他主持的五星书林,推出一
批当年新进作家的创作,如石军的《边城集》《新部落》,也丽
的《花冢》,成弦的诗抄《焚桐集》等多种,可称文坛一时之选,

内容均很健康严肃，并及时推出新作及评论，曾编有《满洲作家小说集》《满洲作家评论集》。

大陆书局是个出书很多的书店，是否由参加过左联的诗人张露薇主持，现已记不太清。但他个人的编著在大陆书局出版不少，像《幼学故事琼林注解》，他译的日本俳句《万叶集》等，署名是"法政大学教授张文华"。这个书局还印过一批中国古典小说，其中《红楼梦》是纸面精装本，全书用仿宋字排印，还附有人物绣像，在那时算是装帧豪华了。博文印书馆大多出版学生用书，也出版一些中国古代小说，还出版过《白话小品文集》《安徒生童话全集》，以及一整套袁枚的《随园全集》，等等，印制尚称精良，只是所用字号太小。开明图书公司侧重出版文艺书刊，开本大多是 25 开，老舍的《二马》、谢六逸的《中国小说研究》均是。东北沦陷时期女作家杨絮的散文集《我的日记》，散文、诗合集《落英集》亦由这个书店推出。开明图书公司出版更多的是可读性很强的作品，像穆儒丐的《如梦令》，任情的《浔阳琵琶》《碗》，予且的《藏儿记》，李重光的《崔莺莺》，李冉的《车厢惨案》等，都很受读者欢迎。满洲图书株式会社与其他书店略有不同，带有出版管理性质，同时也出版综合性书刊（包括文艺）系列套书"东方国民文库"，曾推出小松的长篇小说处女作《无花的蔷薇》、石军的长篇小说《沃土》、穆儒丐的长篇小说《福昭创业记》。陶明浚的武侠小说《双剑侠》《陈公案》，虽然出于教授的手笔，倒也俗中见雅。又出版了伪满后期出现的侦探小说家蹇庐的《三星党》《剑血忠魂》《万花镜》系列之作。

以上所介绍的书房、书店，除满洲图书株式会社出版过鼓吹侵略的《满洲建国列传》(山田清三郎著）外，都未见出版为敌伪张目的书刊。而在有些有民族良心作家的书里，在一定程度上反映出铁蹄下人民大众的苦痛，预示出光明的前景，虽然隐约寓意，但是不乏由衷之情，说得上是难能可贵了！

夜读随记

如此安谧的静夜，窗外喧器的市声已经消歇，孤灯下我耽读着一本书，刚从旧书摊买来的小松短篇小说集《人和人们》。小松（赵孟原）是东北沦陷时期艺文志派的重要作家，曾经出版过长篇小说《北归》、短篇小说集《蝙蝠》、中篇小说集《野葡萄》等。因为儿时就读过他的作品，在五十几年后重读，很有重逢故人之感。近些年来我曾不遗余力，想寻觅一些东北沦陷时期出版的文艺作品，虽经多方努力还是收效甚微。只是买到梅娘的《第二代》、袁犀的《泥沼》，还有小松的《人和人们》，又从吉、辽两省图书馆复印二十几种此类著作的原版本。

东北沦陷区文学，在中国现代文学史上，尚是一个需要弥补的空白。虽然我国出版界对此早有所感，陆续出版了《东北现代文学大系》（14 卷本），以及《中国沦陷区文学大系》（8 卷本），等等，收集了当年各沦陷区（包括东北沦陷区）各种文学形式的作品，但是还不能说非常完备。由于"文化大革命"，致使各个省级图书馆也未能完好保存这些资料，有些重要的作品均很难查找，为文学研究工作留下令人浩叹的遗憾。

东北三省社科院都设有文学研究所，也都有专人从事东北沦陷区的文学研究。仅以我省来说，李春燕女士就是用力尤勤的一位，她对原作的钩沉与研究，都做出可观的贡献。她从宏观放眼，由微观着手，研究我国现代文学，着重对东北沦陷时期作品考索辨析，不避俗议，敢为人先。为此她编辑出版了颇有争议的作家古丁的《古丁作品选》，让读者从具体作品中感受与评价古丁的文品人格，揭示日伪统治时代这位作家"面从腹背"的真谛，重点强调了他身上的"……我乃黄帝子……我爱黄帝裔"的民族精神；同时编辑《东北现代文学大系》的散文卷，特别是对那些沦陷时期散文作品的评说，即出自她手笔的长文"导言"，寄寓着她学术研究的苦心孤诣。由李春燕主编的《东北文学史论》是一部以史代论浓缩高度概括的东北文学史，而她的《东北沦陷时期文学总体论》，更从四个方面进行了详尽而周密的论述（第一章：沦陷时期文学的历史走向；第二章：沦陷时期的爱国进步文学；第三章：沦陷中期发展中的文学；第四章：沦陷后期严酷的文艺统治与走向衰落的文学），该文对众说不一、茫无头绪的问题，做出了独具卓识的客观评断。这种认真的学术研究态度，非常难能可贵。

我从夜读小松《人和人们》这本书，想到东北沦陷区文学研究现状，特别是我省学者的成就与努力，感到由衷的欣喜。不仅过去那种把东北沦陷区文学一律斥为"汉奸文学"的谬论理应得到廓清；而且要让广大读者了解和认识到，在日伪残酷的统治下，在血与火的炼狱中，从石隙中顽强生长的花朵，又是一种什么样的风姿？为此我们对东北沦陷区文学作品，还需进一步钩沉与研究，把这部分现代文学史的空白，充分昭示在文学之林，还原其历史真正面目，还原中国现代文学发展的整体轮廓，而不再有"或缺"的遗憾。

论书岂可不看人

　　1991 年 9 月，在长春召开的东北沦陷时期文学国际学术研讨会上，日本学者村田裕子女士曾经宣读她的论文《穆儒丐的精神历程》。当时听了有许多感触，便在会下对她说："穆儒丐的主要作品，除论文提到的《梅兰芳》《香粉夜叉》《女优》《北京》《徐生自传》《福昭创业记》外，尚有他后期的《新婚别》和《如梦令》；但是穆儒丐生平与创作都比较复杂，以中国人的眼光看，还不能完全肯定他的'民族自尊心'。"可能因为我讷讷言辞，再加上村田裕子女士日本语序的中国话，谁也没有听懂对方的意思，"交流"宣告失败。

　　沈阳出版社最近出版了《东北沦陷时期文学国际学术研讨会论文集》，收入村田裕子女士的《穆儒丐的精神历程》一文，拜读之余思之再三，觉得还是言犹未尽。确如此文"前言"头一句所言："可以说穆儒丐是伪满洲国时代最有名的文化人士。"1917 年以来，穆儒丐一直在盛京时报社工作，东北沦陷后，曾任该报论说委员长，主持思想言论的笔政，不久继任主笔，并非文中言及的普通编辑。他创作的小说，现在看基本属于通俗小说，具有很高的文字造诣，写景状物、叙事描人，均很细腻传神。伪满时期他主要写有3部长篇小说，即《新婚别》《如梦令》《福昭创业记》。《新婚别》在伪康德九年（1942）《麒麟》杂志上连载，内容是写青年文英在冯国璋治下当军官，为了奉养孤身老母，请假归乡和凤姑结婚，之后又离家3年无音信。小说就是写这数年之间，凤姑如何含辛茹苦地侍奉婆母，情节极其简单，但凭作者不凡的手笔，依然很能吸引、感动读者。《如梦令》约在1944年由新京开明图书公司出版单行本，写一赵姓破落户，有一个很美丽的侄女，远嫁后衣锦荣归的故事。书中人物写得个性鲜明，赵氏夫妻开后院门用花梨木椅子换驴肉吃的情节，刻画得栩栩如生。这部书于"八一五"光复后曾再版重印，不过书名已改成4个字的什么"正传"，现已记不清楚，但是署名为"公羊异"，却印象深刻。

《福昭创业记》成书较早，伪康德五年（1938）由满洲图书株式会社出版，是"东方国民文库"中的一种，用很厚的白纸印刷。小说是章回演义体，从首回"朱果征祥三仙绵奕叶，白山呈瑞四祖后鸿基"起，结束于第33回"李自成燕京践阼，吴三桂关外乞师"，叙述清太祖努尔哈赤与清太宗皇太极的艰苦创业开国立基的过程。此书出版不久，就获得了1938年10月的"第三届文艺盛京奖"和1939年2月的"第一届民生部大臣奖"。为何如此宠幸有加呢？我们不妨抄录一段原书自序："……《福昭创业记》，记一民族之所以兴，以及满汉蒙回藏五族所以合流之故。大清帝国三百年之事迹，虽未能尽载，而福昭两代之文治武功，亦足以观其未来。矧其观念之正大，人才之辈出，实有岐周初期之盛。大勋克集，容纳百流亦固其所。独是载籍浩繁，非一般人民所能尽读，故节其要，旁采新书，而成是书。文虽鄙俚，事缘有据，不可概视为稗官家言也……当局致力于思想之矫正，普通读物，遂感不足之叹。坊间所出小说，又芜杂太甚。此正操觚者报国之秋，著者不敏，愿执笔以追随大方之后焉。"作者的"心有灵犀"至此是该完全彻底明白了。

　　我们说穆儒丐是个复杂的人物，他的复杂之处就在于如果只看《新婚别》《如梦令》两部小说，前者颇有"反战"意味，内容不能说不好；后者叙社会风情，尽写人海沧桑的情态，也不能说有问题；艺术上尚不乏独到之处。《福昭创业记》这部大受日伪当局青睐的小说，对于写清初创立基业的历史，我们不能有非议与责难；但在穆儒丐的笔下，却是把清初开国同满洲建国相连，"古为今用"地为之张目立论，从史实找依据形象地制造"天心民意"，适应侵略者的政治需求。这是我们和村田裕子女士不同之处，更不能苟同其有"民族自尊心"的说法。诚然，穆儒丐自有他的"精神历程"，早期还有一定的民主主义思想，内心经历着重重矛盾。但是人的思想会不断变化，凭着与日伪的竭诚合作，以及《福昭创业记》在国家民族危亡时刻的"独特"作用，穆儒丐早把自己钉在耻辱柱上。固然不应随意乱扣"文化汉奸"的帽子，可是历史毕竟无情，它像摄像机一样留下人们的影像，正应了那句"人丑不能怨镜子"的俗话。从对穆儒丐的评价，想到正在方兴未艾的东北沦陷时期文学研究，近年来取得许多喜人的成就，对许多问题是既有突破又有新论。由于某些作家世界观与创作观的矛盾，就必然使得这些问题变复杂。

对东北沦陷时期文学研究涉及的作家与作品，须严格区分、慎重对待，应该实事求是地深入考究，不能轻易冠之"汉奸"，也不能廉价抛售"爱国"。就是说不能将其一律斥为汉奸文人，但又不能说没有汉奸文人；既要看他们同敌伪的勾结，也要看其作品的思想导向。像穆儒丐的《福昭创业记》，不仅赞同"思想矫正"，而且又热衷"操觚者报国"，即或"君子好人以德"，也难为他开脱历史罪责吧！

民国关东"鸳派"文学

很长时间以来就听说过，东北沦陷时期吉林省通榆县有位张春园，曾经出版过一部通俗小说，惜无机缘得见。还是长岭的书友吕吟秋先生，最近寄来此书的原刊本，因为年代久远，书已旧损，所幸正文尚完整。书名《花中恨》，表明是醒世小说，系奉天（沈阳）关东印书馆印行，全书共十二回，有联语对偶的回目：

第一回　一纸家书来怀疑莫测　　三更兴叹罟萌念轻生

第二回　人情冷暖设谋欺孀妇　　世态炎凉假计骗孤儿

第三回　怨凉发顶饮恨别故里　　愁锁眉梢担惊宿古寺

第四回　热肠堪羡甥舅同划策　　刑庭开审原被各陈情

第五回　艳地初过从忽闻妙论　　烟窟再涉踪邋嘱复来

第六回　脉脉含情劝戒芙蓉癖　　团团围聚共作雄卢欢

第七回　随风易帜故设欺人阵　　见机生情婉请目的儿

第八回　伪订姻缘犹劳月下老　　重申往事再激忘恩人

第九回　呼唤无门踌躇寻旧友　　假托有事辗转买药石

第十回　厚觊屡颁为求伊人喜　闲言轻纵顿使此郎惘

第十一回　屡诫不悛立免书佣职　突闻谬议详陈个中缘

第十二回　只恶阿郎卒为阿郎妾　惟嗜芙蓉终被芙蓉倾

从回目中可以约略看到，《花中恨》一书的内容，是写鸦片之害的。但是书中小市民的市井生活，写得色彩斑斓，当然不乏男女之情的描写，文笔也颇畅达传神。

由《花中恨》想起民国时期通俗文学（实则是鸳鸯蝴蝶派）在关东领域内的创作情势，似乎不如新文学那样兴盛繁荣。受"五四"文学革命的影响，关东涌现出一个国内声望很大的东北作家群，虽然当时隶属"鸳鸯蝴蝶派"的各类通俗小说，已经让京津、江浙的文人独占风流，专美于前，但是回顾起来，关东作家群也有许多值得言及的作品。由于历史的云遮雾障，加上许多资料无存，上海、福建出版的两种《鸳鸯蝴蝶派文学资料》都没有收录关东"鸳派"文学的书目，为研究工作增加了很大难度。就地域而言，张恨水先生短时期在沈阳逗留，并为钱芥尘创办的《新民晚报》写作连载小说《春明新史》；旧派武侠小说侠情派大家王度庐先生，也长时期在东北各地（沈阳、大连、铁岭）教书，他的许多武侠名著，都具有关东的地方色彩。这些对于关东的"鸳派"文学，产生了不容忽视的影响。当年有一部实话小说（类似于当今的纪实文学）书名《菱角血》，描写虐待童养媳，情辞哀怨令许多读者一洒同情之泪。小说出版后，还被改编成评剧上演，可惜的是作家为谁，早就无从考据。

因此，我们目前能够确定的关东"鸳派"作品，作者就很少了。大连的赵恂九写过《春残梦断》，哈尔滨的赵篱东写过《美景良辰》（还有武侠小说《密林残月》），都是通俗小说，艺术水平稍显一般。其中有位小说家，署名天籁生，文字可比肩张（恨水）、刘（云若），其三部社会言情小说《碎珊瑚》《醉黄花》《莽佳人》，文字细腻、情节引人，颇有名家风范。作者肯定是关东"土著"，只是一切情况无从考究。还有几位属于文坛名宿，也曾参与。"鸳派"文学的写作，一位是大学教授陶明浚，1936年就出版过《红楼梦别本》，又写有两部武侠小说《双剑侠》《陈公案》，另一位是报界闻人穆儒丐，除写有长篇历史小说《福昭创业记》，尚有《新婚别》《如梦令》等多部小说。穆儒丐文笔简练，对社会生活体验较深，运用北京话写作，艺术表现多为白描手法，很受读者欢迎。赵任情以幽默小说集《碗》知名，他的《浔阳琵琶》取材于白居易的长诗《琵琶行》，"商人妇"的人生经历，描写得凄婉动人。当年关东"自产"的武侠小说，影响较为广泛的是《青衣女》，叙述女侠梁小环和大侠马如龙喋血江湖的故事，据说此书出于邓白云（沈阳某中学教师）的手笔。此外尚有关东作者所著的《红梅花》《雌雄剑》；长春评书艺人张清山编演的《洪武剑侠图》《水浒拾遗》，在读者中影响广泛。张著近年虽曾再版，惜非真品。还有一部东北出版，曾经流传一时的小说《燕子李三》，作者杨六郎为北京人（胡昭兄尝言：杨六郎真名杨祖燕，解放初期在中国作家协会任图书资料员），当不在关东之限。关东从事侦探小说创作者甚少，而且多为模仿抄袭程小青，无甚可读价值。其中李冉的《车厢惨案》，可算是凤毛麟角，具有某些艺术特色。

鸳鸯蝴蝶派文学，属于消闲文学，以消遣娱乐为主旨，除小说之外，也包含闲情诗词和闲情小品，强调性灵的流露，注重趣味性。既然是闲情诗词，就不同于传统的诗词，而是吟风弄月、浅吟低唱，诸如韩护的《吃茶杂咏》尤富有代表性：

傍午囊书入画楼 / 新茶度罢尚勾留 / 遥怜解语花枝弱 / 掩卷推敲对莫愁 / 饶人惆怅可怜宵 / 多少新愁付阿娇 / 无那梦魂啼不住 / 杜鹃声里涨喜潮。

从文字上看，诗写得尚称清丽可诵，不过通篇言之无物，闲愁无聊。常写这一类诗词的还有眉郎（公眉）、徐娘，等等。徐娘为哈尔滨一报人，本来是个糟老头子，每日在烟榻上吞云吐雾之余，偏爱冒充红粉多娇（亦署名"蕊珠公主"），艳词媚语令人欲呕。写闲情小品的有匡庐（匡昨非）、翠羽（于莲客）、延春室主（荣孟枚）等人，内容无积极意义，但文笔却见功力，某些篇什尚有可观。

民国时期关东"鸳派"文学，经历了东北沦陷这一阶段，闲情消遣无补于国恨家仇，又由于作者良莠不齐，不能同活动在燕北、江南的"鸳派"名家抗衡，一些作品也随时光流逝，现在知者甚少了。可是作为社会与文学现象，特别如《花中恨》这样有认识价值的醒世小说，我们还是应该略做回顾，以兹存照的。

张春园和《花中恨》

　　《花中恨》是一部大众通俗小说，或称醒世社会小说，全书20余万字，1940年由当时奉天（今沈阳）关东印书馆出版，作者张春园系吉林省通榆县人。如今，此书已经出版55个春秋，岁月流逝变幻如白云苍狗，展卷重读仍然深感其内容有着强烈而鲜明的现实与社会意义。

　　小说名为《花中恨》可能易为读者误解，以为是"牡丹花下死"之憾，其实非也。书中内容虽然也有相关男女情愫的笔墨，主要还是描写鸦片毒品之害，这是一部劝人戒毒的小说。作品以小说主人公王瑞昌的生活经历，揭示一个奋发有为的青年，最后因鸦片沦落到冻饿而死在一座古庙。小说是章回体，共分十二回。第一回：一纸家书来怀疑莫测，三更兴殴詈萌念轻生；第二回：人情冷暖设谋欺孀妇，世态炎凉假计骗孤儿；第三回：怨凉发顶忍恨别故里，愁锁眉梢担惊宿古寺；第四回：热肠堪羡甥舅同划策，刑庭开审原被各陈情；第五回：艳地初过从忽闻妙论，烟窟再涉踪遽嘱复来；第六回：脉脉含情劝戒芙蓉癖，团团围聚共作雉卢欢；第七回：随风易帜故设欺人阵，见机生情婉请目的儿；第八回：伪订姻缘犹劳月下老，重申往事再激忘恩人；第九回：呼唤无门踌躇寻旧友，假托有事辗转买药石；第十回：厚觊屡颁为求伊人喜，闲言轻纵顿使此郎惆；第十一回：屡诫不悛立免书佣职，突闻谬议详陈个中缘；第十二回：只恶阿郎卒为阿郎妾，惟嗜芙蓉终被芙蓉倾。回目联语对仗工稳，小说语言文字非常传神流畅，有相当的可读性。

《花中恨》一书正是出版于敌伪统治最残酷的时期，作者虽然未能公开奋起反抗，但是民族的良知未泯，能够于无声中见真知，笔下对鸦片的毒害描写极尽其详，含蓄隐晦地写出这个"暗角"，借以反映东北人民受日伪统治的苦难，也是铁蹄下发人深省的呼号。尤其是在伪满时期，虽然也有所谓的戒烟所，但是吸烟所和寄卖所比邻相立，实际上是明禁暗不禁，利用鸦片对东北人民进行精神与肉体的戕害，施行另一种侵略。作者通过《花中恨》这个生活侧面，展现的是"欲知亡国恨多少"，让读者具体感受日伪统治的居心用意，今天重读感到仍然非常难能可贵！

作者张春园先生，1910年生于辽宁省康平县卧牛村尖山子屯，1927年投亲到当时瞻榆（今通榆县境内），共读书（包括私塾）12年。迫于生计从1928年始便进入"仕途"当了个小雇员，只管一般的抄写。"九一八"事变时作者才21岁，由于读书多通晓历史，使他具有民族自尊和爱国主义思想，在后来的岁月中他从消极抵制到具体反抗。开始他上班迟到早退，发下的服装也不爱穿，对学日语表现得毫无兴趣，为此惹得上司侧目而视。

后来发展到对日伪当局写恐吓信，声言要他们快滚，引起当地日伪人心惶惶。这固然只是反抗行为的小小浪花，但毕竟表现出中国人的良心。大概正是这种原因，作者才能写出《花中恨》这样的小说。

从《花中恨》这部小说，我们明显能看出作者所受的文学影响，属于鸳鸯蝴蝶派。如小说的写法、布局结构、语言的运用，等等，可能是想借助广大读者喜闻乐见的形式，使此书更能普及吧？但是"言情未敢忘忧国"，他写了在当年很少有人涉及，甚至是唯一的一部劝人戒毒小说，实乃"伤心人别有怀抱"，微言大义一片冰心。这样的题材不仅在当年起到了很好的教育作用，就是在今日毒祸重来，我们大力提倡禁毒的时候，更是特别需要这样的文学作品。这也是我们重新提起张春园先生旧作《花中恨》的真正原因，作者已在 1988 年 7 月 18 日谢世，留下的《花中恨》还在闪耀着醒世警人的光彩！

救救文学财富

2003 年 10 月间，记不得是哪一天了，读到《长春日报》"太阳鸟"副刊上李莫先生《辛勤作嫁忆诸公（有序）》一文，对于东北沦陷区文坛旧事述之甚详。作者用六首七律忆念当年报刊的主持人，如《斯民》画报《新满洲》杂志的主编季守仁（吴郎），《大同报》副刊编辑梁世铮（铮郎），益智书店编辑、《学艺》杂志、《学艺丛刊》主编李文湘（冷歌），《大同报》文学副刊编辑弓文才（坚矢），《民生报》编辑、《大同报》副刊编辑李季风（季风、季疯），《新潮》杂志、《兴亚》杂志主编郝致诚（白刃、公度）。尤为可贵的是每首诗后的注解，实在是东北沦陷时期难得的文坛史料，那么作者李莫又是谁呢？

带着这样的问题再读《辛勤作嫁忆诸公》，序中言及："……遗憾的是为作品发表历尽艰辛、屡遭迫害的报刊编辑诸公，却一直为人们所忽略而淡忘。兹值旧地重游，仅就曾耕耘长春的几位旧友各赋一律，用于怀思。"就此可以推断，李莫先生当是东北沦陷区文坛的亲历者。又从该文其三《忆李文湘》注释中发现"拙作中篇小说《乡怀》,1941 年被编入《学艺丛刊》问世,旨在提掖青年作者"的字样。中篇小说《乡怀》出版时署名"柯炬",这是李正中先生创作小说、散文时专用的笔名(署此笔名还出版过短篇小说集《笋》),此外还用笔名"韦长明"写过大量的诗歌,先后结集出版了诗集《七月》和《春天一株草》,他是一位东北沦陷后期出现的诗人、作家,也是如今硕果仅存的几位中之一位。

李莫先生文中提到的六位"为人作嫁"的编辑,同时也都是作家,特别是吴郎(季守仁)、冷歌(李文湘)、季风(李季风)三位,更是影响极大。吴郎的随笔、评论、诗歌,都写得冷峻而犀利,深受读者嘉许。冷歌是位抒情诗人,于抒情之中蕴有忧国之思,寄寓着无限情怀,读后当能心有灵犀。他是当年益智书店的实际主持人,不仅出版了许多有进步意义的书刊,还"偷天换日"地出版过丁玲的小说集《梦珂》,计收 4 篇短篇《梦珂》《一月二十三日》《团聚》《莎菲女士的日记》。时为 1941 年,此时丁玲同志已到延安,东北沦陷区日伪文网森严,出版丁玲作品是要承担多大的风险啊!而说是"偷天换日",还在于这本书的封面、扉页、版权页都没有作者的署名,由此可见李文湘先生的爱国情愫了。而季风的《杂感之感》文笔的切中要害,笔锋所刺的脓疮烂疥,实质就是揭斥"王道乐土"的大杂烩。

李莫先生《辛勤作嫁忆诸公》一文提供的史料,具有鲜为人知的价值。这对于钩沉与研究东北沦陷区文学的有关人士,功莫大焉。近些年来国内这方面的学术研究,取得了很大的成果。集作品之大成的《中国沦陷区文学大系》(8 卷本,广西教育出版社）、《东北现代文学大系》（14卷本，沈阳出版社）内收入较多的东北沦陷区文学作品，同时还出版了《中国沦陷区文学史》（广西教育出版社），在一定程度上弥补了现代文学史的空白。可是还存在一个非常迫切的问题：昔年曾经生活于沦陷区的作家，现在在世的已为数不多，辽宁省的古丁、山丁、田兵、李乔、秋萤、小松已经先后亡故。现在只余李正中（柯炬、韦长明，亦即李莫），还有女作家朱媞。黑龙江省尚有陈媞等，在长春者则更少，据我所知只有李民（王度、杜白雨），仅此一位！

我们自然就面临一个"抢救遗产"的问题，这方面资料更是残缺不全，那个年代的各种文学杂志，如《新满洲》《麒麟》《明明》《艺文志》《兴亚》《新潮》《文选》《青年文化》等，在省、市两大图书馆，没有一种是完备的。那个时期出版的由沦陷区作家创作的文艺作品，如小说、诗歌、散文、戏剧等专著也极难寻觅。这给研究者带来异乎寻常的困难，以致在研究上不免有"盲人摸象"的情况发生，即或是在此类文学史专著中，也多有错讹。诸如疑迟最后一本小说集《天云集》始终遍寻不见，所以其中第一篇小说《凤鸣山的深秋》，竟被想当然地错写成《凤凰山的秋天》，这一类失误并非偶然现象。

李莫先生的文章启示我们，趁着这些熟知当年史料的老作家尚在，要抓紧时间抢救他们头脑里的"遗产"，不能让这些财富流失。此外，更要抢救目前所能见到的当时的出版资料，也就是当年有关这方面的书刊，希望公私藏家能够通力合作，这既有益于东北沦陷区文学研究的深入，也将有益于中国现代文学的完整，不给人们留下遗憾。